avec le soutien de

la Région
Languedoc
Roussillon

Les Virus de l'Ombre

COLLECTION-SOUS LE VENT

Montigny-lès-Cormeilles,
le 8 décembre 2007

Les Virus de l'Ombre

Hicham Charif

Pour Camille,
en lui conseillant
gentiment mais avec la
plus grande fermeté
de déconnecter son
ordinateur avant de
commencer la lecture
de ce livre.
Amicalement
Hicham Charif

LE NAVIRE EN PLEINE VILLE

ISBN 978-2-916517-07-0

ISSN 1951-3941

Dépôt légal 2006

Loi n° 49-956 sur les publications destinées à la jeunesse

1

Neo Dommartin était à double titre un enfant unique.

D'abord parce que, à son grand regret, il n'avait ni frère ni sœur et il savait que ses parents, très occupés l'un et l'autre, n'avaient nullement l'intention d'agrandir la famille. Ils ne l'avaient d'ailleurs sans doute jamais voulu, estimant qu'un seul enfant était en soi une charge suffisante, et il y avait peu de chance qu'ils changent d'avis près de seize ans après la naissance de Neo.

L'autre raison qui faisait de Neo un être unique était autrement plus grave.

Un matin, au début du printemps, il s'était senti fiévreux et très fatigué. Il avait tenté quelques pas hésitants hors de son lit mais, pris de sueurs froides, il était vite retourné s'allonger. Sa mère avait appelé leur médecin de famille, le docteur Grimaldi. C'était un homme grand et fort, aux yeux de chien battu, à la barbe drue et au front dégarni. Ce qui lui restait de cheveux était soigneusement ramené en catogan sur sa nuque. Dans un premier temps, il pensa à une grippe. Il ordonna au garçon de garder la chambre une semaine et lui prescrivit de la vitamine C et de l'aspirine. Mais, en dehors d'une grande fatigue, Neo ne présentait aucun des autres symptômes de la grippe. Il n'avait ni courbatures, ni maux de tête, pas plus qu'il ne toussait ou n'avait le nez qui coulait. Il se sentait simplement très faible et avait une température élevée, autour de 40 degrés Celsius, que l'aspirine avait bien du mal à faire baisser. Deux jours plus tard cependant, il avait la gorge en feu, ressentait une douleur aiguë en avalant et même en parlant et avait de gros ganglions au niveau du cou. Tu as là une belle angine bactérienne, lui avait dit le docteur Grimaldi après avoir procédé à un test de diagnostic rapide. Il lui avait prescrit des antibiotiques mais avait aussi ordonné une analyse de sang.

– Je dois m'assurer que ce n'est pas une mononucléose infectieuse, avait-il dit, en tête à tête, à la mère de Neo. Une fatigue persistante accompagnée d'une angine en sont les symptômes courants. Pour les jeunes, c'est tous les jours la Saint-Valentin, avait-il ajouté d'un ton nostalgique.

Elle l'avait regardé, sans comprendre.

– Vous savez bien, Sylviane… la mononucléose c'est la maladie des amoureux, un virus que les jeunes en montée de sève se transmettent en s'embrassant à pleine bouche une heure durant et sans reprendre leur souffle. On ne peut tout de même pas les en empêcher.

– Je ne lui connais pas de petite amie, avait répondu Sylviane Dommartin.

Et de fait, en matière de sexualité, Neo n'était pas très précoce. Il était pourtant, aux dires des filles du lycée, bien mignon, avec ses boucles brunes tombant sur ses épaules, son regard gris vert et son look de corsaire : anneau à l'oreille droite et tresse derrière la nuque. Mais il était aussi particulièrement timide. Il n'avait jamais entretenu de relations suffisamment intimes avec une jeune fille pour se permettre de l'embrasser à « pleine bouche ». Il avait bien échangé quelques bécots furtifs avec ses copines, à l'occasion de slows dans les boums, mais rien de plus. Tant qu'aucune créature n'avait fait galoper son cœur, il n'avait pas trop souffert de cette frustration. Mais le jour où il se mit à regarder Soraya différemment, vers la fin de la troisième, il ne rêva plus que d'une chose : la prendre dans ses bras et goûter la fraîcheur de sa bouche.

Soraya était une très jolie brune aux magnifiques yeux verts. C'était, de l'avis unanime des élèves mâles du lycée, la fille la plus craquante de l'établissement. Elle respirait la santé et la joie de vivre. Neo et elle s'étaient connus en sixième. Une grande amitié était née entre eux dès le début, faite de complicité et de tendresse. Ils n'avaient alors que onze ans, âge où les sentiments sont déjà forts mais les désirs incertains. Neo alors, ne se posait pas la question de savoir si ce délicieux vertige qu'il ressentait en présence de Soraya était plus que de l'amitié, ce que les grands appelaient Amour. Car son corps d'enfant ne réclamait pas encore ce que désirait son esprit d'adolescent. Trois ans plus tard, tout allait irrémédiablement changer. La transformation s'était opérée brusquement, un jour de printemps, en cours de Sciences de la Vie et de la Terre. Était-ce ce parfum que portait Soraya ou la discrète teinte rouge sur ses lèvres qui avait tout déclenché ? Toujours est-il que Neo, en posant ses yeux sur son amie, fut balayé par un raz-de-marée d'émotions et de sensations. Il n'avait jamais connu cela auparavant. De la pointe des pieds jusqu'à la racine des cheveux, des vagues de désir parcouraient son corps tandis que s'entrechoquaient ses pensées et que son cœur cognait comme la membrane d'un caisson de basse. Il avait une envie folle, presque incontrôlable, de se rapprocher de Soraya et de l'étreindre. Ah, poser ses lèvres sur son cou délicat et ses mains sur sa taille fine ! Le monde pouvait bien être englouti par la montée des eaux pourvu qu'il fût avec Soraya, contre elle, ne faisant qu'un avec elle. Heureusement, elle n'était pas, ce jour-là, assise à ses côtés mais deux rangs devant lui.

À l'entrée en première, la situation amoureuse de Neo n'avait pas beaucoup évolué. Il était, plus que jamais, éperdument amoureux de Soraya mais n'avait jamais eu le courage de le lui avouer. Les occasions n'avaient pourtant pas manqué durant les deux précédentes années. À maintes reprises, Neo s'était retrouvé seul avec la jeune fille mais chaque fois qu'il avait voulu lui déclarer sa flamme, il avait flanché. Les mots qu'il répétait en boucle dans sa tête n'étaient pas parvenus à franchir ses lèvres. Frissonnant de frustration, il n'avait pu que sortir de pitoyables banalités sur l'amitié éternelle. Sa couardise avait cependant une excuse. Il ignorait les sentiments de son amie à son égard. Éprouvait-elle pour lui ce qu'il éprouvait pour elle ? Il n'en savait rien. Elle avait certes vis-à-vis de lui une attitude très complice et amicale et son regard, quand il se posait sur lui, était plein de tendresse. Mais il n'avait pas la certitude qu'elle l'aimait comme il l'aimait. S'il l'avait eue, il aurait pu, au prix d'un gros effort, surmonter sa timidité et faire le premier pas. Dans le doute, il préférait vivre dans l'ignorance plutôt que d'entendre Soraya prononcer la terrible sentence : « Je t'aime beaucoup Neo mais je ne t'aime pas... d'amour. » En désespoir de cause, il se résignait à aimer Soraya en secret, espérant que ce soit réciproque et qu'elle trouve, elle, le courage de se dévoiler.

Neo n'avait confié à personne ses tourments intimes, pas même à Fred, son meilleur ami. Ils étaient pourtant inséparables depuis le cours préparatoire, chacun ayant trouvé dans l'autre le frère qu'il n'avait pas eu. Fred était un gros garçon jovial, aux cheveux blonds coupés en brosse et aux lunettes rondes. Pour ceux qui le connaissaient peu ou pas du tout, Fred était un ringard. Fringues et baskets aux couleurs ternes et unies, sans marques, pas de piercing ni tatouages ni bijoux d'aucune sorte, sans parler de sa coupe de fils à papa et de ses lunettes de prof, il n'avait vraiment rien d'original. Mais ses amis savaient qu'il n'avait pas besoin de se démarquer des autres par le look tant il était, par l'esprit, bien plus brillant, vif et drôle qu'eux. Ce que l'intéressé, modeste comme il l'était, n'aurait jamais reconnu. Pour Soraya et

Neo, Fred était « Einstein Junior », un génie. Ils l'admiraient autant qu'ils l'aimaient. Il le leur rendait bien, ne tarissant pas d'éloges sur eux : « Une prog de haut niveau dans un hardware high-tech », aimait-il à les décrire dans son jargon informatique. Il était fasciné par la vaste culture générale de Neo, quant à Soraya…

Si, depuis deux longues années, Neo n'avait rien dit à Fred de ses sentiments pour Soraya, sans doute était-ce parce qu'il redoutait plus que tout de voir Fred lui avouer partager la même passion que lui. Il n'y aurait d'ailleurs rien de surprenant à cela. Comment ne pas être amoureux d'une telle fille ? Mais que deviendrait alors la relation privilégiée qui les liait, Fred et lui, depuis leur plus tendre enfance ? De meilleurs amis du monde, ils deviendraient rivaux ! Cela, Neo ne pouvait l'admettre. Il souhaitait ardemment que Soraya lui offre son cœur mais si ce rêve devait se réaliser, ils n'auraient, pensait-il, pas d'autre issue que de vivre leur amour dans la clandestinité. L'amitié de Fred était à ce prix.

Depuis la sixième, Soraya, Neo et Fred s'étaient toujours retrouvés dans la même classe. Aussi, grande fut leur déception quand, à l'entrée en première, ils découvrirent qu'ils avaient été répartis dans les trois classes de section S du lycée Jean-René Huguenin.

– Ça n'est peut-être pas un hasard, avait maugréé Fred. Peut-être le proviseur nous a-t-il intentionnellement séparés.

– Mais pourquoi ? avait demandé Neo.

– Parce que, comme tous les proviseurs, le nôtre doit

penser que des élèves qui s'entendent trop bien s'entraident pendant les contrôles.

– Tu veux dire qu'il nous soupçonne de tricher ! ? Quelle horreur ! s'était ironiquement exclamée Soraya.

Lors d'un contrôle, il leur arrivait bien de comparer discrètement leurs résultats mais c'était plus par jeu qu'autre chose. Et même quand une émission de télévision la veille avait empiété sur leur temps de révision, ils se refusaient à utiliser une antisèche. Car nos trois amis, comme la plupart des bons élèves, avaient un gros défaut : ils étaient fiers. Jamais ils ne se seraient abaissés à frauder.

Les premières semaines de classe, la séparation leur fut bien douloureuse. Ils se sentaient comme de jeunes enfants abandonnés par leurs parents à la maternelle. Puis, les jours passant, ils finirent par se faire une raison. Ils se retrouvaient dès la fin des cours et continuaient, comme les années précédentes, à réviser ensemble leurs leçons au Zelig, un café proche du lycée. Et, côté loisirs, ils se fréquentaient aussi assidûment que par le passé, toujours heureux d'être ensemble, que ce soit pour aller au cinéma, au bowling ou dévaler en rollers les trottoirs de la ville.

Neo ne pouvant quitter son lit, un infirmier d'un laboratoire d'analyses médicales était venu lui faire une prise de sang.

– Votre médecin recevra les résultats par courrier électronique sécurisé dans cinq jours, avait-il dit d'un ton neutre en rangeant dans sa mallette les trois tubes étiquetés, pleins du sang rouge grenat du garçon.

Au cours des jours qui suivirent, la température corporelle de Neo était revenue progressivement à la normale, son angine avait disparu et il s'était senti beaucoup mieux. Sa mère avait appelé le docteur Grimaldi pour l'informer de cette amélioration.

– C'est étonnant, dit le médecin, si c'est une mononucléose, les symptômes n'auraient pas dû disparaître si rapidement. Je n'ai pas encore reçu les résultats du labo. Dès qu'ils seront en ma possession, je vous appellerai.

Deux jours plus tard, Neo était sur pied, en pleine forme et impatient de retourner au lycée. Alors qu'il finissait de prendre son petit-déjeuner, le visiophone avait sonné. C'était le docteur Grimaldi. Il paraissait contrarié.

– C'est toi Neo ? Peux-tu me passer ta mère s'il te plaît ?

– Maman est au travail, elle est partie tôt ce matin.

La mère de Neo était directrice des expositions au musée d'art moderne de la ville. La maladie de son fils avait un peu perturbé l'organisation de son travail et elle rattrapait le temps perdu en quittant la maison deux heures plus tôt qu'en temps normal.

– Mmmh… comment te sens-tu mon garçon ? avait demandé le docteur Grimaldi d'une voix hésitante.

– Très bien, Docteur, j'allais justement partir pour le lycée.

– Bien, bien, mmmh… j'aimerais que ta mère me rappelle, peux-tu le lui dire ?

– Bien sûr… c'est à propos des résultats de l'analyse ?

– No… oui, mais ne t'inquiète pas. Pars vite au lycée maintenant.

Le soir venu, Sylviane Dommartin avait visiophoné au docteur Grimaldi. Neo lui avait trouvé un air inquiet alors qu'elle hochait la tête, face à l'écran, en disant seulement « oui… bien… mais » à intervalles réguliers. Elle avait raccroché et s'était tournée vers lui, le teint pâle.

– Nous allons voir Gabriel demain soir.

– Pourquoi ? avait-il demandé, soudain anxieux.

Elle avait tenté de prendre un ton rassurant mais sa voix tremblait.

– Ne t'en fais pas, il veut nous voir c'est tout.

Neo avait regardé fixement sa mère. Elle avait baissé les yeux.

– Qu'est-ce qu'il y a M'man ?… c'est à propos des résultats… ?

Elle avait hoché la tête, sans rien dire. Et des larmes avaient coulé sur ses joues. Neo avait senti une grosse boule dans son estomac.

– M'man… s'il te plaît… avait-il supplié. Qu'y a-t-il avec mes résultats ?

– Gabriel m'a fait promettre de ne rien dire avant notre rendez-vous de demain.

– M'man, je t'en prie !

– Il m'a avoué qu'il n'y comprenait rien, avait-elle finalement répondu en levant difficilement les yeux sur son fils. Il dit que tu es un cas unique, que personne n'a jamais vu ça.

– Mais est-ce que c'est grave ?

– Il… il n'en sait rien… il m'a dit que tu étais porteur d'un virus inconnu.

– Inconnu ! ?

Neo sentit son sang se figer dans ses veines. En matière médicale, le mot « inconnu » n'était jamais rassurant.

– Ne t'inquiète pas, avait dit sa mère précipitamment. Rien ne prouve que ce virus soit dangereux pour l'homme. Tu n'as eu qu'une angine. Il peut ne plus jamais se manifester.

Son regard exprimait un profond désarroi.

– J'aimerais tant que ton père soit là, avait-elle ajouté après un pesant moment de silence.

Neo s'était approché et avait entouré sa mère de ses bras. Il s'était senti bien seul.

– Moi aussi, M'man, je voudrais qu'il soit là.

Francis Dommartin était ingénieur géophysicien dans l'industrie pétrolière et son travail l'obligeait à sillonner le monde, d'une plate-forme de forage en mer du nord à un champ pétrolifère en Amérique du Sud, d'un gisement au Sahara à un autre en Alaska. Il restait éloigné de sa famille plus de six mois par an. C'était, pour sa femme, une situation bien difficile à supporter. Neo, lui, avait appris à vivre sans son père, comme s'il n'en avait pas. Mais dans les périodes de crise, il ressentait cruellement son absence.

Sylviane Dommartin s'était mise à sangloter. Neo avait pris sur lui pour cacher sa détresse et rassurer sa mère.

– Ne t'en fais pas M'man, je vais bien, je me sens bien.

Le jour suivant, un premier avril, Neo et sa mère s'étaient rendus chez le docteur Grimaldi. Celui-ci, la mine grave, les avait accueillis en personne.

– J'ai donné congé à ma secrétaire et décommandé tous mes rendez-vous, leur avait-il dit. Ainsi nous serons tranquilles.

Il les avait fait entrer dans son cabinet et, les éloignant de son bureau, les avait fait asseoir sur un confortable canapé en cuir. Il avait quant à lui pris une chaise et s'était assis face à eux.

– Alors Neo, comment te sens-tu ?

– Je vais très bien, avait dit Neo, un peu tendu.

– Bien, alors allons droit au but. Nous pensons, ta mère et moi qu'il vaut mieux ne rien te cacher, car tôt ou tard tu aurais été au courant. Et on combat mieux quelque chose que l'on connaît que quelque chose que l'on ignore.

Il avait eu une moue de frustration.

– Même si l'on ne sait rien de ce... virus. Car c'est bien d'un virus inconnu qu'il s'agit. Quand j'ai reçu tes résultats d'analyse, je n'ai pas cru aux conclusions du rapport. Les anticorps détectés ne correspondaient à aucun des anticorps spécifiques aux virus connus. Mais j'ai été bien obligé de me rendre à l'évidence. L'image du micro-organisme captée par le système de recherche automatique du microscope électronique ne ressemblait à aucune des représentations de mon atlas de virologie. J'ai passé une nuit blanche à consulter sur le Net les bases de données recensant les virus à travers le monde, en particulier celle de l'Organisation Mondiale de la Santé. Pour ne négliger aucune piste, j'ai même recherché dans les catalogues de virus du monde animal, qui peuvent par mutation se transmettre à l'homme. Mais je n'ai rien trouvé.

Le docteur Grimaldi avait marqué une pause, le souffle court.

– Le lendemain, j'ai envoyé la description de ce virus aux plus grands spécialistes en virologie du pays. Parfait inconnu, m'ont-ils répondu. Ils ont eux-mêmes contacté leurs confrères des instituts de recherche publics ou privés dans le monde, leur demandant de comparer ce virus fantôme à ceux qu'ils avaient en culture ou en stocks cryogéniques. Ils ont tous obtenu la même réponse : virus non identifié.

Le docteur Grimaldi avait regardé pensivement Neo puis sa mère.

– Il nous faut le reconnaître, nous ignorons tout de ce micro-organisme. Il est bien trop tôt pour savoir comment tout cela va évoluer. Mais il faut que tu saches, Neo, que rien ne permet à l'heure actuelle de dire que tu pourrais un jour ou l'autre tomber à nouveau malade du fait de ce virus. Il est certes responsable de l'angine bactérienne que tu as contractée la semaine dernière puisqu'il a, dans un premier temps, abaissé les défenses de ton système immunitaire. Mais celui-ci, aidé des antibiotiques que je t'ai prescrits, a fini par reprendre le dessus. Maintenant, tu te sens bien. Ça signifie que, pour le moment, ton organisme maintient à distance cet hôte indésirable et cohabite bon gré mal gré avec lui. Tu vois, c'est comme un pacte de non-agression entre eux. L'organisme accepte la présence du virus sur son territoire et s'engage à ne pas le détruire si celui-ci accepte en retour de ne pas trop se développer, ce qui mettrait l'organisme en danger. Il se peut très bien que tu restes en bonne santé, tu porterais le virus sans être malade. Tu serais ce qu'on appelle un porteur sain.

– Donc… je ne dois pas m'inquiéter ? avait demandé Neo.

– En effet, tu ne dois pas t'inquiéter, ça ne servirait à rien, et plus tu auras le moral, mieux tu te porteras.

Le docteur Grimaldi s'était alors lissé la barbe, signe chez lui d'une certaine nervosité.

– Mais ton état a cependant des conséquences qui te paraîtront sans doute… contraignantes. D'abord, tu dois savoir que ton cas est maintenant connu de tous les spécialistes en virologie de la planète et que tous, dans leurs labos, se sont mis sur la piste de ce mystérieux virus, réclamant un échantillon de ton sang.

Sylviane Dommartin s'était agitée sur le divan.

– Mais alors tout le monde va être au courant, avait-elle dit d'une petite voix effrayée.

– Non, avait répondu le docteur Grimaldi d'un ton très ferme. Tout ceci doit rester secret. Et ce pour plusieurs raisons. D'abord pour ne pas effrayer inutilement la population et pour laisser travailler les chercheurs dans la sérénité. Mais aussi pour toi, Neo. Imagine la réaction des gens s'ils savaient que tu es porteur d'un virus inconnu… Ils ne t'adresseraient plus la parole de peur d'être contaminés, ils te montreraient du doigt, te fuiraient. Tu deviendrais un paria et ta vie même serait en danger, face à l'agressivité et la haine de certains. Une drôle de célébrité, tu ne crois pas ?

– Peut-être auraient-ils raison de me fuir, avait dit Neo d'un ton lugubre.

– Non Neo, nous ne pensons pas que tu sois contagieux, du moins pas comme l'est un porteur de la grippe. N'oublie pas que tu es à ce jour un cas unique. Si la contagiosité de ce virus était élevée, on dénombrerait déjà des dizaines de personnes infectées, au minimum.

– Mais… qui… qui ? avait bafouillé Neo.

– Qui t'a contaminé ? avait gentiment repris le médecin. C'est la grande question. Ça peut être n'importe qui. Toute personne que tu as approchée ces derniers temps est susceptible de t'avoir transmis ce virus, autant dire tout ton lycée. Une cellule de veille, mise en place par le ministère de la Santé, est d'ores et déjà opérationnelle, chargée de collecter auprès des services sociaux et des médecins libéraux toutes informations sur les affections douteuses relevées depuis trois mois dans la région. Ton lycée est bien sûr sous surveillance spéciale. Des caméras thermiques ont été installées au-dessus des portes d'entrée de l'établissement, afin de détecter tout élève dont la température corporelle dépasserait 38 degrés.

En ce qui te concerne Neo, tu pourras donc continuer à avoir une vie normale, aller en cours, sortir avec tes amis. Cependant, comme nous ne savons encore rien du mode de transmission de ce virus, tu devras prendre certaines… précautions.

– Lesquelles ?

Le docteur Grimaldi avait eu une toux embarrassée.

– Eh bien, tu ne devras laisser personne boire dans ton verre ou manger dans ton assiette. En règle générale, tu devras veiller à ce que tout ce que tu auras porté à ta bouche ne soit pas touché par quelqu'un d'autre. Et si tu saignes, même une simple écorchure, tu devras être très vigilant. Personne ne doit entrer en contact avec ton sang, tu m'as bien compris ?

Neo avait hoché la tête en silence.

– Il y a une autre conséquence à ce que je viens de dire, plus pénible encore, avait poursuivi le docteur Grimaldi en se lissant la barbe. Et c'est une chose difficile que je vais te demander là Neo. Tu ne devras avoir de contact intime avec personne. Un simple baiser sur la bouche d'une jeune fille, par exemple. Tant que nous n'en saurons pas plus sur ce satané virus, tu devras t'abstenir. Est-ce que c'est clair Neo ?

Neo avait pâli, la tête penchée vers le plancher. Il avait eu une pensée désespérée pour Soraya.

– Neo, est-ce que c'est clair ?

– Oui, avait-il fini par dire dans un souffle.

– Mais comment tout cela peut-il rester secret, Gabriel ? avait demandé Sylviane Dommartin. Tous ces gens au courant…

– J'allais y venir. En fait, en dehors de Neo, il n'y a que deux personnes qui connaissent l'identité du porteur de ce virus : vous, Sylviane, et moi-même. Je préférerais que pour le moment, sauf bien sûr en cas d'évolution alarmante, Francis ne soit pas mis au courant, Sylviane. Il est loin, il se rongerait inutilement à se dire qu'il ne peut rien faire, ça pourrait avoir des répercussions fâcheuses sur son travail. Vous m'avez dit qu'il avait prévu de prendre une semaine de congé dans un mois. Et bien attendons cette date. Il sera bien temps alors de le prévenir.

– Si vous pensez que c'est mieux, Gabriel, avait acquiescé Sylviane Dommartin.

– Oui, je le pense, assura Grimaldi. Donc, Neo, en dehors de ta mère et moi, personne ne sait. Pour tous les autres acteurs de cette histoire, tu es un simple numéro sur l'étiquette d'une éprouvette. Si nous savons tenir notre langue, personne d'autre que nous ne saura jamais que tu es porteur d'un virus inconnu, mon garçon.

Le docteur Grimaldi avait regardé tour à tour Neo et sa mère.

– En accord avec le directeur de cabinet du ministre de la Santé, j'ai établi un protocole que je vais vous soumettre. Comme tu es mineur, Neo, ta mère, à défaut de ton père, doit aussi donner son accord. C'est en quelque sorte un contrat entre vous et moi. Vous pouvez bien sûr le refuser, mais dans ce cas, Neo, tu serais mis à l'isolement pour une durée indéterminée dans un institut de recherche contrôlé par l'Etat. Je ne pense pas que ce soit très enviable.

Voici donc les termes de ce protocole :

Premièrement, Neo, tu acceptes de subir un prélèvement de sang, une fois par semaine, dans un laboratoire de mon choix, afin que nous puissions suivre l'évolution du virus dans ton corps. Tous les centres de recherches qui en feront la demande pourront recevoir un échantillon de ton sang.

Deuxièmement, Sylviane et toi, Neo, vous engagez à garder le secret absolu sur ta maladie. Tu ne pourras en parler à personne, même pas à tes amis les plus proches ou à des membres de ta famille, exceptés ta mère ici présente et ton père, mais pas avant son retour. Il devra alors lui aussi signer ce protocole.

Le docteur Grimaldi avait regardé Neo avec compassion.

– Troisièmement, tu t'engages, Neo, à mettre en pratique toutes les mesures de précaution mentionnées en annexe du protocole, mesures ayant pour but d'empêcher la transmission du virus à d'autres personnes.

Quatrièmement, vous acceptez, ta mère et toi, que je sois votre unique interlocuteur concernant ta santé, Neo. Toute prescription ou acte médical te concernant ne pourra se faire sans mon accord.

Ce protocole non résiliable prendra effet dès sa signature et pour une durée de deux ans. Au terme de cette période, il pourra, avec l'accord des deux parties, être reconduit.

Le docteur Grimaldi avait marqué une pause, laissant à Neo et sa mère le temps de réfléchir, à ce qu'il venait de dire. Puis, il avait repris la parole :

– Neo, acceptes-tu les termes de ce protocole ?

– C'est ça ou être un animal de laboratoire dans un institut, avait dit Neo en haussant les épaules. Alors oui… j'accepte.

– Sylviane ?

– J'ai confiance en vous, Gabriel. Je sais que vous avez à cœur de préserver les intérêts de Neo, j'accepte, avait dit Sylviane Dommartin, les yeux humides.

– Dans ce cas, avait dit Grimaldi en se levant, je vais vous demander de venir signer les deux exemplaires du protocole sur mon bureau. Je regrette de vous presser ainsi mais le temps travaille contre nous.

Sur les instructions du docteur Grimaldi, Neo et Sylviane Dommartin avaient paraphé les pages des deux exemplaires et signé la dernière page sous la mention « Lu et approuvé ».

– Courage et à bientôt, leur avait dit Grimaldi en leur donnant une chaleureuse poignée de mains à la porte du cabinet. Et n'oubliez pas de dire à Francis de m'appeler dès son retour, avait-il rappelé à Sylviane Dommartin.

Neo et sa mère étaient rentrés chez eux en silence, plongés dans leurs sombres pensées. En l'espace de quelques heures, Neo avait perdu son insouciance. Il avait plongé dans l'âge adulte et ses innombrables soucis. Mais il avait toujours la combativité d'un adolescent et ce jour-là, il avait eu cette pensée rageuse : « Je ne laisserai pas ce virus faire sa loi ».

2

Un mois s'était écoulé depuis la terrible nouvelle. L'état de santé de Neo ne s'était pas détérioré. Il se sentait même plutôt en forme, essayant de ne pas trop penser à l'« alien » dans son corps. Tous les samedis matin, il allait se faire prélever un peu de sang dans un laboratoire discret, situé en dehors de la ville. Dans ce laboratoire, on ne lui demandait jamais son nom, simplement un mot de passe compliqué, composé de dix caractères alphanumériques, qu'il avait dû apprendre par cœur.

– Tes résultats sont bons, la charge virale n'a pas augmenté et ton taux de lymphocytes est stable, il n'a pas diminué depuis le premier prélèvement, lui avait dit le docteur Grimaldi à leur dernière rencontre.

Neo n'avait rien compris à ce jargon médical mais ces bonnes nouvelles avaient redonné un peu le moral à l'adolescent. Sa vie aurait pu être pratiquement normale s'il n'y avait eu les mesures de précaution auxquelles il devait sans arrêt penser. L'autre jour, à la récréation, Fred lui avait demandé une gorgée de son soda. Neo avait refusé en prétextant une trop grande soif et il s'était empressé d'offrir une canette à son ami. Il s'en était cette fois bien tiré mais, tôt ou tard, il se retrouverait dans une situation plus délicate. Comment ferait-il alors pour ne pas éveiller les soupçons ?

Mais c'était surtout vis-à-vis de Soraya qu'il ressentait durement le poids de ces mesures. Avant le premier avril, il ne rêvait que d'une chose : que Soraya lui déclare son amour. Mais depuis cette date fatidique, cette éventualité le terrifiait. Comment en effet pourrait-il entretenir une relation intime avec elle sans jamais l'embrasser et sans pouvoir lui donner d'explications ! ? Elle ne comprendrait pas son attitude, l'interpréterait peut-être même comme un manque d'attirance et donc d'amour pour elle. Et Neo quant à lui serait au désespoir d'être si proche d'elle et de ne pouvoir l'embrasser. Non, il devrait malheureusement attendre que ce maudit virus fiche le camp avant de pouvoir envisager une relation autre qu'amicale avec Soraya. « Peut-être resterai-je infecté à vie ! » se disait-il dans ses moments d'abattement.

Le premier mai, fête du Travail, est comme chacun sait, un jour férié où les travailleurs ne travaillent pas mais, en général, défilent dans la rue pour réclamer une augmentation de salaire ou l'amélioration de leurs conditions de travail. Les chômeurs ne sont pas conviés à ce rassemblement annuel car c'est la fête du Travail, pas du Chômage. Il n'y a malheureusement pas de fête pour les chômeurs. En tant que lycéen, Neo se sentait peu concerné par les revendications des uns et des autres, et puis il avait suffisamment de soucis comme ça. Il était devant l'écran de son ordinateur, prêtant une oreille distraite aux cris, aux coups de sifflet et aux meuglements de cornes de chantier en provenance de l'avenue Gordon Moore, à un pâté de maisons de chez lui. Alors qu'il consultait son courrier électronique, un message retint son attention. Il avait pour titre *Ouvre vite, c'est Soraya*. Il comportait un fichier graphique joint. Chouette, un courriel de Soraya ! se dit Neo. Il ouvrit avec empressement le message. À sa grande stupéfaction, une tête de mort apparut dans la fenêtre des fichiers joints. La tête de mort était surmontée d'une bulle qui disait : « Tu me ressembleras bientôt ».

Un message d'un tel mauvais goût ne pouvait émaner de Soraya. Pourtant l'adresse de l'expéditeur était bien celle de son amie : soraya_debagh@goeline.fr. Le corps du courriel ne contenait aucun texte. Neo afficha son en-tête et lut le nom du serveur de courrier : smtp4.postlib.com. Rien à voir avec goeline.fr. Était-ce juste une mauvaise plaisanterie… ou pire ? Neo avait un mauvais pressentiment. Il griffonna à la hâte sur un bout de papier le nom du serveur, l'heure de transmission du message ainsi que l'adresse IP de l'expéditeur, une série de quatre nombres séparés par des points, puis il lança un logiciel anti-virus. Le programme se mit à scanner les disques durs et au bout de quelques minutes qui parurent des heures à l'adolescent, il afficha son rapport : « Virus inconnu détecté. Pour le supprimer, connectez-vous au site Lorton

Software à l'adresse www.lortonsoft.com et téléchargez les signatures des derniers virus identifiés. » Neo ne s'était pas trompé. En s'ouvrant, le fichier graphique avait libéré une sale bête.

Le front moite, Neo se rendit sur le site désigné et lança la mise à jour du logiciel. Puis il relança l'inspection des disques durs. Mais à sa grande stupeur, le logiciel afficha le message : " Virus non répertorié dans la base de données Lorton Software. Veuillez contacter votre F.A.I.[1] "

Neo se sentit glacé jusqu'à la moelle des os. Était-ce le seul hasard qui le mettait à nouveau face à un virus inconnu ? Certes celui-ci n'était pas organique mais, tout comme le parasite qui squattait son corps, il se développait au détriment de son hôte.

Effaré, Neo vit les noms de ses fichiers audio, vidéo et graphiques être remplacés par le mot « meurs » suivi d'un chiffre incrémenté et de l'extension « vbs » : meurs1.vbs… meurs5.vbs… meurs10.vbs. Le virus se propageait à une vitesse folle, toutes les données importantes de ses disques durs allaient disparaître. Il n'y avait qu'une seule chose à faire. Il appuya sur l'interrupteur « marche / arrêt » de sa machine. L'écran devint noir. Tant que l'ordinateur serait éteint, le virus ne pourrait pas se propager. Mais dès qu'il rallumerait l'unité centrale, il poursuivrait son travail de destruction, gommant les données des disques. Neo eut une pensée terrifiée pour sa

1. Fournisseur d'accès Internet

propre situation. Que deviendrait-il si le virus qui était en lui s'attaquait à son cerveau, le siège de sa mémoire ? Pourrait-il, malgré lui, oublier Soraya ! ?

Désespéré, il décrocha le visiophone et composa le numéro de la jeune fille.

– Pourrais-tu passer à la maison ? lui dit-il en essayant de garder une voix normale, j'ai reçu un courriel empoisonné.

– Empoisonné ?

Sur l'écran du visiophone, deux magnifiques yeux verts le fixaient.

– Oui, un virus… de ta part.

– De ma part ! ?

– C'est du moins ce que j'ai cru. Le sujet était *Ouvre vite, c'est Soraya*. Mais en voyant l'image jointe, j'ai tout de suite compris que ça ne venait pas de toi. Un hacker a usurpé ton adresse. Viens à la maison et tu te rendras compte des dégâts.

– Je cours, je vole, je suis déjà là, mon Neo.

Neo appela ensuite Fred.

– Pas de panique, j'arrive mon pote, lui dit son ami, toujours prêt à rendre service.

Au moment où il raccrochait, Neo se sentit pris de vertige. Il ne parvenait plus à lire les lettres sur l'écran de son ordinateur. Il ferma les yeux une dizaine de secondes et quand il les rouvrit le malaise s'était dissipé.

– Il faut que j'apprenne à gérer mon stress, songea-t-il. Peut-être devrais-je faire du yoga, ou de l'aïkido.

Il alla se servir un verre d'eau gazeuse dans la cuisine

et s'affala dans un fauteuil du salon, essayant de se détendre. Mais il ne parvint pas à chasser les idées noires qui s'accumulaient en lui comme de menaçants nuages avant l'orage. L'individu, quel qu'il soit, qui lui avait envoyé cette image de tête de mort, infectant du même coup son ordinateur, était-il aussi à l'origine de sa propre contamination ? Mais pourquoi, qui lui vouait une telle haine ? Il en était toujours à se creuser la cervelle, quand Soraya et Fred firent leur apparition. Ils trouvèrent leur ami bien déprimé. Tous deux tentèrent de le réconforter de leur mieux.

– Une machine ça se répare, lui dit Soraya, en posant ses mains sur les épaules de Neo, ce qui fit bondir le rythme cardiaque de celui-ci et le mit à la torture.

– Ne te laisse pas abattre, lui dit fermement Fred, il y a forcément une solution à ton problème. Procédons avec méthode. Qu'avons-nous comme éléments à notre disposition ? D'abord, les données que tu as eu la présence d'esprit de recopier : le nom du serveur de courrier, l'heure de transmission du message et l'adresse IP de l'ordinateur expéditeur. Nous disposons aussi d'un fichier graphique mais nous ne pourrons l'examiner qu'après avoir redémarré ta machine.

Quand surgissait un problème, Fred le joyeux luron s'effaçait pour laisser la place à Fred le matheux, à la froide rigueur scientifique. Il était de surcroît féru d'informatique, ce qui en l'occurrence était providentiel.

– Si nous relançons la machine, le virus va à nouveau se propager et bousiller mes données, dit Neo d'un ton bourru.

– Je le sais bien mais nous pouvons allumer la machine juste le temps de copier le fichier sur une clé USB.

– Et ensuite ?

– Ensuite… voyons…

Fred se passa une main dans les cheveux, les yeux mi-clos.

– Ça y est, j'ai trouvé, s'exclama-t-il au bout de quelques secondes de cogitation. Nous examinerons le contenu de la clé sous Linux.

– Et alors ?

– Ce n'est pas le même système d'exploitation que celui de ton ordinateur, il y a donc un maximum de chances qu'il soit insensible à ce virus. Les virus multisystème sont rares, en dehors des macrovirus.

– Ok, mais connais-tu quelqu'un qui a une machine qui tourne sous Linux ?

– Non, mais ça peut se trouver, dit Fred, qui ne s'avouait jamais vaincu.

– Moi, j'en connais un, intervint Soraya, heureuse d'apporter sa contribution. Vincente, un copain de mon frère Karim, il ne jure que par Linux.

– Génial ! cria Fred. Tu sais comment le contacter ?

– Je vais appeler mon frère, dit Soraya en se dirigeant vers le visiophone.

– Pendant ce temps, étudions l'autre élément du problème, dit Fred, tout excité à la perspective de résoudre une énigme. Nous connaissons donc le nom du serveur de courrier : smtp4.postlib.com. Allons sur le site postlib.com pour voir à quoi il ressemble. Pouvons-nous utiliser la machine de ton père ?

Neo eut une grimace embarrassée.

– Il me l'a interdit.

– C'est une circonstance exceptionnelle, Neo.

– Tu as raison. C'est d'accord. Mais il ne faut surtout pas qu'il s'en aperçoive, il serait furieux.

– Ne t'inquiète pas, j'effacerai toutes les traces de notre passage.

Ils se rendirent dans le bureau du père de Neo. C'était une pièce lambrissée, au sol couvert de coco, qui faisait penser à l'intérieur d'une maison coloniale. Trois fauteuils club et une table basse formaient un coin salon près de la fenêtre. Des dizaines de dossiers étaient entassés sur des étagères alternant avec des statuettes et autres bibelots du monde entier. Au centre de la pièce, un grand écran plat, surmonté d'un œil-caméra pivotant, trônait sur une table en bois massif sous laquelle ronronnait une unité centrale de forme cubique. Un hologramme représentant un cerveau en 3D apparaissait par intermittence sur la façade de la machine. Il n'y avait pas de clavier.

– Waouh, la bécane ! s'exclama Fred. Un Vortex 1138 ! Tu ne m'avais pas dit que ton père avait cette merveille ! ?

– Je n'en savais rien. Il change constamment de matériel et puis je n'ai pas le droit d'entrer dans cette pièce.

Fred s'approcha respectueusement. L'œil pivota dans sa direction et l'écran s'éclaira. L'image en buste d'une élégante jeune femme, au regard sévère, apparut. Elle portait une veste de tailleur, avait un collier de perles autour du cou et une coiffure en chignon. Elle faisait immanquablement penser aux présentatrices des journaux télévisés du siècle précédent.

– Un agent intelligent, dit Fred à Neo qui ouvrait de grands yeux. C'est une assistante virtuelle qui tient lieu d'interface entre le système et toi.

Le réalisme du visage était tel qu'il était impossible de deviner, simplement en la contemplant, que cette image était pure synthèse et non pas celle d'une femme réelle, assise dans la pièce voisine ou à l'autre bout du monde.

– Identifiez-vous, dit l'interface d'un ton froid, sans l'ombre d'un sourire. Vous n'êtes pas répertoriés dans mes registres.

– Euh… je suis Neo, le fils de Francis Dommartin, dit Neo d'un ton penaud, comme s'il avait été pris en faute. Et voici Fred, mon ami.

– Vous n'êtes pas autorisés à accéder à mes registres, dit l'interface. À moins que vous ne connaissiez le mot de passe pour personnes autorisées. Connaissez-vous ce mot de passe ?

– Mais j'ai l'autorisation de mon père ! mentit Neo.

– Déclinez le mot de passe pour personnes autorisées, insista l'interface, inflexible.

Fred tira Neo par le bras.

– On revient tout de suite, dit-il à l'adresse de la machine.

Il entraîna Neo hors de la pièce.

– Il vaut mieux qu'elle ne nous voit pas faire des

messes basses, dit Fred en guise d'explications. Peut-être sait-elle lire sur les lèvres, comme Hal dans *L'Odyssée de l'Espace*.

– Ok, mais que comptes-tu faire ?

– Il faut trouver ce mot de passe. Je pense qu'on va avoir droit à trois essais. Qu'est-ce que ça pourrait être d'après toi ?

– Je sais pas moi, peut-être le jour de naissance de mon père, ou le nom de ma mère.

– Dac, trouves-en un troisième.

– Euh... le nom de ma grand-mère, Tatiana.

– Eh bien, il n'y a plus qu'à croiser les doigts pour que l'un des trois soit le bon.

Soraya les avait rejoints.

– J'ai le numéro de Vincente, dit-elle.

– Super, dit Fred. Finissons avec la dame et nous l'appellerons ensuite.

– Quelle dame ? demanda Soraya.

– Viens voir, lui dit Neo

Ils retournèrent dans le bureau.

– Cette dame-là, dit Fred en montrant l'écran.

– Francis Dommartin m'a paramétrée pour répondre au nom d'Eve, souligna l'interface, toujours aussi froide. Déclinez le mot de passe pour personnes autorisées.

Soraya n'aurait pas été plus impressionnée par une apparition.

– Qu'est-ce que...

– Ce n'est rien que de la haute technologie, dit Fred d'un ton supérieur.

Neo se rapprocha de l'écran et, d'une voix haute et intelligible, dit :

– 06MAI1960.

– Erreur. Deuxième essai.

– SYLVIANE, dit Neo en pensant à sa mère.

– Erreur. Troisième et dernier essai.

Au moment où il allait prononcer le nom de sa grand-mère, Fred lui agrippa le bras.

– Attends.

Fred avait remarqué, à demi cachée par l'écran plat, une photographie dans un cadre accroché au mur. C'était le portrait d'une personne qui était certainement chère au cœur de Francis Dommartin.

– NEO, dit Fred.

Eve eut un pâle sourire et c'est d'un ton plus chaleureux qu'elle dit :

Autorisation accordée. J'attends vos instructions.

Neo regarda son ami avec stupéfaction. Fred lui montra du doigt la photographie. En la découvrant à son tour, Neo eut le cœur serré. Il ne savait pas que son père l'aimait autant.

S'adressant à l'interface, Fred articula :

– Internet. Accès au site www.postlib.com.

Presque instantanément, la page d'accueil du site apparut. Le buste d'Eve rapetissa et migra dans le coin supérieur droit de l'écran.

– C'est un serveur d'adresses et d'hébergement gratuit, dit Fred. Essayons d'abord d'obtenir les coordonnées du hacker en utilisant ses méthodes. Pouvez-vous envoyer un message au webmaster de ce site sous une fausse identité, Eve ?

– Oui, mais la technique du phishing est illégale, répondit l'interface d'un ton sévère. Je ne…

– C'est un cas de légitime défense, coupa Fred, péremptoire. Destinataire : webmaster@postlib.com, login expéditeur : police_dpt_cybercrime, nom de domaine : celui de la police nationale, que vous détenez sûrement dans vos registres.

– Comment ! s'exclama Neo.

– Laisse-moi faire, dit Fred en posant une main apaisante sur l'épaule de son ami. Voici le message, poursuivit-il à l'attention d'Eve : Commission rogatoire n° 227_05_09. Transmission coordonnées détenteur adresse IP 82.197.121.209, effective à 01h32 A.M. Réponse immédiate attendue.

La réponse ne fut pas immédiate mais elle ne prit que quelques minutes.

Réception courrier, serveur expéditeur : smtp4.postlib.com, annonça l'interface en affichant le message retour.

– Cybercafé Galaxy, place de la Fraternité… lut à haute voix Soraya. Nous voilà bien avancés les garçons. C'est l'endroit le plus fréquenté du quartier des universités.

– Ce n'est pas tout, dit Fred. Il y a le nom et l'adresse courriel de notre oiseau : Johann Faust, mephis@postlib.com. Le nom est sans doute un pseudo mais l'adresse peut nous aider à remonter la piste de ce hacker. Eve ?

– Je suis là, répondit calmement le visage de l'agent intelligent dans le coin de l'écran.

– Retour à postlib.com, ordonna Fred. Accès messagerie. Identifiant : mephis.

La page d'accès à la messagerie apparut aussitôt et le mot « mephis » s'inscrivit dans le champ de l'identifiant.

– Recherche séquentielle du mot de passe, ordonna Fred.

– Il y a plus de deux mille huit cent vingt et un milliards de combinaisons alphanumériques possibles, dit Eve. Il me faudra mille neuf cent quarante-cinq années pour tester toutes les combinaisons, en tenant compte du temps nécessaire pour rouvrir la page après trois essais consécutifs.

– Je crois que c'est un peu trop long, dit Fred, dépité.

– Dois-je lancer la recherche ? demanda l'interface.

– Non, dit Neo. Recherche du nom « Johann Faust ».

C'était un nom qui lui rappelait quelque chose, mais il n'aurait su dire quoi.

– Il y a quinze Johann Faust dans l'annuaire des abonnés aux réseaux télécoms en Autriche, trente-deux en Allemagne, répondit trois secondes plus tard Eve. Le nom « Johann Faust » apparaît pour la première fois vers 1580 dans le livre d'un auteur anonyme allemand. C'est l'histoire d'un homme qui a conclu un pacte avec Méphistophélès. La plus célèbre réappropriation de ce mythe est celle du dramaturge allemand Johann Wolfgang von Goethe, avec la tragédie « Faust », en 1808.

– Je me disais bien que ça me rappelait quelque chose ! s'exclama Neo. Faust, l'homme qui a vendu son âme au diable. J'ai lu cette histoire dans un recueil de légendes.

Le type qui m'a envoyé ce message appartient peut-être à une secte satanique.

– Souhaitez-vous plus d'informations sur ce thème ? demanda Eve.

– Non, dit Neo, je crois que ça ira pour cette fois.

– Fin de recherche, dit Fred. Ah j'oubliais, effacement de l'historique des consultations.

– Toute suppression de données est impossible aux invités, dit l'interface.

– Alors mon père va savoir que nous avons utilisé son ordinateur ! dit Neo.

– Seulement s'il consulte l'historique, précisa l'interface.

– Bien, fin de consultation, ordonna Fred d'un ton sec à la machine.

L'écran se mit en veille.

– Désolé Neo, dit Fred à son ami, espérons que ton père ne s'aperçoive pas de notre intrusion. Il ne nous reste plus qu'à appeler Vincente.

Ils retournèrent dans la chambre de Neo. Fred composa le numéro que Soraya avait inscrit sur un bout de papier et qu'elle lui épela.

– Allô, Vincente ? Frédéric Muzard, je vous appelle de la part de Karim. On a un petit problème.

Fred raconta en détail la mésaventure survenue à Neo. Il raccrocha peu après, tout joyeux.

– Vincente accepte de nous aider. Nous avons rendez-vous chez lui à dix-sept heures.

– Génial, allons copier ce virus sur une clé USB, dit Neo.

Vincente habitait à la périphérie de la ville, dans une petite maison au toit surmonté d'une énorme parabole. Neo, Fred et Soraya rangèrent leurs scooters à côté d'un chopper aux chromes rutilants.

– Visez-moi cet engin ! s'exclama Fred, admiratif.

Vincente était un quadragénaire au visage dur que compensait un regard doux. C'était un rocker, un pur, un vrai. Il n'y avait pas de fausse note dans son look. Il portait un tee-shirt blanc faisant ressortir ses puissants pectoraux et ses biceps gonflés, un jean moulant et des santiags. Et pour compléter le tout, l'indispensable blouson de cuir clouté avec chaînettes était accroché à une patère de l'entrée. Mais, au-delà des vêtements, c'était avant tout sa splendide banane permanentée et gominée qui faisait de lui un authentique rocker.

– Faites comme chez vous, dit-il d'une voix bourrue en les faisant entrer dans une pièce qui ressemblait à la salle de contrôle d'un silo de missiles nucléaires. Des baies où s'encastraient des machines de toutes tailles, aux diodes sans cesse clignotantes, et des étagères surchargées de dizaines de périphériques et de piles de DVD se partageaient les murs jusqu'au plafond, sans laisser le moindre espace libre. Une console de commandement, couverte de grands écrans plats, d'un immense clavier et de manettes, occupait le centre de la pièce.

– Qu'est-ce que vous faites avec tout ce matos ? lui demanda Fred, ébahi.

– Ah, si tu me vouvoies, ça commence mal, dit Vincente. Bon, je vais quand même répondre à ta question. Je fabrique des univers virtuels pour les jeux en réseau. Ça nécessite une grande capacité de calcul. Mes machines tournent jour et nuit, sans interruption. Alors, où elle est la bébête ? demanda-t-il, manifestement impatient de voir à quoi ressemblait le virus.

Neo sortit la clé USB d'une poche de son blouson et la tendit à Vincente. L'informaticien l'introduisit sans hésiter dans un des ports d'un ordinateur isolé.

– Tu n'as pas peur pour tes machines ? lui demanda Neo.

– Cette bécane n'est pas reliée au réseau, lui répondit Vincente, et Linux est installé sur une partition du disque qui ne contient rien d'autre que des anti-virus. Je ne risque donc pas grand-chose. Au pire, je devrais réinitialiser la partition et réinstaller le système. L'affaire de quelques minutes. Le seul désagrément, c'est que mon agent intelligent ne peut fonctionner sans le réseau, il ne peut donc gérer cette machine. Je dois tout faire à la main, comme les premiers hommes de l'informatique.

Il appuya sur une touche du clavier et la tête de mort apparut sur l'un des écrans tandis que retentissait la sirène d'alarme d'un U-boat de la seconde guerre mondiale. Sur un autre écran clignotait le message « Virus détecté. Analyse en cours ». Une série de lettres et de chiffres défilaient sous une bande témoin où s'inscrivait le pourcentage de signatures de virus testées. Le verdict tomba rapidement : « Virus inconnu. Aucune signature répertoriée ne correspond au virus examiné. Virus inoffensif pour le système d'exploitation activé. Création anti-virus ? »

Vincente valida la demande en pressant une touche.

– C'est bien ce que je pensais, dit Fred. Il ne s'attaque pas à Linux.

Sur l'écran défilait maintenant une série ininterrompue de caractères alphanumériques et spéciaux.

– Intéressant, dit Vincente. Je ne comprends absolument rien à ce langage.

« Création anti-virus impossible. Code inconnu. » afficha l'écran.

Vincente se tourna vers les trois amis, le regard grave.

– Eh bien, les enfants, je ne peux rien faire pour vous, du moins en ce qui concerne cette saloperie. Elle a été créée dans un langage que je ne connais pas, et pourtant j'en ai vu défiler dans mon job. C'est un vrai pro qui a développé ça.

– Et ma machine ? demanda Neo.

– J'ai bien peur qu'il ne te reste plus qu'à formater tes disques durs.

– Mais je vais perdre toutes mes données !

– Je suis désolé mais il n'y a rien d'autre à faire, dit Vincente, implacable.

Désignant du menton la tête de mort, il reprit :

– Il nous reste encore à examiner cette image.

Il pressa une série de touches, tout l'écran se couvrit de 0 et de 1. Ils passaient l'un après l'autre en surbrillance avant de retrouver leur aspect normal. En bas et à droite de l'écran une chaîne de chiffres vira au rouge clignotant.

– Oh oh, dit Vincente, notre petit génie est aussi un

as de la stéganographie. Il a modifié imperceptiblement la chrominance des pixels d'une petite partie de l'image pour dissimuler un message et ça donne : " Songe aux têtes de mort qui se ressemblent toutes. " Il y a aussi ça derrière. Il désigna du doigt un endroit de l'écran où s'affichait une incompréhensible suite de nombres, séparés par des espaces et des points.

928.21.53 81854.21.11.9.16 9.10.12.84 437 21.263765.12.8 11 3Ø.12.85 53649.13 13.485 23 18.21 35.15.81 10.92 7.21.5.18.6.16 21.34Ø 957 16. 37.26.9.15 3 7957.16 21.1.21 237.21 736.16 2 23135 349.16 65 Ø3 5867 Ø36.19 7.21.5.15 16 21.53 49

– Je suis sûr que c'est une phrase en bon français codé, dit Fred. Regardez, il y a des espaces. Il veut nous mettre un peu sur la voie. À chaque chiffre ou nombre doit correspondre une lettre.

– Ce serait trop simple, rétorqua Vincente. Il a dû mettre des espaces bidon et fusionner des mots pour qu'un programme de décryptage ne puisse pas les identifier aisément.

Il se tourna vers Neo.

– Ce jobard en a vraiment après toi. Il va falloir que tu sois sur tes gardes.

Pâle et tendu, Neo ne broncha pas. Qui s'acharnait ainsi contre lui ? Il ne se connaissait pas d'ennemis. Il avait la sensation étouffante d'être pris entre deux feux : le virus organique d'un côté, l'informatique de l'autre.

À nouveau, Soraya vint le réconforter. Elle l'entoura de ses bras, sous le regard envieux de Fred.

– Mais nous on t'aime Neo. On ne laissera personne te faire de mal.

– Ça, tu peux compter sur nous, renchérit Fred.

Ils ne savent pas tout, pensa avec amertume Neo. Quel réconfort il aurait trouvé à partager son douloureux secret avec ses amis, et particulièrement avec Soraya ! Mais cela lui était interdit et leur affection ne faisait qu'accroître son sentiment de solitude.

Il fit un effort pour sourire.

– Bah, ce salaud ne me fait pas peur, ce n'est qu'un lâche pour se cacher ainsi derrière une image.

Vincente tendit la clé USB à Neo.

– Je l'ai formatée et j'y ai recopié les deux messages, lui dit-il. Au fait, ça vous dirait une bonne petite bière ? J'ai une excellente Garmishpartenkircheim tirée du fût, une vraie rousse.

– Heu… tu n'aurais pas de la « sans alcool » ? demanda timidement Neo.

Vincente eut une moue dégoûtée.

– Je dois avoir ça au fond mon frigo. C'est ce que boit ma grand-mère nonagénaire quand elle vient me voir. Idem pour toi, Fred ?

– Mens sana in corpore sano[1], répondit gravement Fred.

– Bon, bon. Et pour toi Soraya, ce sera quoi ?

1. Un esprit sain dans un corps sain, en latin

– Une limonade… si tu en as.

– Ça aussi j'ai, soupira Vincente, j'en garde au frais pour mon neveu.

Il alla fourrager dans son réfrigérateur et revint avec un plateau chargé de cannettes.

– Au moins, avec vous, je ne risque pas de me retrouver en taule pour incitation de mineurs à la débauche, fit-il remarquer avec un sourire en coin en servant les boissons.

Les trois amis rirent gaiement. Ils se sentaient bien chez Vincente. Celui-ci leur montra quelques décors de l'univers virtuel qu'il était en train de développer. Des steppes et des déserts infinis, balayés par le vent, qu'ils contemplèrent en silence, fascinés. Ce fut Soraya qui donna le signal du départ.

– Hou là, les garçons, on n'a pas vu l'heure tourner ! s'exclama-t-elle en regardant sa montre.

Ils remercièrent chaleureusement l'informaticien et prirent le chemin du retour.

– Demain je vous défie à la grimpette, cria Soraya à ses amis alors qu'ils se séparaient, aux abords du centre ville.

– Je crois que je couve une grippe, cria Fred en retour.

– Tu as intérêt à être là, trouillard !

Jeudi était le jour du cours d'escalade pour les élèves des trois classes de première S du lycée. C'était une discipline où Soraya excellait alors que Neo, sujet au vertige, était tout juste moyen. Quant à Fred, peu sportif, c'était sans doute l'activité physique où il souffrait le plus de ses kilos superflus. L'escalade était une option facultative en Éducation physique, au même titre que le football ou le badminton, mais pour Neo et Fred, il était hors de question de ne pas tout partager avec Soraya, les bons moments comme les moins bons.

En arrivant chez lui, Neo vit, garé devant la maison, un 4X4 aux couleurs noir et or, portant sur ses portières avant le logo de la Far East Petroleum. C'était la voiture de fonction de son père. Francis Dommartin était de retour chez lui.

3

Cela faisait quatre mois que Neo n'avait pas vu son père. Celui-ci appelait régulièrement sa femme et son fils mais cela ne compensait en rien son absence. Et la petite image contrastée sur l'écran du visiophone ne faisait qu'accentuer son éloignement. Au point que Neo préférait couper le canal vidéo pour se contenter de la voix de son père, une voix grave et posée, celle d'un homme maître de lui. Il refaisait toujours surface au moment où Neo commençait à s'acclimater à son absence. Comme s'il pressentait qu'une plus longue séparation le ferait tomber dans l'oubli, ou pire l'indifférence des siens. Mais il ne restait jamais très longtemps. Il prétextait que dans son métier sa présence sur le terrain pouvait être jugée indispensable à tout instant. On lui accordait donc ses congés au compte-gouttes. Il disait, mi-figue mi-raisin, qu'avec tous les jours de vacances qu'il avait en réserve, il pourrait prendre sa retraite cinq ans plus tôt que l'âge minimum. Neo s'était souvent demandé quel état d'urgence pouvait justifier le maintien à son poste durant de longs mois d'un ingénieur géophysicien de l'industrie pétrolière.

Francis Dommartin avait plus l'allure d'un moniteur sportif que celle d'un scientifique. C'était un homme de grande taille, au corps d'athlète et aux yeux bleu métallique. Il était assis sur le canapé du salon, à côté de sa femme, quand Neo entra dans la pièce. Une bouteille de vodka bien entamée et deux verres étaient posés devant eux sur une table basse.

– Te voilà enfin ! dit Francis Dommartin en se levant à l'approche de son fils.

– C'est plutôt à toi qu'on devrait dire ça, Francis !

Neo avait toujours appelé son père par son prénom. Alors qu'il appelait naturellement sa mère « M'man », il n'avait jamais pu employer son équivalent masculin à l'adresse de son père. Il est vrai que celui-ci n'avait pas su témoigner à Neo la tendresse et l'affection que tout enfant était en droit d'attendre d'un père aimant. Et ses absences répétées n'avaient fait qu'accroître la distance entre son fils et lui. Aux yeux de Neo, il n'avait jamais été un chef de famille digne de ce nom.

Francis Dommartin embrassa gauchement son fils.

– Comment vas-tu ? lui demanda-t-il d'un ton où perçait l'inquiétude.

– Je vais très bien, dit Neo, sur la défensive.

Francis Dommartin paraissait mal à l'aise, il semblait comme hésitant à parler. Neo croyait savoir à quoi il pensait. C'est alors qu'il remarqua les traits tirés, les yeux fatigués, les tempes grisonnantes. Son père semblait avoir vieilli de plusieurs années depuis leur dernière rencontre.

– Ta mère m'a mis au courant… pour ton état de santé.

Neo détourna la tête.

– J'ai aussitôt appelé Grimaldi, poursuivit Francis Dommartin. Il m'a demandé de venir au laboratoire avec toi samedi, le jour de ton prélèvement, pour signer le protocole. Il m'a assuré que pour l'instant tu étais un porteur sain. Tu serais même peut-être immunisé contre ce… virus.

– Je préférerais parler d'autre chose, dit sèchement Neo.

– Bien sûr, je comprends bien.

– Combien de temps restes-tu cette fois-ci ?

Francis Dommartin avait perçu la désillusion dans le ton de son fils. Il le regarda avec un air coupable.

– Une semaine exactement.

– Pas plus ! ?

– Tu sais bien qu'on m'accorde rarement plus, dit Francis Dommartin d'un ton las.

– Comment se fait-il que tu aies si peu de congés annuels ? Il n'y a pas de lois du travail dans ta compagnie ?

– Ma compagnie n'est pas européenne, elle n'est donc pas soumise à la réglementation européenne du travail, du moins en ce qui concerne ses filiales non implantées en Europe.

– Et tu acceptes ça sans rien dire, tu ne te révoltes pas ?

– Ça n'est pas si simple. Si ça ne tenait qu'à moi…

Il n'acheva pas sa phrase. Neo, les yeux baissés, ne trouvait plus rien à dire.

Francis Dommartin rompit le silence pesant.

– Au fait, j'ai quelque chose pour toi.

Il se mit à fouiller dans un sac de voyage. Il en sortit un paquet de petite taille, enveloppé dans un élégant papier rouge orné d'idéogrammes noirs.

– Ça vient du Japon, je pense que ça te plaira.

– Tu reviens du Japon ! ? s'exclama Neo.

– Oui, ma compagnie a démarré une campagne de prospection dans la péninsule d'Oshima, dans le nord du Japon.

Neo prit le cadeau que lui tendait son père et l'ouvrit délicatement. Il contenait un communicant à reconnaissance vocale avec écran holographique. Il était en outre pourvu de toutes les fonctionnalités Internet et du système de positionnement par satellite Galileo.

– C'est un très beau cadeau, merci Francis. Avec mon vieux communicant, je surfais en 2D et, avec mon exécrable sens de l'orientation, je m'égarais à chaque fois que je me retrouvais dans un nouvel endroit.

– C'est ce que m'avait dit ta mère, avoua Francis Dommartin. Je n'ai pas eu à me creuser la tête.

Neo était touché de l'attention de son père même si, au fond de lui, il savait que celui-ci cherchait ainsi à se faire pardonner ses trop longues absences.

– Et regarde ce que ton père m'a ramené, dit Sylviane Dommartin, les yeux brillants, en dépliant un splendide kimono en soie.

Neo sourit à sa mère. Elle semblait heureuse, comme à chaque retour de son mari, qui la sortait pour une brève période de sa solitude.

– Si on allait faire une promenade ? dit Francis Dommartin à l'adresse de son fils.

– Si tu veux, répondit Neo, je n'ai pas de devoirs pour demain.

– Allez-y sans moi, j'ai des choses à faire, dit Sylviane Dommartin qui comprenait que son mari avait besoin de se retrouver seul à seul avec leur fils. Mais soyez de retour pour le dîner.

– Ce soir, pas de cuisine, je vous emmène au restaurant, dit avec un sourire crispé Francis Dommartin.

Neo monta à côté de son père dans le 4X4 noir et or. Ils sortirent de la ville et s'engagèrent dans les collines qui la dominaient. Arrivés sur une hauteur, ils virent le fleuve et ses méandres, ruban d'argent sous le soleil déclinant. Francis Dommartin se rangea au bord de la route et coupa le moteur.

– Une petite marche nous fera du bien.

Le père précédant le fils, ils prirent un chemin sablonneux qui s'enfonçait dans une pinède. Ils marchèrent ainsi, sans un mot, près d'une demi-heure. Pénétrant dans une futaie aux arbres majestueux, Francis Dommartin s'arrêta, les yeux levés vers le sommet des pins.

– Reposons-nous ici un moment.

Il s'assit le dos contre un arbre.

– Viens t'asseoir près de moi, Neo.

Neo s'exécuta de bonne grâce.

– Tu vois Neo, cet arbre et ces deux autres-là délimitent un triangle. Eh bien, ton grand-père m'avait certifié que le fait de s'adosser à un pin ou à un autre résineux dans cette configuration réénergise le corps. Je ne suis pas loin de le croire. Sens-tu la sève qui coule dans tes veines ?

– J'aurais aimé le connaître, dit Neo, qui sentait au contraire une douce fatigue l'envahir.

– C'était un homme plein de vie, toujours enthousiaste et curieux de tout. Il m'a appris des choses essentielles, comme s'orienter à l'aide des étoiles, faire du feu en frottant des bouts de bois, reconnaître les champignons comestibles, pêcher des poissons avec les mains. En fait, il m'a appris à survivre.

– Toutes ces choses que tu ne m'as pas apprises, dit Neo avec amertume.

Francis Dommartin tourna la tête vers son fils, le remords se lisait sur son visage.

– J'en suis triste, dit-il, très triste... mais je vais tout faire pour que cela change. Je dois me désengager de mon boulot, ça ne sera pas facile... Je pourrais peut-être trouver un emploi dans la région. De façon à pouvoir rentrer tous les soirs à la maison et te consacrer du temps. Je sais que je n'ai pas été jusqu'à aujourd'hui un père à la hauteur mais je vais essayer de me rattraper, je te le promets.

Neo rumina en silence les paroles de son père.

– Tu sais Francis, j'ai vraiment eu besoin de toi ces derniers temps, et tu n'étais pas là.

Francis Dommartin attira son fils contre son épaule et la voix chargée d'émotion, il murmura :

– Pardonne-moi Neo. Un jour je pourrai t'expliquer certaines choses. Maintenant, je ne le peux pas.

Neo, qui était sur le point de raconter à son père l'agression informatique dont il avait été victime, se raidit. Si Francis Dommartin lui cachait des choses, il ne pouvait en retour se confier à cet homme, fût-il son père. Au lieu de cela, il dit :

– Il est temps de rentrer je crois, ne faisons pas attendre M'man.

Francis Dommartin eut un sourire triste.

– Tu as raison, je l'ai déjà tant fait attendre.

Le crépuscule avait pris possession des sous-bois. Ils prirent en silence le chemin du retour.

Le mur d'escalade se dressait au fond du gymnase. C'était une paroi de béton profilée de six mètres de hauteur sur laquelle étaient fixées, un peu partout, des prises en résine de tailles, d'épaisseurs et de formes différentes. Cette grande variété de prises permettait une multitude de voies, couvrant tous les niveaux de difficulté.

La dizaine d'élèves de première S qui avaient choisi cette activité étaient rassemblés au pied du mur. Ils s'étaient méthodiquement échauffés pendant un quart d'heure, puis s'étaient équipés de l'indispensable matériel : casque, chaussons, baudrier et corde.

– Aujourd'hui, on va essayer une 5b, dit Bruno, l'éducateur sportif. C'est la voie indiquée par une ligne bleue. Vous allez d'abord tous passer à tour de rôle et je vous assurerai. Qui veut commencer ?

Soraya s'avança.

– Moi, comme d'habitude, sinon aucun de ces poltrons ne voudra y aller.

Soraya pouvait se permettre ce genre de provocation, car tous au lycée savaient que derrière son caractère volontiers frondeur il y avait un esprit ouvert et généreux. Huée pour la forme, elle s'encorda et commença l'escalade de la voie, sous les encouragements de ses amis et les conseils de Bruno. Pas une seule fois, elle ne perdit prise, elle semblait adhérer à la paroi de toute la surface de son corps. Son arrivée en haut du mur fut saluée par des applaudissements nourris.

– Bravo, lui cria Bruno, tu es une pro Soraya.

Il la fit redescendre lentement à l'aide du système de frein.

– Au suivant !

Neo et Fred s'avancèrent ensemble. Soraya avait ouvert la voie, ils se devaient de lui succéder.

– Ok, à toi Fred, décida Bruno.

Soufflant comme une locomotive, Fred se hissa lourdement sur la paroi, aidé par Bruno qui l'assurait sec. Il dévissa à trois reprises mais parvint finalement au sommet.

– Tu vois quand tu veux, lui dit Bruno en le faisant redescendre.

Fred avait le visage cramoisi et dégoulinait de sueur mais il n'avait pas perdu son humour.

– C'est décidé, je ne prendrai plus qu'une baguette, cinq croissants et trois pains au chocolat au petit déjeuner.

Neo se tira plutôt bien de sa prestation, il faillit juste perdre l'équilibre quand, en parvenant au sommet, il regarda ses amis au pied du mur.

– Il ne faut jamais regarder vers le bas, lui cria Bruno.

– C'est plus fort que moi, dit Neo une fois à terre. Il faudrait que j'essaie de le faire les yeux bandés, ainsi je n'aurais pas le vertige.

– Il faudra d'abord faire des progrès. Tu n'aurais pas assez d'une heure pour grimper six mètres, lui dit Bruno en riant.

Quand tout le monde fut passé, Bruno installa trois cordes supplémentaires sur des voies de même difficulté que celle qu'ils venaient d'emprunter.

– Répartissez-vous en quatre groupes, dit-il. Je veux que chacun d'entre vous me fasse au moins une fois chacune des voies. Et relayez-vous pour vous assurer.

Le premier groupe à se constituer fut bien entendu celui de Soraya, Neo et Fred. Avec l'adhérence d'un lézard, Soraya couvrit la voie en moins de temps que mirent d'autres à atteindre la deuxième prise. Neo la ramena délicatement au sol. Encouragé pas ses amis, Fred s'en tira très honorablement en ne dévissant qu'une seule fois. Neo allait à son tour s'encorder quand il entendit une pétarade du côté du mur extérieur du gymnase. Tout le monde courut voir.

– Encore des voyous qui nous balancent des pétards de la rue par les vasistas, s'exclama Bruno en montrant des lambeaux de carton rouge. Et vous avez vu la taille ! Ils pourraient blesser quelqu'un avec ça. Il faut que j'en parle au proviseur. Ça devient Fort Apache ici. Bon, reprenez l'escalade, il n'y a plus rien à voir.

Ils retournèrent au pied du mur en commentant l'incident. Ça n'était pas le premier et certainement pas le dernier. Neo s'encorda et commença l'ascension de la voie.

– Ton pied gauche, écarte-le plus sur ta droite, tu vas trouver une prise, lui dit Soraya. Voilà, maintenant assure ta main droite et monte ta main gauche de trente centimètres, il y a un creux où tu peux glisser deux doigts, tu le sens ?... Bien, parfait, maintenant amène ta main droite juste au-dessus de ta tête.

Elle le conseilla si bien qu'il couvrit la voie sans une seule faute.

– Hip, hip, hip pour Neo, cria Soraya.

Tout sourire, Neo, assuré par Fred, se laissa aller. C'est alors qu'il entendit un craquement et vit la corde qui s'effilochait juste sous son nez.

– La corde est en train de lâcher, cria-t-il à ses amis.

– Accroche-toi au mur, hurla Fred, paniqué.

Le cœur battant à tout rompre, Neo tendit la main pour saisir une prise mais il ne put s'empêcher de regarder sous lui. Tout se mit à tourner, il ferma les yeux, sa main glissa.

– Accroche-toi au mur, hurlèrent de plus belle Fred et Soraya.

Mais il était trop tard, la corde cassa, Neo tomba. Heureusement, le revêtement caoutchouteux du sol amortit sa chute. Il sentit un grand choc puis ce fut le trou noir.

Quand il reprit conscience, il vit d'abord des formes floues avant de distinguer, tout près du sien, les visages de Soraya et Fred. Puis, à leur place, il vit celui de Bruno, très pâle.

– Comment te sens-tu ? demanda-t-il d'une voix nouée par l'émotion. Surtout ne bouge pas. J'ai fait appeler le SAMU.

– Qu'est-ce qui s'est passé ? demanda Neo qui avait un trou de mémoire.

– Tu es tombé, ta corde a cassé. Je n'y comprends rien. Je les vérifie à chaque séance, bredouilla Bruno. Tu as mal quelque part ?

– J'ai mal en bas de la jambe, dit Neo qui se sentait tout engourdi. Et il perdit à nouveau connaissance.

Il ouvrit à nouveau les yeux dans l'ambulance qui l'emmenait à l'hôpital. Les trois notes stridentes de la sirène auraient ranimé un mort. Quelqu'un lui tenait la main. Il tourna la tête et vit Soraya qui lui souriait tendrement. Il y avait aussi un infirmier qui lui enleva le masque à oxygène recouvrant son nez et sa bouche.

– Alors, on faisait la grasse mat' ? dit-il en prenant le pouls de l'adolescent.

Apparemment satisfait, il se pencha vers l'hygiaphone communiquant avec la cabine du chauffeur et cria :

– Tu peux arrêter la musique et lever le pied, Norbert, il est revenu avec nous.

La sirène se tut peu après.

– C'est le choc qui t'a fait tomber dans les pommes, mon gars, dit l'infirmier, se voulant rassurant. Tu as de la chance, ta colonne vertébrale ne semble pas être atteinte. À quelle jambe as-tu mal ?

– La droite, c'est une douleur diffuse, de la cheville au genou.

– Tu as peut-être une fracture. On va te faire passer une radio dès qu'on sera à l'hôpital.

Soraya posa une main sur son front.

– Tes parents ont été avertis, ils sont en route pour l'hôpital. Fred et Bruno nous suivent en voiture. Quelle peur nous avons eue !

Neo serra la main de Soraya. Il ne l'avait jamais autant aimée.

– Je voudrais te dire Soraya…

– Quoi Neo ?

Alors il se souvint du virus dans son corps et des interdits qui en découlaient, faisant de lui un prisonnier sur parole. Il se contenta de lâcher dans un souffle :

– Je suis content que tu sois là.

En guise de réponse, elle serra sa main plus fort.

La radiographie ne décela aucune fracture ni rupture ligamentaire. L'interne des urgences conclut à une entorse bénigne de la cheville. On la lui banda aussitôt et Neo, toujours accompagné de Soraya, fut conduit dans un fauteuil roulant jusqu'à la chambre où il devrait passer la nuit en observation. Fred, Bruno et ses parents l'y attendaient. On l'allongea sur le lit. Sylviane Dommartin, les yeux humides, embrassa longuement son fils.

– Mon chéri, comme j'ai eu peur quand le lycée nous a appelés.

Pour apaiser sa mère, Neo joua l'indifférent.

– Ça aurait pu être bien pire M'man. En fait, il y a plus de peur que de mal. Et je pourrai retourner au lycée dans trois jours.

Il se permit même un peu d'humour à l'adresse de l'éducateur sportif.

– Pour l'escalade, ça ne sera pas très facile avec des béquilles, Bruno.

Celui-ci eut une moue désolée. L'accident l'avait terriblement choqué. Il se sentait responsable.

– Je suis impardonnable Neo, j'aurais dû mieux vérifier les cordes. Il arrive très rarement que certaines aient des défauts internes qui les fragilisent. Mais c'est difficilement décelable. Il va y avoir une enquête. Le cours d'escalade est suspendu pour une durée indéterminée.

– Personne n'aurait pu voir ce défaut Bruno. J'ai moi aussi vérifié la corde avant de grimper, comme tu nous l'as appris. Elle paraissait en excellent état. Je le dirai aux enquêteurs.

– Je te remercie, Neo.

Fred se leva.

– Excusez-moi, j'ai un coup de fil urgent à donner. Je reviens tout de suite.

Il reparut dix minutes plus tard avec un plateau chargé de gobelets de thé et de café.

– J'ai pensé qu'une petite collation nous ferait du bien à tous.

Il fut vivement remercié et personne ne refusa la boisson tiède au goût incertain.

Peu après, une infirmière entra dans la chambre.

– Oh la la, il y a trop de monde ici. Il faut le laisser se reposer.

– Soraya et moi, on va rester un peu avec Neo, dit Fred à l'adresse des autres. Vous pouvez partir tranquilles, on s'occupe de lui.

Francis Dommartin se pencha sur son fils et l'embrassa.

– Je viendrai te chercher demain matin, Neo. Et… je ne pars que mercredi, je vais pouvoir m'occuper de toi.

– Pour une fois, dit Neo avec un pâle sourire.

Sylviane Dommartin enlaça son fils.

– À demain, mon chéri.

Bruno serra la main de Neo.

– Rétablis-toi vite, Neo.

Les trois adultes quittèrent la chambre. Fred prit une chaise tandis que Soraya s'asseyait sur le lit, près de Neo.

– Il faut que je vous dise quelque chose, dit Fred d'un ton grave. Je n'ai pas voulu le faire devant tes parents Neo, ça les aurait rendus fous d'inquiétude. C'est toi qui décideras si nous devons ou non les informer.

Il garda un moment le silence, comme si ce qu'il voulait dire était trop énorme pour pouvoir sortir de sa bouche.

– Eh bien parle, le pressa Neo, soudain anxieux.

Fred toussota.

– Bruno se trompe, la corde n'était pas défectueuse. Ça n'était pas un accident, Neo.

4

Un grand silence se fit dans la chambre. Neo et Soraya regardaient Fred, bouche bée.

– Qu'est-ce qui te permet de dire ça ? finit par demander Neo.

– J'ai examiné la corde avant que Bruno ne la récupère. À l'endroit de la cassure, elle est effilochée. À première vue, on pencherait en effet pour un défaut de fabrication ou pour une usure naturelle par frottements répétés. Cette deuxième hypothèse étant peu probable du fait de l'examen minutieux des cordes avant chaque séance, Bruno a tout naturellement pensé à un défaut interne. Seulement voilà, il n'a pas remarqué que l'extrémité des brins sectionnés avait une coloration un peu délavée, comme si la corde avait été à cet endroit en contact avec une substance corrosive…

– Que veux-tu dire ! ?

Fred regarda Neo, droit dans les yeux.

– Quelqu'un a versé de l'acide sur cette corde. C'était un sabotage, Neo et c'est toi qui étais visé.

Neo ferma les yeux, à nouveau pris de vertige. Voyant son teint livide, Soraya lui prit les mains.

– Neo, tu te sens bien ? Tu veux que j'appelle une infirmière ?

Il rouvrit les yeux et secoua la tête.

– Non, ça va aller mais c'est dur à digérer. Tu es sûr de ce que tu avances Fred ?

– Mon intuition me trompe rarement Neo. Et n'oublie pas que tu as reçu des menaces de mort. L'individu qui a voulu aujourd'hui te blesser, ou peut-être pire, et le hacker qui a envoyé un virus dans ta machine ne sont sans doute qu'une seule et même personne.

– Il existe des acides assez puissants pour ronger une corde d'escalade en un temps si court ?

– Tout à fait, dit Fred d'un ton catégorique. Tout à l'heure, si je me suis éclipsé quelques minutes, c'était pour appeler mon oncle qui est ingénieur chimiste. Il m'a confirmé que quelques gouttes de certains acides pourraient suffire à rendre une corde aussi fragile qu'un cheveu en quelques secondes.

– Mais, intervint Soraya, si ce que tu dis est vrai, que c'est un sabotage qui visait Neo, la corde a dû être détériorée juste avant qu'il ne grimpe. À quel moment ce salaud a-t-il pu... Elle étouffa un cri : « les pétards !... ».

– Exactement, dit calmement Fred, c'est le seul moment où il a pu agir.

Soraya se leva, en proie à une vive agitation.

– Ça se tient, ça se tient... mais il y a encore une chose qui me chiffonne dans ton raisonnement, Fred. Comment le saboteur savait-il qu'il pourrait mettre à profit l'incident des pétards pour commettre son forfait ?

– Il y a deux réponses possibles. Soit il ne le savait pas, et il a saisi l'occasion, qu'il attendait peut-être depuis longtemps, soit... il le savait.

– Comment ! ? dirent en chœur Soraya et Neo.

Fred eut un sourire entendu.

– Tout simplement parce qu'il est l'organisateur de cette mise en scène. En langage militaire, on appelle ça une diversion.

Le silence retomba dans la chambre, seulement troublé de temps à autre par une mouche se cognant à la fenêtre.

Ce fut Soraya qui reprit la parole. Sa voix était blanche.

– Il y a une chose à laquelle nous n'avons pas pensé, les garçons. La porte du gymnase est à l'opposé du mur d'escalade. Personne, malgré cette diversion, n'aurait eu le temps d'entrer dans le gymnase, de courir jusqu'au mur, de verser de l'acide sur la corde et de ressortir sans être vu. Il n'y a qu'une seule explication... Ce salaud appartient à notre groupe d'escalade.

Fred et Neo se regardèrent.

– Nous trois exceptés, ça fait huit personnes, dit Fred.

– Faisons la liste, dit Neo en prenant un bloc-notes et un crayon sur sa table de chevet. Il y a Emmanuel... Corinne... Pavel... Aurélie... Hakim... Mario... Sarah... Il m'en manque un ou une.

– Zoltan, dit Soraya.

– Ah oui Zoltan, mais je ne me souviens pas l'avoir vu hier.

– Moi non plus, il était absent.

– Ça nous fait donc sept suspects potentiels, dit Fred. Sur ces sept personnes, nous ne devons retenir que celles qui ont un bon niveau en informatique.

– Corinne déteste l'informatique, dit Soraya. Elle m'a dit un jour qu'une occupation qui consiste à passer des heures devant un écran est une régression de l'humanité, au même titre que la télévision.

– Aurélie est moins excessive mais on ne peut pas dire que les ordinateurs la passionnent, dit Neo. En atelier d'informatique, j'ai dû souvent lui expliquer plusieurs fois des concepts hypersimples.

– J'ai pu constater qu'Emmanuel aussi avait un niveau très moyen, renchérit Fred. Pas étonnant, c'est un littéraire, toujours le nez plongé dans ses bouquins.

– Halte là, misérable ! feignit de s'emporter Neo. Qu'as-tu donc contre les littéraires ? Les prendrais-tu pour des sots rétrogrades ?

– Mille excuses, votre seigneurie, mes mots ont dépassé ma pensée. Je voulais simplement dire que ce charmant garçon ne semble pas s'intéresser aux objets bassement matériels que sont les ordinateurs.

– C'est peut-être vrai dans son cas, admit Neo. Mais il ne faut pas en faire une généralité.

– Bon, et les autres ? s'impatienta Soraya.

– Hakim et Pavel sont des mordus, poursuivit Fred, et Mario est un fondu de jeux en réseau. Quant à Sarah, elle passe presque toutes les pauses déjeuner à surfer sur le Net.

– Elle est bien étrange, Sarah, dit Soraya d'un ton rêveur. Toujours habillée de noir, solitaire. On dirait une sorcière.

– Ça n'en fait pas pour autant un suspect plus suspect que les autres, rétorqua Fred.

– Certes, convint Neo. Nous avons donc quatre suspects potentiels. La question maintenant est de savoir ce que nous allons faire.

– Il faut prévenir tes parents Neo, dit Soraya,... et la police, c'est trop grave.

Mais Neo pensait au virus énigmatique dans son sang qui causait déjà beaucoup d'anxiété à ses parents.

– Non, je ne veux pas les inquiéter. Et puis si la police enquête, des gens innocents vont être soupçonnés et sans cesse interrogés. Bonjour l'ambiance au lycée.

– Alors c'est à nous de trouver le ou la coupable, dit Fred. Une fois que nous saurons qui a fait le coup et que nous aurons rassemblé des preuves, nous pourrons prévenir la police. Je me charge de surveiller Pavel et Hakim, ils sont tout le temps fourrés ensemble. Soraya, tu pourrais faire amie-amie avec Sarah. Et toi Neo, tu pourrais t'occuper de Mario. On est d'accord ?

Ils acquiescèrent en silence. Fred se mit debout et, posant sa main droite sur son cœur tout en levant la gauche, dit d'un ton solennel : « Moi Fred Muzard, je fais le serment de mettre tous les moyens intellectuels et physiques en ma possession, sans limitation de durée, au service de mon ami Neo Dommartin ici présent, afin de l'aider à débusquer le salaud de psychopathe qui cherche à lui nuire. »

– Idem et cætera, dit Soraya.

– Dites : « Nous le jurons », ordonna Neo d'un ton de procureur.

– Nous le jurons !

Le lendemain matin, à neuf heures précises, Francis Dommartin vint chercher son fils à l'hôpital.

– Tu vas devoir marcher à cloche-pied pendant quelque temps, dit-il en lui tendant une paire de béquilles.

Neo les essaya en se déplaçant dans la chambre.

– On s'y fait vite. Et je ne peux pas me plaindre. Certains en utilisent toute leur vie.

– Que t'a dit le médecin ?

– On m'enlève le bandage dans une dizaine de jours, c'est une entorse légère.

– Bonne nouvelle. Bien, je t'emmène au laboratoire pour ton prélèvement. Grimaldi nous y attend. Il veut me faire signer le protocole.

Francis Dommartin aida Neo à s'installer dans le 4X4 et démarra nerveusement. Il semblait perturbé et tournait fréquemment la tête vers son fils.

– Quelque chose ne va pas, Francis ? finit par demander Neo, intrigué par l'attitude de son père

– Euh non non… tout va bien.

– Tu m'as l'air bien nerveux.

– Oh et puis zut… je ne voulais pas t'en parler aujourd'hui mais tant pis… Je sais que tu t'es servi de mon ordinateur. En d'autres circonstances, je t'aurais passé un sacré savon. Mais avec tout ce que tu subis actuellement…

– Je suis désolé Francis, mais ma bécane était H.S. à cause d'un virus, dit prudemment Neo. J'avais des recherches urgentes à faire…

Francis Dommartin resta silencieux jusqu'à l'arrivée devant les grilles du laboratoire.

– Ecoute… je t'autorise à te servir de ma machine… si tu me promets une chose.

– Quoi ?

Francis Dommartin rangea le 4X4 sur une place du parking puis se tourna vers son fils.

– Promets-moi de ne jamais essayer de forcer mon accès personnel. Tu peux utiliser à ta convenance la partition Invités, je n'ai pas changé le mot de passe, mais ne va jamais au-delà. Tu me le promets ?

– Je te le promets, dit Neo en fixant son père dans les yeux.

Alors qu'ils se dirigeaient vers l'accueil, ils tombèrent nez à nez avec le docteur Grimaldi. Celui-ci serra la main de Francis Dommartin et regarda avec étonnement les béquilles de Neo.

– Un accident, hier, à la séance d'escalade, dit le garçon en guise d'explication.

– Tu aurais dû me faire prévenir aussitôt, le sermonna Grimaldi. N'oublie pas que tout acte médical te concernant ne peut être exécuté qu'avec mon accord.

– Je n'étais pas en état de faire ou demander quoi que ce soit, rétorqua Neo.

– Mouais, bon, grommela Grimaldi d'un air mécontent.

Il grimaça un sourire.

– Pour te réconforter, je peux t'annoncer que les résultats du prélèvement de la semaine dernière sont bons. La charge virale et le taux de lymphocytes n'ont pas varié. Tu restes un porteur sain. Cependant, il faudrait que je te voie pour un examen approfondi la semaine prochaine. Prends rendez-vous avec ma secrétaire.

– Suis-je toujours un cas unique, Docteur ?

Les mots, irrépressibles, avaient jailli de la bouche de Neo. Sans trop se l'avouer, il aurait aimé que Grimaldi lui réponde par la négative. C'était sans doute égoïste de sa part mais il se serait senti moins seul s'il avait appris que d'autres étaient comme lui, atteints par ce mal étrange. Le terrible secret aurait été moins lourd à porter.

Mais Grimaldi eut un hochement de tête affirmatif.

– Oui, Neo, tu es toujours, à ce jour, le seul porteur connu de ce virus. Les caméras thermiques positionnées à l'entrée de ton lycée ont bien détecté quelques élèves fiévreux que nous avons soumis à un contrôle médical, prétextant une action de prévention de la grippe, mais aucun n'était séropositif.

Il se tourna vers Francis Dommartin.

– Content de vous revoir, Francis. Pendant que Neo se fait sucer le sang par une jolie vampiresse, je vous propose de me suivre dans le bureau personnel que le laboratoire a mis à ma disposition.

– Entendu, répondit Francis Dommartin en serrant vigoureusement la main de Grimaldi. On se retrouve ici, Neo. À tout à l'heure.

Neo se dirigea vers l'accueil où il communiqua son mot de passe. Il fut pris en charge par une infirmière qui était effectivement jolie. Il détourna la tête quand elle enfonça l'aiguille à la saignée de son coude mais, pour le reste, subit l'intervention avec indifférence. C'était devenu une formalité, certes contraignante mais qui avait l'avantage de le rassurer. Il pensait, un peu naïvement, que tant qu'il serait suivi médicalement, la maladie ne pourrait pas se déclarer. L'infirmière lui soutira en souriant deux tubes d'un sang bien rouge.

Quand Neo sortit du laboratoire, il vit sur l'esplanade son père parlant avec véhémence au docteur Grimaldi. Leur conversation n'avait apparemment plus rien d'amical. Francis Dommartin aperçut son fils et s'interrompit.

– Au revoir, dit-il sèchement à l'adresse de Grimaldi.

– Au revoir, répondit tout aussi sèchement le docteur. À la semaine prochaine Neo, poursuivit-il d'un ton plus chaleureux.

Et il réintégra le laboratoire en haussant les épaules.

En montant dans le 4X4, Neo remarqua un homme grand et athlétique qui regardait dans leur direction. Il était vêtu d'un costume clair et portait des lunettes noires. Sa silhouette rappela vaguement quelqu'un à l'adolescent. Francis Dommartin le vit aussi et fronça les sourcils.

– Tu le connais ? demanda Neo.

– Non, répondit son père en démarrant brutalement, les yeux fixés sur le rétroviseur.

Il semblait contrarié et conduisit sans desserrer les dents. À mi-chemin de leur maison, comme mû par une décision soudaine, il tourna brusquement dans une petite rue et se gara le long du trottoir.

– Ne bouge pas, dit-il à son fils. J'en ai pour une minute.

Il sortit de la voiture et s'éloigna de quelques mètres. Neo le vit parler face à l'écran de son communicant. Il avait la désagréable impression que son père lui cachait quelque chose, quelque chose de grave. Francis Dommartin réintégra peu après le véhicule et démarra aussitôt.

– Je t'emmène chez un ami médecin qui va te prélever encore un peu de sang, lui dit-il.

Devant l'air étonné de son fils, il ajouta :

– Tu comprends, deux avis valent mieux qu'un. Je veux être sûr qu'il n'y a pas d'erreurs. Je le ferai analyser dans un laboratoire indépendant.

Ils roulèrent quelques minutes pour s'arrêter devant un immeuble vétuste. Fixée près de la porte, une plaque en cuivre défraîchie indiquait : « Wim Destouches, médecin généraliste, ancien interne des hôpitaux de Baden-Baden ». Francis Dommartin appuya sur le bouton de l'interphone. Deuxième étage, dit simplement une voix. Ils montèrent un escalier sombre, où planait une odeur de renfermé. Wim Destouches les attendait sur le pas de sa porte. Un teint livide, des cheveux gras, d'immenses cernes sous les yeux, une veste usée aux épaules parsemées de pellicules, l'aspect du docteur Destouches n'inspirait pas une grande confiance quant à ses compétences médicales. Et effectivement, vu l'état de délabrement du cabinet où il les fit entrer, il ne devait pas avoir beaucoup de patients. Francis Dommartin lui serra longuement la main.

– Comment vas-tu Wim ? lui demanda-t-il gravement.

– Un jour de plus, un jour de moins, tout me rapproche du moins que rien, dit le médecin d'un ton désabusé.

– Sacré Wim, tu aimes toujours autant la poésie. Je te présente Neo, mon fils.

Neo serra une main étonnamment ferme pour un personnage à l'apparence si maladive.

– Je te remercie d'avoir répondu présent, poursuivit Francis Dommartin. Je te revaudrai ça.

– Y'a pas de quoi Francis. Comme tu le vois, je ne suis pas débordé. Quel bras ne t'a-t-on pas piqué aujourd'hui, mon jeune ami ? demanda-t-il à Neo en saisissant un garrot en caoutchouc.

Quand ils eurent regagné le 4X4, Neo dit à son père :

– Il est étrange ce médecin. Il a l'air tellement… misérable.

– Oui, répondit Francis Dommartin en rangeant dans une mallette le tube empli du sang de son fils. Il n'a pas toujours été ainsi. Mais il a eu de gros ennuis.

– Quel genre d'ennuis ?

– Il y a quelques années, il a commis une erreur médicale qui a entraîné le décès de sa patiente. Il a comparu devant le Conseil de l'Ordre qui l'a radié. Il ne s'en est jamais remis.

– Tu veux dire qu'il n'est plus médecin ? Mais… et sa plaque ?

– Il n'a jamais eu le courage de l'enlever, mais il ne peut plus exercer.

– Et que fait-il quand un malade se présente ?

– Il lui dit que le médecin qui était là a déménagé et qu'il a oublié d'enlever sa plaque.

– C'est incroyable ! Et de quoi vit-il ?

– Du R.M.I., comme beaucoup de gens.

– Incroyable ! répéta Neo. Comment l'as-tu connu ?

– C'était un très bon ami au lycée. Comme Fred pour toi.

– Tu ne m'en avais jamais parlé, dit Neo d'un ton boudeur.

– Non, dit simplement Francis Dommartin en gardant les yeux fixés sur la route.

Neo pensa au cours dramatique que pouvait prendre une vie et il se sentit soudain très triste.

En s'arrêtant devant leur maison, Francis Dommartin poussa un soupir et tourna la tête vers son fils, un sourire un peu figé sur les lèvres.

– Il fait un temps splendide, nous pourrions aller passer la journée à la mer. Avec Sylviane bien sûr. Qu'en dis-tu ?

– Chouette idée, Francis, M'man sera sûrement contente ! Et je vais pouvoir faire du cerf-volant.

Sylviane Dommartin fut plus que contente, elle fut enchantée.

– Je vais enfin avoir mes deux hommes avec moi, dit-elle en enlaçant son mari et son fils.

Ils prirent la route de l'océan, heureux d'être réunis.

Francis Dommartin avait fait coulisser le toit ouvrant et une douce brise leur caressait le visage, apportant les senteurs du printemps. Le père de Neo semblait s'être détendu, il souriait souvent à sa femme à ses côtés, elle lui rendait ses sourires, les yeux brillants. Confortablement installé à l'arrière, Neo était aux anges. Il ne se souvenait pas avoir jamais connu une telle sensation de bien-être en compagnie de ses parents. Au fond de lui, il savait que ça ne durerait pas, ça ne pouvait pas durer, son père s'en irait à nouveau bientôt. Mais il ne voulait penser qu'à l'instant présent, au soleil au zénith dans un ciel sans nuages.

Ils déjeunèrent dans un restaurant de pêcheurs, au bord d'une crique paisible. Les encornets et les spaghettis à l'encre de pieuvre étaient succulents, le vin blanc frais et fruité. Puis ils poussèrent leur route vers les immenses plages de sable, peu fréquentées en cette période de l'année. Ils ôtèrent leurs chaussures et abandonnèrent le 4X4 derrière les dunes. Neo portait en bandoulière son cerf-volant, rangé dans son étui. La marée était basse. Ils marchèrent vers la mer mais Neo ne put aller bien loin, ses béquilles s'enfonçaient dans le sable. Alors Francis et Sylviane Dommartin firent une chaise en croisant leurs avant-bras et le portèrent ainsi tout près de l'eau. Le vent s'était levé. Neo déploya son cerf-volant et effectua des figures de plus en plus difficiles, au ras des vaguelettes, sous les acclamations enthousiastes de ses parents. Ceux-ci voulurent ensuite s'initier au maniement du cerf-volant. Au début, il y eut beaucoup de crashes mais, grâce aux patients conseils de leur fils, ils parvinrent finalement à maintenir l'objet en vol.

Ils ne se décidèrent à regagner la voiture qu'une fois le dernier rayon de soleil disparu sous l'horizon. Le ciel crépusculaire était strié de traînées roses.

Une mauvaise surprise mit fin à leur joyeuse insouciance. La vitre avant côté passager du 4X4 avait été brisée. Le contenu de la boîte à gants était répandu sur les sièges. Francis Dommartin courut au sommet d'une dune et scruta dans les deux sens la route du littoral. Il revint, l'air sombre, près de la voiture.

– Pas un véhicule en vue. Les fumiers qui ont fait le coup doivent être déjà loin. Mais ils ont dû être déçus. J'avais gardé ma veste avec mon portefeuille et j'ai laissé ma mallette à la maison. Et toi Sylviane, tu as ton sac, n'est-ce pas ?

– Oui, je n'ai rien laissé dans la voiture.

– Moi non plus, dit Neo.

Francis Dommartin remit de l'ordre dans le 4X4.

– Rien n'a disparu, dit-il quand il eut terminé. Ni le livret technique du véhicule, ni les mouchoirs en papier, ni même les chewing-gums. On s'en tire plutôt bien.

– Tu as quand même une vitre cassée, lui rappela Sylviane Dommartin.

– Bah, l'assurance paiera, lâcha-t-il d'un ton indifférent.

Mais l'expression inquiète de son visage, qu'il garda tout au long du retour, démentait son apparent détachement.

Le dimanche matin, Neo se réveilla plein de courbatures et l'esprit confus. Il avait fait un cauchemar particulièrement pénible.

Dans un carnaval, un homme portant un chapeau haut de forme, une cape et un masque mortuaire, sans expression, le croisait dans la foule. Malgré le masque, il savait que cet homme était son père. Celui-ci faisait mine de ne pas le reconnaître et poursuivait sa route. Neo le suivait avec difficulté, des figures grimaçantes tentaient de l'en empêcher. Tant bien que mal, il se frayait un chemin dans la foule, se guidant sur le chapeau haut de forme qui en émergeait. Subitement, ils se retrouvaient dans un village en ruines. Son père entrait dans une maison sans porte, ouvrait une trappe et descendait dans les ténèbres. Neo le suivait et se retrouvait dans une crypte où son père lui faisait face. Il regardait autour de lui et s'apercevait avec horreur que le sol de la crypte était jonché de squelettes humains, des milliers de squelettes, enfants et adultes mêlés. Il cherchait alors à agripper les mains gantées de son père, mais celui-ci s'effondrait et il n'y avait plus sur le sol qu'un costume de magicien sur lequel se détachaient le masque et les gants blancs. La bouche du masque était tordue en un cri de souffrance.

Neo jeta un œil à son réveil. Sept heures vingt. Bien tôt pour un dimanche. Mais il savait qu'il ne parviendrait pas à se rendormir. Il attrapa ses béquilles et se leva. Dans la salle de bain, il s'aspergea le visage d'eau froide puis se regarda dans la glace, s'attendant à voir apparaître un masque mortuaire. Mais il ne vit que la tête ébouriffée et les yeux encore gonflés de sommeil d'un adolescent bougon. Il esquissa un sourire. Il avait lu quelque part que sourire, même en se forçant, faisait toujours du bien au moral.

Tout était silencieux dans la maison. Ses parents devaient encore sûrement dormir. Il prit un copieux petit déjeuner : jus d'oranges pressées, chocolat chaud, céréales et muffins. Puis il retourna dans sa chambre et lança le formatage des disques durs de son ordinateur. Il allait perdre tous ses fichiers mais c'était le seul moyen de détruire totalement le virus qui y avait proliféré.

Tandis que s'effectuait l'opération, il repensa aux événements de la veille. L'attitude de son père, au laboratoire comme à la plage, lui avait paru bien étrange. On aurait dit un homme sur le qui-vive. Quelle menace pouvait ainsi peser sur ses épaules ? J'ai trop d'imagination, se dit Neo. Peut-être se fait-il simplement du souci pour moi. Mais pourquoi aussi lui avoir fait prélever du sang en catimini par ce Wim ? S'il voulait réellement, par principe de précaution, une analyse complémentaire, pourquoi ne l'avait-il pas emmené directement au laboratoire indépendant qu'il avait mentionné ? Il y avait décidément beaucoup de zones d'ombre chez cet homme.

Le regard de Neo fut attiré par le papier rouge orné d'idéogrammes noirs sur une étagère, le cadeau de Francis Dommartin. Il l'avait complètement oublié. Il sortit le communicant de son emballage et y transféra la carte SIM de son ancien appareil. Puis il le mit en marche et paramétra le programme de messagerie électronique avec ses codes d'accès personnels. Un bien beau cadeau que m'a fait Francis, se dit-il.

Il se connecta au serveur et releva son courrier. Comme d'habitude, sa boîte aux lettres était encombrée de messages publicitaires dont il n'avait rien à faire. Il commençait à les supprimer quand Sylviane sa mère entra dans la chambre.

– Bonjour mon chéri. As-tu bien dormi ? demanda-t-elle d'une voix ensommeillée.

– Pas très bien, j'ai fait un horrible cauchemar.

– Mon pauvre chéri, ce sont sûrement les séquelles de ton accident. Au fait, où est ton père ?

– Je n'en sais rien, je pensais qu'il dormait encore.

– Il a dû sortir prendre l'air. Eh bien, je ne vais pas l'attendre, je vais prendre un bon petit déjeuner. À plus tard mon chéri.

– À tout à l'heure M'man.

Resté seul, il reprit son travail, sans trop s'interroger sur l'absence de son père. Il y était tellement habitué.

Il avait déjà supprimé huit messages indésirables et mis de côté un message amical de Fred, un autre plus qu'amical de Soraya et le bulletin hebdomadaire d'un site sur la robotique et l'intelligence artificielle, sujets qui le passionnaient. En pestant, il supprima encore une demi-douzaine de propositions commerciales particulièrement racoleuses. Il ne restait plus qu'un courriel à consulter. Il lut son sujet, *Partie remise*, et son sang se glaça. C'était lui, il en avait le pressentiment ! Et en effet l'expéditeur était bien « Johann Faust » et l'adresse « mephis@postlib.com ».

Cette fois-ci, il n'avait pas cherché à dissimuler son pseudo et son adresse en usurpant une identité électronique. Le webmaster de son F.A.I.[1] avait dû l'informer de l'injonction, de ce qu'il croyait être la police, de transmettre ses coordonnées. Neo hésita. Ce courriel ne constituait aucun danger pour son communicant, il n'y avait pas de fichier joint et donc pas de virus prêt à parasiter le système d'exploitation, il n'était donc pas indispensable de le détruire aussitôt. Mais en lisant ce message, n'allait-il pas faire exactement ce que voulait ce hacker psychopathe ? Il n'hésita pas davantage, sa curiosité était trop forte. Il ouvrit le courriel. Celui-ci ne contenait que trois vers, en caractères gothiques :

Et ses yeux n'ont pas vu, présage de son sort,
Auprès d'elle, effeuillant sur l'eau sombre des roses,
Les deux Enfants divins, le Désir et la Mort.

1. Fournisseur d'accès Internet

5

La cour de récréation était inondée de soleil. Neo, Soraya et Fred se tenaient à l'ombre d'un vieux marronnier, à l'écart du bruit et de l'agitation.

Neo avait allumé son communicant et avait lu à ses amis le dernier message du soi-disant Johann Faust.

– Apparemment, il aime la poésie, dit Soraya.

– Et il est obsédé par la mort, ajouta Neo.

– C'est un élément de plus à prendre en compte dans notre enquête, dit Fred.

Soraya tendit la main vers le communicant de Neo.

– Fais voir, je voudrais le lire de mes propres yeux.

À peine avait-elle posé son regard sur le texte qu'elle s'écria : « Pas possible ! »

Neo et Fred se penchèrent sur le communicant, intrigués.

– Qu'as-tu découvert ? demanda Neo.

– Le texte ! Le texte est en caractères gothiques !

– Et alors ?

– Et alors… ! ? Vous ne trouvez pas qu'un de nos suspects a un look gothique ?

– Sarah ! s'exclamèrent en même temps les deux garçons.

– Plus bas, murmura Soraya. Tout colle, le romantisme morbide, Faust, qui a vendu son âme au diable, les poètes maudits. Les Gothiques adorent tout ça.

– Je me demande ce que Sarah peut bien avoir contre moi, dit pensivement Neo.

Fred leva une main en signe d'apaisement.

– Gardons la tête froide, ça n'est pas une preuve, juste un indice supplémentaire. Sarah reste un suspect comme les autres. Si nous ne voulons pas tout faire foirer, il va falloir que nous agissions avec méthode.

– Que proposes-tu ? demanda Neo.

– Il faut procéder par phases successives. Un, l'approche : trouver un prétexte pour entrer en contact avec nos suspects, que nous ne fréquentions pas auparavant. Deux, la mise en confiance et l'observation discrète : ne rien tenter au début, attendre que les autres soient habitués à notre présence. Trois, l'action secrète : entreprendre des opérations ponctuelles pour recueillir des informations que nous analyserons ensemble. Il nous faudra aussi être très prudents quand nous nous réunirons. Nous ne devrons jamais mentionner cette affaire dans un endroit public sauf dans un espace ouvert, comme ici. De même, interdiction d'utiliser un visiophone filaire pour en parler, toujours nos communicants. Ce hacker a peut-être les moyens de mettre les lignes de nos domiciles sur écoute, nous ne devons prendre aucun risque. Vous avez compris ou je répète tout depuis le début ?

– Je crois que ça va aller, dit Neo en riant. Mais dis-moi, tu as travaillé dans les services secrets ou quoi ?

– Non Môssieur, je m'instruis c'est tout. Il suffit de lire les romans de John Le Carreau, c'est un ancien espion qui est devenu écrivain.

– Le Carré, corrigea Neo en riant, pas Le Carreau.

– Tu es notre James Bond, Fred ! s'esclaffa Soraya.

Hésitant entre le rire et la bouderie, Fred grogna :

– Vous ne vous rendez pas compte de la chance que vous avez de m'avoir comme ami.

– Oh oui, on s'en rend compte, dit Soraya en déposant un baiser sur sa joue.

Le visage de Fred vira au rouge brique alors que retentissait la sonnerie annonçant la fin de la récréation.

– Euh, je déclare la chasse au psychopathe ouverte, bredouilla-t-il. Fin de réunion. Vous pouvez disposer.

Et il s'éloigna d'un pas nerveux vers sa salle de cours, sous le regard amusé de ses amis.

En se dirigeant vers sa classe, Neo, perdu dans ses pensées, heurta un élève qui semblait tout aussi rêveur que lui. C'était Emmanuel, le « littéraire », un grand garçon aux yeux doux et aux cheveux noirs de jais, tombant librement sur ses épaules. Son teint pâle semblait confirmer qu'il fréquentait plus les bibliothèques que les terrains de sport. C'était un solitaire pour qui le monde n'existait qu'au travers des livres. Il n'allait jamais vers les autres mais était toujours courtois quand on l'abordait.

– Excuse-moi, dit Neo, j'étais ailleurs.

– Moi aussi, répliqua Emmanuel, tu n'as pas à t'excuser.

– Mais au fait, tu tombes bien ! s'exclama Neo, pris d'une idée soudaine. Il sortit son communicant de sa poche, afficha le message du hacker et le montra à Emmanuel.

– Est-ce que ça te dit quelque chose ?

Emmanuel saisit délicatement l'appareil, le front plissé.

– Non, ça ne me rappelle rien, dit-il finalement. Mais c'est très beau. Celui qui t'a envoyé ça a un goût littéraire sûr.

– Mouais, on peut dire ça, maugréa Neo, déçu, en récupérant son communicant. Si, par hasard, tu avais une subite révélation, tu me ferais signe ?

– Bien sûr Neo. Tu peux compter sur moi.

– Merci bien, Emmanuel. Et maintenant, dépêche-toi d'aller en classe ou c'est l'avertissement assuré. Moi, j'ai l'excuse de l'infirmité.

Emmanuel s'en alla en hâtant le pas. Neo le suivit sans se presser, ayant adopté depuis son accident l'allure et la vision du monde d'une tortue chère à un poète français.

– Je ne déjeune pas avec vous aujourd'hui, dit Neo à Fred et Soraya à la fin des cours du matin. Je vais au resto avec mon père. Il va venir me chercher.

– Eh bien empiffre-toi bien dit Fred avec envie. Et au dessert, pense à Soraya et moi au self devant notre yaourt.

– Je n'y manquerai pas, dit Neo en riant.

– Dégage, lâcheur, dit Soraya avec un tendre sourire.

Neo s'éloigna en clopinant sur ses trois jambes. Devant l'entrée du lycée, il regarda autour de lui, mais ne vit pas le 4X4 de son père. Il allait s'asseoir sur un banc pour l'attendre, quand son regard fut attiré par un homme qui lisait un journal sur un banc voisin. Il reconnut aussitôt l'individu grand et athlétique qu'il avait vu le samedi précédent sur l'esplanade du laboratoire. Et il sut pourquoi il lui avait alors rappelé quelqu'un. Ce n'était pas la première fois qu'il le voyait devant le lycée. Simplement, il avait pensé que c'était un parent d'élève et n'y avait pas prêté attention. L'homme portait toujours un costume clair, un peu froissé, et des lunettes noires, opaques. Il baissa son journal et tourna la tête vers Neo. Vu de près, il avait un air sinistre. Une allure de tueur, se dit Neo. Des pensées folles coururent dans la tête de l'adolescent. Et si c'était lui le psychopathe ? Mais non, ça n'était pas possible, il n'était pas dans le gymnase. Et si c'était un complice ? Il se reprit. C'est absurde. Voilà que je deviens parano.

Il en était là de ses réflexions quand le 4X4 de son père, facilement reconnaissable à sa carrosserie noir et or, s'arrêta devant l'entrée du lycée. Francis Dommartin sortit du véhicule. Neo se dirigea vers lui et s'arrêta net. Car le regard de son père n'était pas dirigé vers lui mais vers l'inconnu sur le banc et sur son visage se lisait la colère et la rage. L'homme aux lunettes noires plia soigneusement son journal et se leva. Impassible, il fixa Francis Dommartin. Celui-ci fit un pas vers lui, les poings serrés. L'homme eut un sourire goguenard et s'éloigna sans se presser.

– Monte dans la voiture, dit Francis Dommartin à son fils, les yeux braqués sur le dos de l'inconnu.

Ils roulèrent à vive allure dans les rues de la ville, changeant fréquemment de direction. Francis Dommartin, les yeux fixés sur le rétroviseur, était pâle et tendu. Neo n'osa pas lui demander où ils allaient. Il n'avait jamais vu son père dans un tel état. Il l'avait toujours connu comme un homme maître de lui, qui laissait rarement paraître ses émotions. Neo cette fois en était sûr, Francis Dommartin avait de sérieux ennuis.

Sans but apparent, ils passèrent à plusieurs reprises d'une rive à l'autre du fleuve, alternant des boulevards à la circulation dense et des rues étroites. Neo était sur le point de perdre patience quand Francis Dommartin lança le 4X4 dans la pente d'un parking souterrain.

– Il y a une bonne pizzeria dans la rue au-dessus, dit-il d'une voix éteinte après avoir garé le véhicule. Ça te dit ?

Neo, trop troublé pour parler, acquiesça d'un signe de tête.

Ils mangèrent sans grand appétit en échangeant des banalités. Au dessert, pour se remonter le moral, Neo commanda un gâteau au chocolat à la chantilly avec une boule de vanille. Son père ne prit qu'un café. Il alluma une cigarette sur laquelle il tira nerveusement tout en regardant pensivement son fils. Celui-ci ouvrit de grands yeux, il n'avait jamais vu son père fumer.

– Je crois que je te dois quelques explications, dit Francis Dommartin après avoir commandé un deuxième café.

Neo ne dit rien, attendant la suite.

– Je suis actuellement en conflit avec les dirigeants de ma compagnie à cause de… différentes choses. J'ai menacé de démissionner, mais ils tiennent absolument à me garder. Alors ils ont envoyé pour négocier avec moi l'individu que tu as vu devant le lycée à midi, un certain Mitchell.

– C'est lui qui était sur l'esplanade du laboratoire samedi dernier ?

– Oui

– Pourquoi m'as-tu dit que tu ne le connaissais pas ?

– Je ne voulais pas t'inquiéter. C'est un personnage… antipathique, tu ne trouves pas ?

Neo plongea son regard dans celui de son père.

– Mais si tu le connais, pourquoi ne lui as-tu pas parlé aujourd'hui ?

– À notre première rencontre, je lui ai dit qu'il n'y avait rien à négocier et que je ne voulais plus entendre parler de lui. Mais… il insiste.

– Il insiste ?

– Oui, il veut absolument que je réfléchisse aux avantages qu'il y a à rester dans la compagnie et aux… désagréments qu'il y aurait à la quitter. Mais pour ma part, c'est tout réfléchi.

– Quels désagréments ?

– Oh… la perte d'un travail intéressant avec un bon salaire, la difficulté à en trouver un autre.

Neo avait l'impression que son père ne lui disait pas tout, ou pire, qu'il lui mentait. Mais il ne laissa rien paraître de ses doutes.

– Et c'est pour ça que tu as roulé comme un fou dans la ville ?

Francis Dommartin tira sur sa cigarette.

– C'était pour qu'on soit tranquilles... tous les deux.

Neo eut soudain pitié de son père. Il semblait si abattu. Il aurait voulu le réconforter. Mais il y avait un mur entre eux, un mur de non-dits.

– Il faut que je rentre au lycée, dit-il en jetant un coup d'œil à sa montre. Je vais être en retard.

– Allons-y, dit Francis Dommartin en faisant un signe au serveur.

Devant le lycée, Francis Dommartin aida Neo à descendre du 4X4. Les yeux humides, et sans dire un mot, il pressa son fils contre sa poitrine avec une telle force que Neo manqua étouffer.

– Hé là, doucement Francis, je ne suis pas aussi costaud que toi. À tout à l'heure, dit-il en s'éloignant sur ses béquilles.

Francis Dommartin resta muet. Il remonta dans le 4X4 et ne démarra qu'au moment où la silhouette de son fils disparut derrière les portes de l'établissement.

À la récréation de quatre heures, sous le vieux marronnier, Neo consulta sa messagerie électronique sur son communicant. Il y avait un message de son père qui disait : « Je dois partir plus tôt que prévu. Bientôt je te dirai tout. Peut-être un jour pourras-tu me pardonner. Prends bien soin de ta mère. Je t'aime mon fils. Francis ».

Neo sentit une énorme vague de tristesse l'envahir. Ainsi ses pressentiments se révélaient exacts : son père avait de graves ennuis.

– Tu en fais une tête, lui dit Soraya, qui l'avait rejoint avec Fred.

Alors Neo craqua. C'était plus qu'il n'en pouvait supporter. La voix brisée par l'émotion, il raconta à ses amis les troublants incidents en rapport avec son père depuis le retour de celui-ci. Quand il décrivit l'homme aux lunettes noires, Fred s'exclama :

– Moi aussi, je l'avais remarqué ! Depuis quelques jours, il rôde autour du lycée.

– Mais les ennuis de ton père n'ont sans doute rien à voir avec le hacker qui te harcèle Neo.

– C'est vrai, dit Neo sans conviction.

Soraya l'enlaça.

– Tu n'es pas seul Neo. À tout moment, tu peux compter sur nous.

– Je ne sais pas ce que je deviendrais sans vous, dit Neo, qui se retenait pour ne pas enfouir sa tête dans la chevelure soyeuse de son amie.

– C'est pas le moment de se laisser aller, dit Fred d'un ton énergique. On a un psychopathe à démasquer. Au self, aujourd'hui, j'ai abordé Pavel et Hakim et je leur ai demandé leur avis sur une carte graphique qui vient de sortir. Ils ont été manifestement flattés qu'un premier de la classe ait besoin de leurs conseils. C'est là que j'ai appris qu'ils avaient comme moi la passion du jeu de Go. Tout à l'heure, à la sortie, je leur proposerai de venir chez moi un soir pour affronter un nouveau programme que je viens de me procurer.

– J'ai, pour ma part, parlé un peu avec Sarah, dit Soraya. Je lui ai dit que vu sa connaissance du Net, elle saurait sûrement me montrer comment bien utiliser FoxTerrier, vous savez, le nouveau moteur de recherche à reconnaissance vocale. Elle a aimablement accepté. On a convenu de se retrouver jeudi, à la pause déjeuner, en salle d'informatique. Je lui offrirai un bon sandwich pour la mettre en confiance.

– Bon, soupira Neo. Moi, je vais proposer à Mario un combat en réseau sur *Deep Space Warriors*, c'est un jeu qui marche fort ces temps-ci.

– Bonne idée, dit Fred. Rien de mieux qu'un jeu en réseau pour étudier la personnalité de quelqu'un. Bon, il faut aussi penser à la détente. Ça vous dit un ciné ce soir ?

– Un peu que ça nous dit ! s'écria Soraya. Qu'est-ce qu'il y a de sympa à voir ?

– Il y a *Quand Harry rencontre Peggy*, une histoire de sorciers qui ont perdu leurs pouvoirs en se produisant comme magiciens dans un casino à Las Vegas. Il passe au Majestic.

– Chouette, j'adore les films avec des sorciers.

– Tout ce qui peut me changer les idées, je prends, dit Neo.

– Alors je passe vous chercher avec Phil. Il vient d'avoir son permis et ma tante lui prête sa voiture quand il veut sortir le soir.

Phil était le cousin de Fred.

– La séance est à vingt heures mais soyez prêts à dix-neuf heures. C'est un nouveau film, il y aura sûrement du monde. On a intérêt à prendre nos places à l'avance si on ne veut pas se retrouver au premier rang.

À la sortie des cours, tandis que Fred abordait Pavel et Hakim, Neo se rapprocha de Mario.

– *Deep Space Warriors*, tu connais ?

– Et comment que je connais ! s'exclama Mario en dévisageant Neo.

– Je me suis fait écraser par un pote la semaine dernière. Je sais que tu es un pro des jeux. J'aimerais bien m'entraîner avec toi. On dit dans le lycée que tu es imbattable.

Rougissant sous l'éloge, Mario balbutia :

– C'est vrai que je ne suis pas mauvais.

– Alors tu veux bien ?

– C'est quand tu veux Neo.

– Vendredi soir ça te va ? On ne travaille pas le lendemain, on pourra jouer jusqu'au bout de la nuit.

– C'est ok pour moi Neo.

– Je t'appellerai juste avant de commencer. Tu me laisses ton numéro de communicant ?

– Sans problème.

Ils échangèrent leurs coordonnées et se serrèrent la main. Si c'est lui, il cache bien son jeu, se dit Neo.

Il se résigna à rentrer chez lui à pied, ou plutôt en béquilles. Francis Dommartin était à nouveau reparti, quant à sa mère, elle était sûrement encore à son travail et n'avait pas le temps de venir le chercher. Heureusement, il n'habitait pas très loin du lycée. Alors qu'il était à mi-chemin, se déplaçant à l'allure d'un gastéropode, il entendit un vrombissement dans son dos. Un motard tout de cuir vêtu, chevauchant un splendide chopper argenté, s'arrêta à sa hauteur sur le trottoir et coupa le moteur. C'était Vincente. Son casque n'était pas, comme il aurait dû, sur sa tête mais suspendu à la selle de l'engin. Sans doute craignait-il, en le portant, de froisser sa splendide banane.

– Salut mon pote. Qu'est-ce qui t'arrive ? Tu as glissé en sortant de la douche ?

– Je suis tombé de plus haut que ça, répondit Neo

Il lui raconta toute l'histoire. Vincente l'écouta en hochant la tête, les avant-bras appuyés sur le guidon de son chopper.

– Ce type est complètement déjanté ! lâcha-t-il entre ses dents quand Neo eut terminé. Ça tombe bien qu'on se rencontre, je voulais justement t'en parler. On va boire un verre ?… proposa-t-il.

Neo acquiesça d'un hochement de tête.

– Allons au Zelig, dit-il en désignant d'une de ses béquilles l'enseigne de l'habituel lieu de rendez-vous des lycéens, au coin de la rue.

Ils s'attablèrent au fond du bar. Vincente commanda une pression, Neo un Monaco. La sono diffusait un air de blues que le rocker, en connaisseur, se mit à siffloter. Des lycéens étaient affalés sur les banquettes, par petits groupes. Certains, en apercevant Neo, lui firent un signe de main amical. À première vue, aucun des suspects de la liste qu'il avait établie avec Soraya et Fred n'était présent. Vincente but une longue gorgée de bière, les yeux à demi fermés, puis fit claquer sa langue, en signe de contentement.

– Pas mauvaise, la cervoise, dans cette taverne. Il baissa la voix. Bien, parlons de choses moins réjouissantes. J'ai examiné à nouveau le langage de ce virus. J'ai copié un bout de séquence que j'ai envoyé sur le Net à tous les news groups spécialisés accompagné de la question : « Avez-vous déjà vu ça quelque part ? ». J'ai reçu beaucoup de réponses. Elles disaient toutes à peu près la même chose : « Quèsaco ? »

– Mais alors… ! murmura Neo qui avait peur de ce qu'il croyait comprendre.

Vincente hocha la tête.

– Ce virus a été conçu spécialement pour toi. Ce type ne hait que toi. Tu es son seul ennemi.

– Mais pourquoi ? s'exclama Neo.

Vincente ouvrit les bras en signe d'impuissance.

– Toi seul peux le découvrir Neo. Mais ouvre l'œil, ce gars est un vicieux.

Ils finirent leurs consommations en silence. Les pensées de Neo s'entrechoquaient au point de lui donner la migraine. Soudain, alors qu'il avait les yeux dans le vague, il perçut un changement dans son environnement. Était-ce la lumière qui avait diminué ? Non, c'étaient les couleurs, elles tiraient toutes vers le bleu. Il avait l'impression de regarder le monde avec des lunettes de soleil. Le phénomène ne dura pas plus d'une demi-minute mais ce fut suffisant pour l'inquiéter. Il faut que j'en parle à Grimaldi, se dit-il, s'efforçant de contenir l'anxiété qu'il sentait grandir en lui.

– Je dois rentrer, dit-il brusquement à Vincente avant que celui-ci ne commande une deuxième tournée.

Sur le trottoir, tout en lançant le moteur de son chopper, l'informaticien, se méprenant sur le visage fermé de Neo, tenta de le réconforter : « Ces gars-là sont persuadés d'être invulnérables, ils finissent toujours par commettre une erreur et ils se font cueillir comme des débutants. Le tien n'échappera pas à la règle. Si à un moment ou un autre, tu as besoin de mes compétences, appelle-moi. »

– Merci, murmura simplement Neo, encore bien remué.

Vincente et son cheval de fer bondirent en avant et disparurent dans la circulation.

Quand Neo arriva chez lui, il fut aussitôt alerté par une voiture de police en stationnement devant sa maison. Le cœur battant, il poussa la porte entrouverte. Debout au milieu du salon, Sylviane Dommartin, les yeux gonflés, faisait face à deux policiers en uniforme. Quand elle aperçut son fils, elle se jeta en sanglotant dans ses bras.

– Oh Neo, Neo !

– Qu'est-ce qui se passe M'man ? demanda Neo, très inquiet.

Ce fut l'un des policiers qui répondit.

– Il y a eu une tentative de cambriolage chez vous. Votre mère a surpris le cambrioleur qui s'est enfui par une fenêtre. Elle nous a appelés juste après.

Neo regarda sa mère avec compassion.

– Ce que tu as dû avoir peur !

Elle hocha la tête sans rien dire.

– Elle est encore sous le choc, dit le policier. Apparemment, le bonhomme n'a eu le temps de rien dérober.

– Comment est-il entré ? demanda Neo.

– Il a réussi à forcer la serrure de la porte qui est pourtant une multipoints. Votre mère nous a décrit un homme grand, en costume clair, portant des lunettes noires. Auriez-vous remarqué un individu correspondant à ce signalement ces temps-ci ? Les cambrioleurs viennent souvent repérer les lieux avant de passer à l'action.

Neo se figea. Mitchell ! Heureusement, les policiers ne parurent pas remarquer la pâleur soudaine de son visage. Il ne faut pas que mon père soit mêlé à ça, pensa-t-il très vite.

– Non, je ne vois pas, dit-il du ton le plus neutre qu'il put.

Le talkie-walkie en liaison avec la radio de la voiture de patrouille se mit à crépiter : « A toutes les patrouilles. Agression à main armée sur le boulevard John von Neumann, à l'angle de la rue Alan Turing. Je répète, agression à main armée sur le boulevard John von Neumann, à l'angle de la rue Alan Turing ».

– C'est près d'ici, dit le deuxième policier. Il aboya dans son micro :

« Patrouille 6 à Central. On s'en occupe. »

– Bien reçu, patrouille 6.

– Vous allez devoir changer la serrure et avertir votre

assurance, dit le premier policier d'un ton stressé. Si vous constatez que quelque chose a disparu, il faudra venir au commissariat compléter votre déclaration. Au revoir.

Et les deux hommes se précipitèrent hors de la maison. Ils avaient à traiter un délit plus grave qu'une banale tentative de cambriolage.

Neo entraîna sa mère vers le canapé du salon.

– Assieds-toi M'man, je vais te chercher un verre d'eau.

Quand Sylviane Dommartin se fut un peu remise de ses émotions, Neo lui demanda : « Comment se fait-il que tu sois rentrée plus tôt que prévu aujourd'hui M'man ? Tu as un sixième sens ? »

Elle eut un pâle sourire.

– Ton père m'a appelée pour me dire qu'il devait repartir en urgence à cause d'un problème grave qui nécessitait sa présence. Une histoire de poche de gaz dans un gisement. Quel fichu métier il a ! Son appel m'a rendue malade. Je ne me suis pas sentie bien et je suis rentrée.

– Il faut voir le bon côté des choses, M'man. Le cambrioleur ne s'attendait pas à ce que tu rentres plus tôt qu'à l'ordinaire et il n'a eu le temps de rien faire, à part forcer la porte d'entrée.

– Oui, et je vais tout de suite appeler un serrurier, dit Sylviane Dommartin en se levant.

Tandis qu'elle téléphonait, Neo repensa à Mitchell, l'homme aux lunettes noires. Ce devait être lui aussi qui avait brisé la vitre du 4X4 à la plage. Avait-il bien fait de ne pas dire aux policiers qu'il l'avait déjà vu et que son père le connaissait ? Mais Francis Dommartin devait avoir ses raisons pour n'avoir pas dénoncé ses agissements à la police. Et Neo ne voulait pas accroître les ennuis de son père. Tant de choses s'étaient passées depuis quelque temps auxquelles Neo ne comprenait rien.

Sylviane Dommartin raccrocha.

– Un serrurier sera là dans une demi-heure.

– Bien. Je vais appeler mes amis pour leur dire que je reste avec toi. Ils devaient venir me chercher pour aller au ciné ce soir mais après ce qui s'est passé…

– Il n'en est pas question Neo, dit Sylviane Dommartin d'un ton énergique. Il faut que tu te changes les idées. Et ne t'inquiète pas, le cambrioleur n'osera sûrement pas revenir.

Mais justement Neo s'inquiétait. Il avait vu cet homme et il le croyait capable de tout. Il ne voulait cependant pas ajouter à l'anxiété de sa mère en lui parlant du lien entre son père et Mitchell.

– Mais M'man…

– N'insiste pas Neo, dit sa mère ou je vais me fâcher. Je garderai mon communicant près de moi et j'appellerai la police au moindre problème. Et j'attendrai ton retour pour me coucher. Ça te va ?

Neo soupira.

– D'accord M'man, acquiesça-t-il. Je ne changerai rien à mon programme.

En se rendant dans sa chambre, il passa devant le bureau de son père. Il remarqua que la porte était entrouverte. Il la poussa. Il y avait des empreintes de chaussures boueuses sur le sol en coco. Le cambrioleur avait dû malencontreusement fouler la terre humide du jardin. Et soudain Neo comprit. S'il n'y avait pas de désordre dans la maison, ça n'était pas parce que Mitchell n'avait pas eu le temps de fouiller les pièces mais parce qu'une seule chose l'intéressait : l'ordinateur de son père, le Vortex 1138.

L'écran s'éclaira. Eve apparut, beaucoup plus souriante que lors de leur première rencontre.

– Bonjour Neo, contente de vous voir.

– B'jour Eve, répondit sèchement Neo, plutôt mal à l'aise devant cette illusion de femme. Peux-tu me dire quelle est la dernière personne à être entrée dans la pièce aujourd'hui ?

– Vous êtes entré dans la pièce il y a exactement quarante-cinq secondes, quarante-six, quarante-sept…

– Non, avant moi, s'impatienta Neo.

– Une personne non répertoriée est entrée à dix-sept heures vingt-trois minutes douze secondes.

– As-tu archivé son intrusion ?

– Oui

– Montre-moi.

Sur l'écran, l'image du bureau de Francis Dommartin, vue depuis l'œil-caméra de Eve, apparut. Et au centre de l'image, Mitchell, les lunettes relevées sur le front, la mâchoire crispée de rage, fixait le Vortex 1138. Les mains gantées, il s'avançait, quand un bruit le fit se retourner. Il s'immobilisa, aux aguets, puis s'éclipsa peu après. La scène se remit à défiler, en boucle.

– Ok, Eve, dit Neo. Fin de consultation.

Il n'en savait pas plus sur les motivations de Mitchell, mais au moins avait-il la confirmation que c'était bien l'homme que sa mère avait surpris. Il se rendit dans sa chambre et se rappela qu'il devait appeler Grimaldi. Il sortit son communicant de son sac et s'allongea sur son lit. Ce fut l'assistant de la boîte vocale du médecin qui répondit. Neo laissa un message, décrivant en quelques mots le trouble visuel qu'il avait ressenti au Zelig. Puis, il consulta sa messagerie électronique. Il vit aussitôt, se détachant au milieu des offres commerciales, un nouveau courriel de Johann Faust. Cette fois, un fichier audio était joint au message dont le sujet était : *Tout vient à point*.... Le risque de virus existait mais il était faible, compte tenu de la spécificité du système d'exploitation de son communicant. Et celui-ci ne contenait pas de données très importantes. Juste quelques adresses et numéros qu'il pourrait aisément récupérer. Il aurait trouvé dix mille bonnes raisons pour justifier la consultation de ce message. Car il s'était pris au jeu dans lequel Johann Faust voulait justement qu'il entre. Il acceptait de relever le défi.

Neo mit le fichier audio en lecture. Il entendit une voix, artificiellement déformée, au ton caverneux, qui déclamait :

Ô mort le seul baiser aux bouches taciturnes !

6

Le Majestic était un multiplex ultramoderne d'une vingtaine de salles situé à la périphérie de la ville, non loin du fleuve. Il y avait foule devant le cinéma. Fred, toujours serviable, avait proposé de faire la queue pour acheter les tickets, laissant ses amis et Phil, son cousin, discuter à l'écart.

Phil était physiquement l'opposé de Fred. Il était grand et maigre, avait les cheveux longs en bataille et un aspect plutôt négligé. Mais tout comme son cousin, c'était un garçon plein de vie qui suscitait immédiatement la sympathie. Il avait cependant un humour bien plus féroce que lui. À tel point que certains le trouvaient même un peu lourd.

– C'est un grand honneur que vous me faites de m'avoir choisi comme chauffeur bénévole, mais vous avez intérêt à ce que le film me plaise si vous ne voulez pas rentrer à pied.

– Tu ne laisserais pas ton cousin germain, une faible jeune fille et un blessé de guerre au bord de la route, rétorqua Neo.

– Faible jeune fille toi-même ! feignit de s'offusquer Soraya.

– Tu as raison Neo, je pourrais avoir de sérieux ennuis avec la Société Protectrice des Animaux. Trois mignons agneaux, dont un estropié, abandonnés dans la nature, quel scandale ça ferait !

Soraya foudroya Phil du regard.

– Après la faible jeune fille, l'agneau, décidément je suis servie ce soir ! Tu n'as pas une autre image de ce genre ?

– Si justement, un tagine, d'agneau bien sûr. Quand donc nous prépares-tu un succulent repas de ton pays Soraya ?

– Il faut mettre ta montre à l'heure Phil. Les femmes ne portent pas le voile chez moi et elles ont le droit d'aller au cinéma le soir. Mais je connais un très bon restaurant oriental. Peut-être daignerais-je accepter ton invitation, accompagnée de mes gardes du corps, dit-elle en faisant un clin d'œil à Neo.

– Euh… s'ils font des réductions Groupe + Étudiants, je pourrais peut-être obtenir un prêt sur cinq ans de mon cochon.

– Ton cochon ?

– Ma tirelire, c'est un cochon de porcelaine. On me l'a offerte pour mes dix ans et elle commence à déborder de pièces de dix et vingt centimes.

– Tu es un grand épargnant, dit Neo d'un ton moqueur. Huit ans pour remplir une tirelire !

– Tu sais ce que c'est, les tentations. Pour un malabar

j'étais prêt à tout, même à faire le casse de ma propre tirelire.

– Eh bien, il ne te reste plus qu'à aller dans une banque échanger ton trésor contre quelques billets. Mais je doute que ce soit suffisant pour nous inviter tous les trois.

– Dans ce cas, j'écrirai le nom de Soraya sur trois bouts de papier et on en tirera un au sort.

Une pointe de jalousie transperça le cœur de Neo. Peut-être Soraya s'en était-elle aperçue quand, le fixant dans les yeux, elle dit :

– Je suis très flattée mais… je ne sors jamais sans mes gardes du corps.

Durant un bref moment, le monde extérieur cessa d'exister. Neo était en apesanteur au centre d'une bulle de lumière où Soraya lui souriait.

– Ça me plairait bien d'être garde du corps, c'est un beau métier !

La remarque ironique de Phil rompit le charme et Neo retomba sur la terre ferme. Il tourna la tête et vit Fred qui revenait avec les tickets

– Ouf, on a bien fait de venir en avance. Regardez la queue qu'il y a aux caisses. Allons attendre devant les portes de la salle si nous voulons être bien placés.

La salle où était projeté leur film était au troisième niveau du multiplex. Ils prirent un escalator pour se retrouver dans un hall bondé. Neo se sentit oppressé. Il n'était pas particulièrement agoraphobe, mais depuis qu'il était la cible d'un psychopathe anonyme, toute personne, en dehors de ses proches, qui le serrait d'un peu trop près, était un danger potentiel. De sombres pensées lui traversèrent l'esprit, en rapport avec les récents événements. Durant le trajet jusqu'au cinéma, il avait raconté à ses amis la tentative de cambriolage à son domicile mais n'avait pas mentionné Mitchell, l'homme aux lunettes noires, ni parlé du dernier courriel de Johann Faust. Il attendait d'être seul avec Soraya et Fred pour le faire. Phil était certainement digne de confiance, mais il était aussi très bavard, et Neo ne voulait en aucun cas que s'ébruite une histoire dans laquelle son père était impliqué. Quant à l'affaire Johann Faust, ils avaient convenu, pour mener à bien leur enquête, qu'elle ne devait pas sortir de leur cercle.

Neo pensa à sa mère, seule chez elle avec ses angoisses, et le remords l'envahit. Il aurait dû être inflexible, refuser de la laisser. Elle se sentirait certainement plus rassurée s'il était auprès d'elle en ce moment.

– Gardez-moi une place, je reviens tout de suite, dit-il brusquement à ses amis au moment où les portes s'ouvraient.

Embarrassé par ses béquilles, il s'extirpa tant bien que mal de la foule qui s'ébranlait et sortit son communicant. Il le mit en mode visiophonie et prononça le mot « maison ». Le visage de sa mère apparut bientôt sur le petit écran. Il fixa les yeux tristes et son cœur se serra.

– Comment te sens-tu M'man ?

– Oh, c'est toi Neo… C'est gentil d'appeler. Je vais bien. Je regarde la télévision.

– Ecoute M'man, je vais laisser mon visio en veille. Tu

pourras m'appeler même pendant le film. Je vais mettre le vibreur. N'hésite pas, même si c'est juste pour parler.

– Ne t'en fais pas Neo, tout va bien. Tu vas rater le début de ton film.

– J'y vais, mais promets-moi de ne pas hésiter à m'appeler si tu en as envie.

Sylviane Dommartin eut un sourire tendre.

– D'accord mon chéri. Mais maintenant je raccroche.

L'écran redevint noir. Neo remplaça la sonnerie par le vibreur. Ainsi il pourrait être joint à tout moment sans que cela n'importune les spectateurs. Il retrouva facilement ses amis qui guettaient son arrivée et lui firent de grands signes en l'apercevant. Soraya lui avait gardé une place près d'elle. Il n'aurait pu espérer meilleure soirée. Un bon film aux côtés de celle qu'il aimait. Il était au paradis des cinéphiles amoureux.

Et le film ne les déçut pas. Une intrigue mêlant habilement l'humour et le suspense, des dialogues percutants, de magnifiques décors avec juste ce qu'il fallait d'effets spéciaux et une musique qui aurait fait chavirer les cœurs les plus endurcis : tous les ingrédients étaient réunis pour faire une potion magique, une soupe de bonheur qu'ils burent par les yeux et les oreilles avec un grand plaisir. Plaisir qui, pour Neo, atteignit des sommets quand, à un moment particulièrement saisissant, Soraya lui agrippa le bras.

À l'apparition du générique de fin, tandis que le gros des spectateurs se dirigeait vers la sortie, ils restèrent cloués sur leur siège. Encore sous le coup de l'enchantement, ils regardèrent, comme pétrifiés, défiler les noms sur l'écran. Neo se sentait flotter sur un nuage. Pendant près de deux heures, il avait complètement oublié ses soucis. Et manifestement, pour ses amis comme pour lui, l'effet euphorisant semblait vouloir durer : ils avaient tous un sourire béat sur les lèvres.

Ils furent les derniers à quitter la salle, après que les rideaux se furent refermés sur l'écran.

– On ne va pas arrêter là une si belle soirée. Allons boire un verre, proposa Phil.

La porte de sortie communiquait directement avec une passerelle extérieure, en aluminium, qui se raccordait quelques mètres plus loin à un escalier, conduisant au niveau zéro, non loin de l'entrée du cinéma. Le tube translucide d'un ascenseur, desservant chacun des niveaux du bâtiment, y était accolé.

– Réservé aux personnes à mobilité réduite, lut Fred sur la porte en arc de cercle. Je crois que tu rentres dans cette catégorie Neo.

– Moi oui mais pas vous. Retrouvons-nous en bas.

– Le dernier arrivé paie la tournée, dit Phil.

– Chiche, cria Soraya en s'élançant dans l'escalier, les cousins Muzard sur ses talons.

Neo appuya sur le bouton d'appel mais rien ne se produisit. Les câbles de traction au centre du tube ne bougèrent pas et aucune lumière n'indiqua que l'appel avait été enregistré.

– Zut, il est en panne, se dit-il. Et je ne peux pas revenir dans la salle et redescendre par l'escalator.

La porte ne s'ouvrait en effet que dans un sens afin d'interdire l'accès aux resquilleurs. Neo pensa appeler ses amis avec son communicant puis il se ravisa.

– Je suis encore capable de descendre un escalier seul. Il me faut juste aller doucement.

L'escalier, aux marches à claire-voie étroites, était une structure d'apparence fragile qui semblait suspendue au-dessus du vide. Surtout ne pas baisser les yeux, s'intima Neo.

Il se força à regarder au loin. Le fleuve proche, que l'on apercevait entre les arbres sur ses rives, scintillait sous les lumières des lampadaires. L'air était doux, le ciel étoilé. Une belle nuit, songea-t-il.

Il allait entamer sa descente quand il entendit un bourdonnement provenant de la poche intérieure de sa veste. Quelqu'un essayait de le joindre. Sans doute était-ce sa mère qui avait besoin de lui parler. Neo s'assit sur une marche et appuya sur la touche visiophonie de son communicant. L'ombre d'un visage apparut sur l'écran, on ne pouvait absolument pas en distinguer les traits.

– Maman ? demanda-t-il, pensant à un problème technique.

Mais l'ombre ne répondit pas. Neo perçut seulement une respiration rapide. Alors il sut, sans même vérifier le numéro entrant, que c'était lui. Dans un souffle, il dit : « Johann Faust ? » Il n'obtint pour toute réponse qu'un soupir.

– Je sais que c'est toi, Johann et tu ne m'impressionnes pas. Pourquoi en as-tu après moi ? Ma gueule ne te revient pas ?

Mais l'ombre resta muette.

– Qui que tu sois Johann, tu n'es qu'un lâche, je te méprise.

La respiration se fit haletante. Johann Faust devait être très agité. Sentant qu'il prenait l'avantage, Neo poursuivit :

– En fait, tu n'es qu'un pauvre type. Tu ne me fais pas peur, tu me fais pitié. L'ombre s'agita et Neo perçut comme un rugissement sourd de bête blessée. Manifestement, il avait réussi à déstabiliser son adversaire. Il était sur le point de raccrocher quand finalement, de sa voix caverneuse, Johann Faust parla :

– *Chaque ombre à son âme reconnaît la lumière*.

Et comme pour appuyer ses propos, l'écran s'obscurcit. Neo respira un bon coup. Il savait qu'il avait gagné une manche et l'excitation du jeu avait momentanément pris le pas sur ses angoisses. De peur de l'oublier, il dicta à son communicant la dernière énigme de Johann Faust. Il consulta ensuite la liste des appels reçus et il ne fut pas surpris de constater que le numéro du poste utilisé par Faust avait le préfixe d'un visiophone public. « Il a dû mettre un filtre devant les capteurs. Le parfait attirail du mafieux. » Neo appela ensuite sa mère. Son visage lui parut plus serein. Ou peut-être était-ce lui qui voyait moins les choses en noir.

– Tout va bien depuis tout à l'heure, M'man ?

– Oui mon chéri. Je me sens beaucoup mieux.

– J'en suis heureux M'man. Ecoute, je vais aller boire un verre avec mes amis. Dans une heure au plus tard, je serai là.

– C'est entendu mon chéri. À tout à l'heure.

– À tout à l'heure M'man.

Il raccrocha, rassuré et le cœur plus léger. Il commença à descendre prudemment l'escalier métallique. Les marches étaient étroites et l'exercice n'était pas des plus faciles avec des béquilles. À un moment, un coup d'œil involontaire vers les pelouses du parc lui fit tourner la tête. Il s'arrêta, inspira et expira à plusieurs reprises, puis reprit sa descente. Il devait être à mi-parcours quand il entendit une voix joyeuse l'interpeller. C'était Soraya. Il la vit apparaître accompagnée de Fred, sur la plate-forme du niveau inférieur.

– On t'a attendu cinq minutes devant l'ascenseur pour finalement se rendre compte qu'il était en panne, lui cria Soraya. Comme j'ai gagné la course, j'ai ordonné à Phil de nous garder une table au café du Parc et on est revenu te chercher.

– C'est très aimable à vous, mes fidèles camarades, bien que je…

Neo n'acheva pas sa phrase. La marche sur laquelle il avait appuyé ses béquilles lui parut aussi glissante qu'une patinoire et il chuta sur le côté. Il eut le réflexe de lâcher ses béquilles et d'agripper la rambarde. Mais il eut l'impression de saisir une savonnette humide et il bascula dans le vide. Il n'entendit pas les hurlements de ses amis. Son instinct de survie mobilisa toutes ses ressources, lui faisant étendre les bras et ouvrir les mains. Ses doigts rencontrèrent les croisillons de soutènement de l'escalier et les agrippèrent, contractés à l'extrême. Il pensa aussitôt : « Surtout ne pas regarder en bas ». Il leva la tête et vit les visages bouleversés de ses amis, juste au-dessus de lui. Il fixa Soraya, se raccrochant à son regard.

– Essaie d'attraper ma main, lui dit Fred, qui se penchait autant que le lui permettait son corps rondelet au-dessus de la rambarde.

– Je n'y arriverai pas, elle est trop loin, dit Neo d'une voix précipitée. Il sentait la panique le gagner tandis que ses forces le quittaient.

– Tiens le coup Neo. J'appelle de l'aide, lui cria Soraya.

Les yeux emplis de larmes, elle composa frénétiquement le numéro des urgences sur son communicant.

Brusquement, Fred ouvrit son blouson et retira la ceinture en cuir de son pantalon.

– Laisse tomber Soraya. Viens plutôt m'aider.

Fred referma la boucle de sa ceinture.

– Serre-la de toutes tes forces, dit-il à Soraya.

Tous deux se penchèrent à nouveau sur Neo.

– Attrape la ceinture, Neo, cria Fred.

– Je… je n'ai plus de forces, haleta Neo.

– Si, tu peux le faire, hurla Fred.

Avec l'énergie du désespoir, Neo projeta une main vers la ceinture et parvint à s'y accrocher.

– L'autre maintenant, hurla Fred de plus belle.

Neo n'avait pas le choix. Dans un ultime effort, il se retrouva suspendu des deux mains à la ceinture. Malgré la tension qu'elle subissait, la boucle ne céda pas. Serrant les dents, Fred et Soraya hissèrent leur malheureux ami jusqu'à la rambarde et passèrent un bras sous ses épaules.

– Encore un effort, Neo, lui dit Fred. Attrape la rambarde et mets tes pieds dans les croisillons.

Exténué, Neo fit machinalement ce qu'on lui demandait.

– À trois on le tire, dit Fred, dégoulinant de sueur, à Soraya, qui était à peine plus fraîche. Un, deux, troaaaa !

Rassemblant toutes leurs forces, ils firent basculer Neo par-dessus la rambarde. Tous les trois roulèrent dans l'escalier pour finalement s'arrêter sur la plate-forme du niveau inférieur. Soraya se releva aussitôt.

– Ça va Neo ? Ta cheville ?

Neo soufflait comme un cheval fourbu ce qui ne l'empêcha pas de sourire.

– Je suis un miraculé, dit-il et vous êtes mes anges salvateurs.

Aidé de ses amis, il se remit debout et récupéra ses béquilles.

– Vivement que je retrouve mes deux jambes. Je ne me suis jamais senti aussi maladroit. A-t-on idée de rater une marche !

Fred ramassa sa ceinture et y déposa un baiser.

– Y'a pas à dire, la qualité artisanale c'est autre chose, dit-il en remettant la bande de cuir épais autour de sa taille.

Il remonta l'escalier jusqu'à l'endroit où Neo avait chuté. Neo le vit toucher les marches et la rambarde. Il revint en se frottant les doigts, le teint blafard.

– Ce n'est pas ta maladresse qui t'a fait tomber Neo. C'est… un acte malveillant.

– Comment ça ?

– À l'endroit où tu es tombé, les marches et la rambarde sont recouvertes d'une substance onctueuse, on dirait un lubrifiant tous usages. Quelqu'un a délibérément huilé cette partie de l'escalier, sans doute avec une bombe aérosol.

– Ce quelqu'un c'est Johann Faust, dit Neo d'un ton las. Il a dû saboter l'ascenseur pour que je sois obligé de prendre l'escalier.

– Comment peux-tu en être sûr ? demanda Soraya. C'est peut-être simplement la mauvaise blague d'un imbécile et ta malchance légendaire a voulu que ça tombe sur toi.

– Il m'a appelé juste avant, sur mon visiophone.

Fred et Soraya fixèrent leur ami, attendant la suite.

– Je n'ai pu voir qu'une silhouette et la seule chose qu'il a dite c'est : « Chaque ombre à son âme reconnaît la lumière ».

– Et sa voix, tu l'as reconnue ? demanda Fred, sans avoir l'air de trop y croire.

– Elle était déformée, comme dans le message audio.

– Le message audio ?

– Ah c'est vrai, je ne vous l'ai pas dit, j'attendais d'être seul avec vous pour le faire. Avant de venir ici, j'ai consulté ma messagerie sur mon assistant. Il y avait un courriel avec un fichier audio attaché. Il disait, si je me souviens bien : « Ô mort le seul baiser aux bouches taciturnes ».

– Encore le mot « mort », remarqua Fred. Pour la troisième fois.

Soraya avait un air songeur.

– Peux-tu me répéter la phrase qu'il a prononcée ici, Neo ?

– Chaque ombre à son âme reconnaît la lumière.

– C'est étrange…

– Qu'est-ce qui est étrange ?

– Rien, rien, j'avais juste des idées un peu folles qui me passaient par la tête.

– Bon, on est tous bien secoués dit Fred. Je crois qu'on a besoin d'un bon remontant. Allons rejoindre Phil au café, mais je suis d'avis de prévenir dès demain la police.

– Non, dit Neo d'un ton sec. C'est une affaire entre lui et moi. Il n'aura pas le dernier mot. Nous avions convenu de le démasquer avant de prévenir la police.

– Ça devient trop dangereux, Neo.

– Ecoutez, voilà ce que je propose, dit Neo. Si dans dix jours, nous ne l'avons pas démasqué, on préviendra les flics. Mais donnons-nous encore dix jours.

Fred soupira.

– Comme tu voudras Neo.

– Soraya ?

Elle acquiesça en hochant la tête, l'air absent. Le reste de la soirée, elle resta étrangement silencieuse, comme en proie à des pensées lancinantes.

7

Une pluie de printemps, fine et drue, s'était mise à tomber sur le collège au tout début de la récréation de dix heures. La cour était restée déserte, les élèves préférant s'agglutiner autour des distributeurs de boissons, sous les préaux. Soraya, Neo et Fred s'étaient retrouvés sous le couvert du vieux marronnier, devenu, du fait de son isolement, le lieu de conciliabules préféré des trois amis dans l'établissement scolaire. Le feuillage touffu du vieil arbre avait en outre l'avantage d'offrir indifféremment une protection efficace contre le soleil ou la pluie.

Soraya n'avait pas quitté son air songeur et préoccupé de la veille, ce que ne manqua pas de remarquer Neo.

– Tu vas bien Soraya ?

Elle le regarda sans répondre, comme si elle n'avait pas entendu. Il fit mine de crier dans son oreille.

– Je te demande si tu vas bien.

Elle eut un sourire distrait.

– Oui oui, je vais bien… juste un peu fatiguée.

– Bien, au rapport, dit Fred d'un ton de haut gradé s'adressant à des deuxièmes classes. Rien de nouveau depuis hier ?

– Euh… ça ne fait que douze heures, mon général, dit Neo. Même les psychopathes ont le droit de se reposer.

Fred le regarda d'un air ébahi.

– J'admire ton cran Neo. Tu as tout juste échappé à un ramassage à la petite cuillère et tu continues à faire le fanfaron, comme si de rien n'était.

– Je crois que l'humour est la meilleure des armes contre la bêtise et la méchanceté, dit calmement Neo. Et puis, je sens que la roue tourne pour moi. J'étais la proie, je deviens le prédateur.

– Ne le deviens pas trop quand même si tu ne veux pas qu'on te confonde avec ton ennemi.

Surpris par cette remarque de Soraya, Neo la dévisagea. Il lut de la tristesse dans ses yeux.

– Ne t'en fais pas, Soraya, je ne deviendrai pas un salaud.

Fred s'impatientait.

– Les discussions sentimentalo-philosophiques c'est pour plus tard. Parlons plutôt des actions à venir. Quel est le résultat de ton contact avec Mario, Neo ?

– C'est vrai qu'avec toutes ces émotions, on n'a pas fait le point sur nos démarches respectives. J'affronte Mario en combat singulier sur *Deep Space Warriors* vendredi soir.

– Soraya, ton rendez-vous avec Sarah est toujours d'actualité ?

– Comme convenu, je déjeune aujourd'hui avec elle sur le pouce en salle d'informatique.

– Bien, dit Fred d'un ton satisfait. En ce qui me concerne je reçois chez moi ce soir Pavel et Hakim pour un tournoi de Go, ma bécane fera le quatrième joueur. Je saurai quel type d'individus ils sont. Rien de mieux qu'une partie de Go pour juger de la moralité de ses adversaires. Après ce qui s'est passé hier, j'aurais préféré passer la soirée avec vous mais c'était le seul jour de la semaine où ils étaient tous les deux disponibles. Et nous ne devons plus perdre de temps. Nous avons dix jours pour démasquer ce malade, ne l'oubliez pas. Après ce seront les flics qui prendront la relève.

– C'est vrai, le temps nous est compté, dit gravement Neo. Soraya, pourquoi ne viendrais-tu pas dîner ce soir à la maison ? Nous essaierons de trouver le sens caché des citations de Johann Faust, avec l'aide d'Eve. Qu'en dis-tu ?

– Tout me dit avec toi Neo, dit Soraya.

Neo se figea. Sans doute ses amis prirent-ils sa réaction pour de la timidité. Il regardait Soraya comme un amoureux transi. En réalité, il était paralysé par l'interdiction d'aimer, intimée par le docteur Grimaldi. Chaque déclaration ambiguë de la jeune fille lui rappelait cruellement que, dans son corps, des envahisseurs, mus par une force de destruction aveugle, ne poursuivaient qu'un seul but : se propager et se multiplier dans d'autres corps. Et pour rien au monde il n'aurait fait courir ce risque mortel à Soraya.

Devant l'immobilité de statue de son ami, Fred eut une toux gênée.

– Il ne faut pas te mettre dans cet état Neo, Soraya adore faire la femme fatale, dit-il en s'attirant un regard noir de la jeune fille.

Neo se secoua, se forçant à sourire.

– Excusez-moi, je ne me suis pas encore bien remis de mon aventure d'hier.

– C'est bien compréhensible Neo, dit Soraya avec compassion.

Elle posa ses mains sur les épaules de son ami.

– N'importe qui à ta place serait sous calmants. Tu es d'une résistance exceptionnelle, mais il ne faut pas aller au-delà de tes forces. Peut-être ce soir vaut-il mieux que je ne vienne pas pour que tu puisses te reposer.

– Non, non, je tiens absolument à ce que tu viennes. Nous devons, sans plus tarder, trouver des indices qui nous mettront sur la piste de ce Faust. J'irai m'allonger une petite heure avant le dîner. Je serai d'attaque, tu verras.

Fred porta son regard, à travers le rideau de pluie, vers les préaux noirs de monde.

– Peut-être que Johann Faust est caché là-bas, en train de nous épier. Je me demande à quoi il peut bien penser ? Toute cette haine… pourquoi ?

Les trois amis méditèrent en silence ces paroles, écoutant le crépitement des gouttes d'eau sur le feuillage.

À la récréation de seize heures, la pluie avait cessé et le soleil avait refait son apparition. Seuls quelques nuages isolés projetaient encore, de temps à autre, une ombre légère. Neo fut le premier sous le marronnier. Il sortit son communicant et consulta sa messagerie. Il vit aussitôt, perdu au milieu des annonces racoleuses de toutes natures, un message de Johann Faust. Aucun fichier n'y était joint. L'objet était : « Ombre et lumière ». Il allait ouvrir le fichier quand Soraya et Fred apparurent.

– Encore une citation, dit Neo en leur montrant son assistant. Au fait, comment s'est passée ta pause sandwich avec Sarah, Soraya ?

– Ça s'est très bien passé. Sarah est une fille réservée qui n'accorde pas facilement sa confiance. Mais une fois qu'elle vous a acceptés, elle devient très amicale et pleine d'attentions. Je pense que j'ai été injuste de la soupçonner. Je suis certaine qu'elle n'a rien à voir avec ton psychopathe, Neo. Une fille comme elle ne peut pas avoir le cœur noir, même si ses idées le sont. Ou bien alors, elle m'a bluffée et c'est la plus grande des comédiennes ! Non, je crois sincèrement qu'on peut la rayer de notre liste.

– Pas si vite, la gronda Fred. Tant que nous n'avons pas la preuve de la non-culpabilité d'un suspect, nous ne pouvons totalement l'éliminer, même si nous avons l'intime conviction qu'il n'est pas mêlé à cette affaire.

– Pas facile de trouver des preuves contre quelqu'un qui a l'art de la dissimulation, dit pensivement Soraya.

– C'est vrai, c'est pourquoi nous devons être très vigilants, relever la moindre attitude étrange, le moindre mot suspect. C'est ce que je compte faire ce soir avec Pavel et Hakim.

Tout en écoutant ses amis, Neo ouvrit le dernier message de Johann Faust. Il contenait deux phrases, aussi énigmatiques que dans les précédents messages.

– *Elle est l'illumination dans l'obscurité de ma vie. L'ombre n'existe que par la lumière*, lut-il à haute voix sur l'écran de l'appareil.

– Comment ! ? s'exclama Soraya.

Fred et Neo sursautèrent, surpris par la réaction de leur amie. Elle arracha le communicant des mains de Neo et lut à voix basse la citation.

– Ça n'est pas possible, murmura-t-elle, ça ne peut pas être ça.

Elle laissa retomber ses bras, le regard éteint.

– Soraya, que se passe-t-il ? demanda Neo d'un ton inquiet.

Elle leva les yeux sur Neo mais on aurait dit qu'elle ne le voyait pas.

– Soraya ? répéta Neo en la secouant légèrement.

Elle battit plusieurs fois des paupières et d'une voix blanche dit :

– Il faut que je vous parle de quelque chose les garçons.

Fred et Neo retinrent leur souffle.

– Au début de l'année scolaire, j'ai reçu chez moi, par la poste, une lettre anonyme… une lettre d'amour. Elle était complètement folle et désespérée. Son auteur développait sur cinq pages une théorie comme quoi nous étions faits uniquement l'un pour l'autre et que la vie l'un sans l'autre était un non-sens. Il me donnait rendez-vous à une date et une heure précises devant les arènes.

Il finissait sa lettre par une phrase du genre, si je me souviens bien : « Tu es la lumière qui me guide dans ma nuit. » Je me suis dit alors que c'était soit un canular, soit l'acte d'un siphonné et j'ai brûlé la lettre. Je ne suis bien sûr pas allée au rendez-vous. Par la suite, j'ai reçu plusieurs courriels tout aussi fous, où se mêlaient reproches désespérés et menaces rageuses, puis, plus rien. Je n'ai plus jamais entendu parler de cet amoureux anonyme. J'ai malheureusement détruit tous ces messages et je ne me souviens pas de l'adresse de l'expéditeur. Et je n'ai pas la plus petite idée de qui il pourrait s'agir.

Un long silence s'ensuivit.

– Pourquoi ne nous en as-tu jamais parlé ? finit par demander Fred.

– Je n'en sais rien. Ça m'avait mise mal à l'aise. J'ai voulu ne plus y penser.

– Peut-être est-ce une simple coïncidence, avança Neo sans trop y croire.

Soraya secoua la tête, avec un faible sourire.

– Il y a encore une chose que vous devez savoir. Dans mon pays d'origine, les prénoms ont presque tous une signification. Le mien veut dire… la lumière, l'illumination.

Ils retombèrent dans le silence de leurs pensées. Ce fut Neo qui reprit la parole :

– Il n'y a pas de doute, c'est le même individu. Mais pourquoi s'est-il ensuite attaqué à moi ?

– C'est pourtant simple, dit Fred d'un ton grave. Il est jaloux, mortellement jaloux. Il ne peut pas supporter la relation privilégiée qu'il y a entre Soraya et toi.

Neo se sentit rougir. Il regarda Soraya. Elle soutint son regard. Fred tourna la tête et s'étira en humant le vent.

– J'ai comme une intuition. Je sens que nous allons bientôt découvrir quelque chose de primordial pour notre enquête.

– J'ai comme toi cette intuition, murmura Neo. J'ai hâte d'être à ce soir pour tenter de décrypter les messages de ce fou furieux de Johann Faust.

Soraya lui sourit.

– Moi aussi, j'ai hâte d'être à ce soir.

– Que la Force soit avec vous, dit Fred en levant des deux mains vers le ciel un sabre invisible de chevalier Jedi

Eve, l'interface de l'agent intelligent en exécution dans le Vortex 1138 de Francis Dommartin avait changé de look depuis la dernière connexion avec Neo. Une coiffure éclatée et un top asymétrique avaient remplacé le chignon et la veste de tailleur de l'assistante de direction. De plus, un idéogramme chinois était tatoué sur son épaule gauche. Quant au collier de perles, il avait évidemment disparu.

– Ça vous va super bien, Madame ! s'exclama Soraya en découvrant la nouvelle apparence de l'interface.

– Je n'ai fait que prendre en compte les paramètres Tendances & Modes de votre génération, dit Eve avec un sourire modeste. Mes bases de données sont mises à jour régulièrement. Mais il ne faut pas que ma nature artificielle vous empêche de m'appeler Eve et de me tutoyer, ajouta-t-elle, une pointe d'ironie dans la voix.

– J'essaierai de m'en souvenir, dit Soraya avec un petit rire.

– Quelle est votre requête ? demanda sans plus attendre Eve en regardant Neo.

Celui-ci avait imprimé les courriels envoyés par Johann Faust et la transcription de la phrase qu'il avait prononcée au visiophone. Il lut les cinq citations et le message chiffré.

– Tu as une heure pour trouver la source des citations et le code qui génère cette suite de nombres.

Il avait parlé d'un ton sec. Il ne voulait pas entretenir une relation affective avec un logiciel. Il aurait préféré s'adresser à l'image d'un bon vieux robot de science-fiction, tels qu'ils étaient représentés dans les films et les illustrations du siècle dernier.

– Votre requête peut demander un temps beaucoup plus long, dit Eve, imperturbable.

– Fais le maximum, dit Neo en se levant.

Il tira Soraya par la main.

– Je meurs de faim. Allons faire honneur au dîner que maman nous a préparé.

La mère de Neo était enchantée de la présence de Soraya pour laquelle elle éprouvait une grande affection. Elle aimait particulièrement le caractère enjoué de la jeune fille. Ta joie de vivre est contagieuse, lui avait-elle dit un jour. Quand tu es là, tout s'illumine, avait-elle ajouté sans malice, ignorant la signification de son nom. Neo n'aurait certainement pas dit le contraire. Il avait appelé du lycée sa mère pour l'avertir de la venue de son amie. À leur arrivée, ils l'avaient trouvée s'affairant dans la cuisine. Elle était rentrée de son travail plus tôt que d'habitude pour préparer un bon repas.

– Il ne fallait pas vous donner tout ce mal ! s'était écriée Soraya.

– Si tu savais le plaisir que ça me fait, avait-elle tranquillement répondu.

Elle avait mis une nappe et des chandeliers sur la table de la salle à manger. Elle sortait justement de la cuisine avec un plat quand son fils et Soraya entrèrent dans la pièce.

– Laissez-moi vous aider Sylviane, dit Soraya en se précipitant.

– Non, non, tout va bien. Le repas est prêt, nous pouvons passer à table. Allez, asseyez-vous et oubliez un peu le lycée.

Elle pensait sans doute qu'ils utilisaient la machine de Francis Dommartin pour préparer un exposé.

Ils dégustèrent en entrée une délicieuse salade de fruits de mer, suivie de succulentes côtes de veau à la normande. La conversation tourna essentiellement autour de l'exposition de sculptures contemporaines que préparait Sylviane Dommartin. Soraya, qui était une passionnée d'arts plastiques, posa beaucoup de questions. Neo écoutait sans trop intervenir. Il ne pouvait savourer pleinement cette soirée. Il y avait en lui trop d'inquiétude, non pas pour lui-même mais pour son père. Où pouvait-il être en ce moment ? Il n'avait pas donné signe de vie depuis son départ précipité la veille. Ça ne faisait qu'un peu plus de vingt-quatre heures, mais il semblait à Neo qu'une éternité s'était écoulée depuis qu'il avait reçu l'angoissant message sur son assistant numérique. Il attendit la fin du dessert, une exquise tarte aux poires caramélisées, pour demander à sa mère : « As-tu eu des nouvelles de papa aujourd'hui M'man ? J'ai essayé de le joindre sur son communicant mais je n'ai eu que son répondeur. »

Une ombre passa sur le visage de Sylviane Dommartin.

– Non, je n'ai eu aucune nouvelle. J'ai moi aussi essayé de le joindre. Peut-être est-il encore dans l'avion. Tu sais bien qu'il travaille souvent au bout du monde, dit-elle d'un ton qui se voulait rassurant.

– C'est sûrement ça M'man, approuva Neo, qui ne voulait pas communiquer son inquiétude à sa mère.

– Allez, retournez finir votre travail, dit-elle. Je ne veux pas que vous vous couchiez trop tard.

– Pas avant d'avoir débarrassé la table, dit Soraya en saisissant les assiettes.

– Quatre des cinq citations que vous m'avez soumises sont extraites de poèmes d'auteurs français.

Il y avait comme un ton de revanche dans les paroles de l'interface paramétrée sous le nom d'Eve, et son regard paraissait insolent.

– Noms des auteurs et sources des citations, ordonna Neo.

Eve prit la voix d'un maître de cérémonie proclamant un palmarès.

– François Coppée pour :

Songe aux têtes de mort qui se ressemblent toutes.

Extrait du recueil " Les Récits et les Élégies ".

– José Maria de Heredia pour :

Et ses yeux n'ont pas vu, présage de son sort,

Auprès d'elle, effeuillant sur l'eau sombre des roses,

Les deux Enfants divins, le Désir et la Mort.

Extrait du poème " Le Cydnus " du recueil " Les Trophées ".

– Stéphane Mallarmé pour :

Ô mort le seul baiser aux bouches taciturnes !

Extrait du poème " Le guignon ".

– Tristan Tzara pour :

Chaque ombre à son âme reconnaît la lumière.

Extrait du recueil " Entre-temps ".

– Origine non répertoriée pour :

Elle est l'illumination dans l'obscurité de ma vie. L'ombre n'existe que par la lumière.

– Et le message chiffré ? demanda Neo, voyant qu'elle ne disait plus rien.

– Je tente actuellement de le décrypter. Temps estimé : entre trente-cinq et mille deux cents heures.

Neo regarda Soraya.

– Qu'est-ce qu'on fait maintenant ?

– Il nous faut en savoir plus.

Les yeux brillant d'excitation, elle demanda à l'agent intelligent :

– Eve, peux-tu nous donner une biographie des auteurs ainsi que l'intégralité des poèmes contenant les citations ?

Eve commença à réciter d'un ton monocorde d'ennuyeux articles d'encyclopédie.

– C'est beaucoup trop long, jamais nous ne pourrons tout retenir ! s'exclama Neo. Impression en double exemplaire des articles et des poèmes, ordonna-t-il à l'interface.

Presque aussitôt, des feuilles de papier surgirent d'une fente du Vortex 1138 et tombèrent dans le panier des imprimés. Neo les saisit et en tendit la moitié à Soraya

– Essayons de trouver une ligne directrice dans tout ça.

Mais ils baissèrent très vite les bras, découragés par la complexité de la tâche.

– Nous n'y arriverons jamais comme ça, dit Soraya.

– Puis-je vous aider ? demanda Eve d'un ton affable.

Neo allait lui dire sèchement de se mettre en veille quand Soraya s'écria :

– Bien sûr que tu peux nous aider ! Recherche les points communs aux quatre auteurs et aux poèmes identifiés.

Eve ferma les yeux pour les rouvrir exactement deux secondes plus tard.

– Les quatre auteurs sont de sexe masculin et ce sont des gens de lettres. Mais j'ai pu trouver trois points communs moins courants concernant les trois premiers auteurs cités. Premièrement, le mot « mort » est dans les extraits des poèmes de ces trois auteurs.

– Ça, on le savait, dit Neo d'un ton sarcastique.

Sans se démonter, Eve poursuivit :

– Deuxièmement, les trois auteurs ont tous fréquenté le Parnasse.

Neo dressa l'oreille. Ça lui rappelait vaguement quelque chose.

– Rappelle-nous ce qu'était le Parnasse, dit-il d'un ton radouci.

– Le Parnasse était un mouvement poétique qui s'est constitué, dans les années 1850, autour de la personne de Leconte de Lisle.

– Ah oui, ça me revient, j'ai lu ça dans le dictionnaire des noms de rues. Tu peux continuer Eve.

– Troisièmement, les trois auteurs sont nés la même année, en 1842.

– Et qu'en conclus-tu ? demanda Neo.

– Je ne conclus rien, dit Eve.

– Elle est parvenue à sa limite de compétences, dit Neo à Soraya. C'est à nous de réfléchir maintenant.

Ils se concentrèrent un bon moment, tournant et retournant dans leur tête les éléments qu'ils avaient récoltés. Et, tout à coup, Neo se figea :

– La naissance et la mort !

– Que dis-tu ?

– Laissons le Parnasse de côté pour l'instant, dit-il d'un ton fébrile. François Coppée, José Maria de Heredia et Stéphane Mallarmé sont nés la même année, en 1842, et le mot « mort » est présent dans les extraits de leurs poèmes. Donc...

– Donc ?

– C'est la clé... la clé du code !

– Quel code ?

– Le code du message chiffré caché dans l'image de tête de mort.

– La série de nombres que Eve tente de décrypter ?

– Oui. On suppose qu'à un chiffre doit correspondre une lettre. Ne connaissant aucune de ces correspondances, Eve a prudemment estimé le temps de décodage de trente-cinq à mille deux cents heures. Mais maintenant, nous en connaissons quatre...

– ... ? Ouii, j'y suis ! s'exclama Soraya en sautant sur ses pieds. Il y a quatre caractères dans le mot « mort » et quatre chiffres dans le nombre « 1842 ». Donc, MORT égale 1842.

– Exactement, approuva Neo d'une voix vibrante. MORT égale 1842.

8

– MORT égale 1842, répéta Neo. M égale 1, O égale 8, R égale 4 et T égale 2.

– C'est étrange qu'il associe ainsi la naissance et la mort, dit pensivement Soraya.

– Comme il associe l'ombre à la lumière, dit Neo, tout aussi pensif. L'ombre et la lumière, la mort et la vie, le yin et le yang, l'un ne peut exister sans l'autre.

– Et lui ne peut exister sans moi… tu crois que c'est ce qu'il veut nous dire ?

– Oui, il est l'ombre, tu es la lumière, l'illumination.

Neo repoussa la vague de jalousie et de haine qui montait en lui.

– Essayons de décrypter le message chiffré, dit-il. Cette fois encore nous aurons besoin de la puissance de calcul de Eve.

L'interface les regardait, un discret sourire sur les lèvres.

– Dois-je essayer de décrypter le message chiffré à l'aide de ces nouveaux éléments ? demanda-t-elle, toujours aussi affable.

– Tu as tout compris, répondit Neo d'un ton gentiment ironique.

Il sentait que malgré tous ses efforts, il tombait dans le piège tendu par les concepteurs de l'agent intelligent. Il commençait à s'attacher à un programme informatique. Un programme certes très sophistiqué, avec ses fonctionnalités de reconnaissance et de synthèse vocales, son moteur d'intelligence artificielle et son interface graphique hyperréaliste, mais un programme informatique tout de même, aussi peu pourvu de conscience qu'un fer à repasser.

– Veuillez patienter, j'estime le temps de calcul.

Eve ferma les yeux une fraction de seconde.

– Le temps de calcul sera compris entre deux minutes et trois heures trente-deux minutes.

Neo soupira.

– D'accord, lance ta recherche. Espérons que l'estimation haute ne soit pas la bonne.

Eve referma les yeux.

– En attendant, penchons-nous sur les deux dernières citations, dit Soraya en reprenant les feuillets imprimés par Eve.

« Tristan Tzara, écrivain et poète français d'origine roumaine, né à Moinesti en 1896, mort à Paris en 1963 » lut-elle à haute voix. « L'un des fondateurs du mouvement dada ou dadaïsme. Le dadaïsme était un mouvement culturel contestataire, né dans les milieux intellectuels et artistiques occidentaux durant la première guerre mondiale. Par la dérision et la provocation, il voulait exprimer sa révolte contre le non-sens et les horreurs de la guerre. »

– Il y a ensuite cinq pages sur l'œuvre de Tzara. Bon, je me jette à l'eau.

Elle continua silencieusement sa lecture. Neo allait faire de même quand il repensa aux points communs aux trois premiers auteurs. Et il eut soudain une intuition fulgurante.

– Eve ! ? appela-t-il d'une voix tendue.

Intriguée, Soraya interrompit sa lecture. L'interface ouvrit les yeux et dit d'un ton neutre :

– Je suis encore en phase de calcul.

– Peux-tu me faire une recherche en parallèle ?

– J'ai été conçue pour cela, confirma-t-elle avec une pointe de fierté dans la voix.

– Bien, peux-tu me dire d'où le Parnasse tire son nom ?

Sans même cligner des yeux, Eve répondit aussitôt :

– Le mont Parnasse ou Parnassós est une montagne de Grèce qui culmine à deux mille quatre cent cinquante-sept mètres au nord-est de la ville de Delphes. Dans la mythologie antique, c'est le séjour des neuf Muses et il est consacré à Apollon.

– Apollon, dieu de la Beauté, des Arts… murmura Neo.

– Et de la Lumière, poursuivit Eve.

Voyant que Neo gardait le silence, l'agent intelligent demanda :

– Puis-je maintenant réaffecter la totalité de ma puissance de calcul à la recherche en cours ?

– Oui, merci Eve.

L'interface referma les yeux. Neo se tourna vers Soraya.

– Tout se tient. Le monde de Faust est très cohérent. Il y a la vie et la mort auxquelles sont soumis ici-bas les simples mortels. Et sur les hauteurs du mont Parnassós, il t'a érigée en déesse, Soraya, la dixième Muse d'Apollon.

Soraya semblait perplexe.

– Mais lui, se voit-il en simple mortel ?

– Non bien sûr. Tu es la lumière, il est l'ombre, ne l'oublie pas. Dans son esprit, vous êtes indissociables. Il ne saurait donc avoir un autre statut que le tien. Si tu es une déesse, il ne peut être qu'un dieu.

Neo eut un sifflement rageur.

– Ce type est un grand mégalo. Il faut reconnaître qu'il a beaucoup de talent.

– On dirait presque que tu l'envies.

Il plongea son regard dans les magnifiques yeux verts de son amie. Elle avait un sourire mi-amusé mi-interrogateur. Alors, brusquement, il sentit céder en lui le barrage qui trop longtemps avait contenu ses émotions. Portés par une voix haletante, les mots jaillirent de sa bouche, révélant la force de ses sentiments.

– Oui, je l'envie, je l'envie parce qu'il peut exprimer sans retenue tout ce qu'il ressent pour toi. Alors que moi… moi, je n'ai pas été fichu, depuis le temps qu'on se connaît, de te dire, ou simplement de te montrer, à quel point tu me plaisais. J'ai toujours été attiré par toi Soraya. Je pense tout le temps à toi quand tu n'es pas là. Je ne suis jamais aussi heureux que quand tu es près de moi. Mais j'avais peur que ce ne soit pas la même chose pour toi.

C'est après ma chute au cours d'escalade, dans l'ambulance, que j'ai su que toi aussi… mais alors, je ne pouvais plus…

Les yeux emplis de larmes, Soraya murmura :

– Oh Neo… Neo. Et moi qui pensais que tu n'éprouvais que de l'amitié pour moi !

Ils tombèrent dans les bras l'un de l'autre. Neo enfouit son visage dans la noire chevelure de Soraya. Il ferma les yeux et s'abandonna à la douce chaleur et à l'enivrante odeur de son corps. Il couvrit de baisers son cou parfumé. Emporté par la passion, il oublia le danger qu'il lui faisait courir. Ce n'est qu'au moment où leurs lèvres s'effleurèrent que, tel un coup de tonnerre, le commandement de Grimaldi résonna douloureusement dans sa tête :

« Tu n'auras de contact intime avec personne. »

Neo se raidit, il s'écarta de Soraya, son visage exprimait un profond désespoir.

– Je… je ne peux pas, je n'ai pas le droit, murmura-t-il dans un souffle.

Elle le regarda, déconcertée. Alors, Neo prit la décision de tout lui révéler. Ce qu'il redoutait et espérait tout à la fois était arrivé. Il n'avait d'autre choix dorénavant que de partager avec Soraya le terrible secret qui le rongeait. Comment aurait-il pu expliquer son comportement étrange autrement qu'en disant la vérité ? Il aurait pu bien sûr prétexter une maladie bénigne, comme une angine ou toute autre infection passagère, pour motiver le refus de ses baisers. Mais mentir ainsi ne lui aurait accordé qu'un sursis de quelques jours. A quoi bon ?

– Il faut que nous parlions Soraya, dit-il en lui prenant les mains.

Un frisson parcourut la jeune fille. Son visage avait une expression blessée. Que pouvait-elle penser en ce moment ? Qu'elle ne lui plaisait pas physiquement ? Qu'il s'était promis à une autre ?

– Je t'écoute, dit-elle d'une petite voix, ses yeux fixés sur ceux de son ami.

– Voilà… commença Neo.

Il n'alla pas plus loin. La sonnette à deux tons de la porte d'entrée les fit sursauter. Retenant leur souffle, ils entendirent le claquement sec du verrou suivi d'un bruit étouffé de conversation. Qui cela peut-il être ? se demanda Neo. Quelqu'un frappa à la porte du bureau. Il lâcha à regrets les mains de Soraya. Une ombre de tristesse se posa sur le doux visage de celle-ci.

– Entrez, dit Neo, qui durant un bref instant espéra le retour de son père.

Mais ce fut la face joyeuse de Fred qui apparut dans l'entrebâillement.

– J'ai fini plus tôt que prévu avec nos deux lascars, dit-il en pénétrant dans la pièce. Mon programme les a rétamés. Mais vous en faites une tête !

– Nous avons découvert des choses troublantes, dit Neo, coupant court à la réflexion de son ami. Mais avant que nous ne t'en parlions, dis-nous ce que tu as pensé de Pavel et Hakim.

– Eh bien, je crois qu'on peut les mettre de côté pour l'instant. Je n'ai décelé chez eux aucune duplicité. Ils sont vraiment cool. Si nous étions moins sectaires, ils pourraient même devenir nos amis, ajouta-t-il sur le ton de la boutade.

– Il ne reste donc plus que Mario, dit pensivement Neo.

– Il est trop tôt pour tirer des conclusions, dit Fred, en ôtant son blouson. Peut-être avons-nous tout faux depuis le début. Bien, à vous maintenant ! Qu'avez-vous découvert ?

Neo et Soraya lui exposèrent le résultat de leur cogitation.

– Formidable ! s'exclama Fred quand ils eurent fini. Il ne nous reste plus qu'à attendre la fin du calcul d'Eve.

Sans ouvrir les yeux, l'interface dit d'une voix sereine :

– Je suis en phase finale. J'ai décodé soixante-quinze pour cent du message.

– Hourra ! cria Fred, tout excité.

Les trois amis se rapprochèrent de l'écran. Ils regardaient Eve avec vénération, comme un gourou dont on attend une révélation. L'interface les fit patienter encore cinq longues minutes avant de rouvrir les yeux.

– Je suis en mesure de vous donner la transcription du message codé.

– Nous t'écoutons Eve, dit Neo dans un silence religieux.

Eve prit la voix caverneuse du message audio pour déclamer : « A toi Neo, mon rival abhorré. Si tu es un homme d'honneur, affronte-moi en combat singulier dans l'espace sans limites. Iseult te mènera. L'un de nous deux s'inclinera. »

– Encore une énigme, dit Fred. Ce Faust nous aura à l'usure.

– Il fait sûrement référence à « Tristan et Iseult », le poème médiéval, dit Neo. Rappelez-vous le cours sur les mythes et légendes du Moyen Âge l'année dernière, le prof nous en avait fait lire des extraits.

– Eve, imprime-nous en un résumé s'il te plaît.

Une feuille émergea aussitôt du Vortex 1138. Neo la saisit avant qu'elle ne tombe dans le panier.

– Si je me souviens bien, c'est une histoire qui finit mal, dit Soraya d'un ton lugubre. Comme « Roméo et Juliette », par la mort des deux amants.

– Encore une similitude, souligna Fred. Après « Tristan Tzara », « Tristan et Iseult ». Ce type doit être un adepte des jeux fléchés et des mots croisés.

– C'est avant tout un fin lettré, dit pensivement Neo en parcourant rapidement des yeux le feuillet. Je vois mal Mario tenir ce rôle.

– Eve, montre-nous le texte du message s'il te plaît, demanda Fred.

L'interface afficha le message en gros caractères blancs sur fond noir. Elle-même resta visible dans une petite vignette en haut et à gauche de l'écran.

– L'espace sans limites, ça ne peut pas être l'espace physique, dit Soraya. Ça n'aurait aucun sens.

– Tu as raison, approuva Fred.

Il se raidit et fit claquer ses doigts.

– Mais alors ça ne peut être que… l'espace virtuel ! s'écria-t-il en même temps que Neo.

– Et Iseult serait le chemin ! poursuivit celui-ci au comble de l'excitation.

D'une voix fébrile, Fred commanda :

– Eve, connecte-toi sur le site www.mephis.com à l'adresse suivante : www.mephis.com/iseult.htm.

L'écran devint presque aussitôt uniformément blanc.

– Il me faut télécharger et installer un lecteur spécifique, dit Eve. Cela ne prendra que quelques secondes. Puis-je le faire ?

– Oui, crièrent en chœur les trois amis.

Quelques dixièmes de seconde plus tard, une image animée apparut sur l'écran. Sa beauté leur coupa le souffle. Ça n'était pas l'élégante grille de fer forgé à l'avant-plan qui les saisissait à ce point, mais le paysage idyllique qu'on apercevait à travers ses barreaux, en contrebas. Une vallée verdoyante au coucher du soleil, traversée par un fleuve scintillant sous les derniers rayons. Des cygnes blancs s'ébattant à la surface de l'eau. Des collines en pente douce dont l'herbe ondoyait sous une brise légère. Un ciel bleu lapis, strié de traînées rouges, où des formations d'oies sauvages s'éloignaient vers l'horizon. Et au fond de la vallée, se dressant à la lisière d'une sombre forêt, un château fort digne du roi Arthur.

– C'est un monde fractal, sans limites, dit Fred, subjugué comme ses amis par le spectacle qui s'offrait à eux. Il a dû utiliser le plus performant des générateurs pour produire ces images.

– Ouvre la grille, Eve, finit par murmurer Neo.

La serrure de la grille prit la couleur de l'or mais les vantaux ne s'ouvrirent pas. Une brume venue de nulle part s'enroula en flammes blanches autour des barreaux, dissimulant entièrement le paysage. Alors une voix s'éleva. Elle paraissait tomber du ciel. C'était la même voix caverneuse que celle du message audio.

« Il y a un temps pour aimer et un temps pour mourir. La clef des champs est celle du dernier combat. »

Une zone de saisie au curseur clignotant apparut au milieu du brouillard.

Fred sortit un mouchoir de sa poche et s'épongea le front.

– Et rebelote, dit-il, il nous faut encore trouver cette clef.

– Essayons quelques noms, dit Neo. Eve, saisit « Tristan » et valide s'il te plaît.

Les sept lettres s'inscrivirent dans la zone de saisie.

– Clef non valide, dit la voix caverneuse.

– « Iseult », maintenant.

– Clef non valide.

Neo s'obstina.

– Essaie tous les mots de tous les messages.

– Clef non valide, dit à chaque fois la voix caverneuse.

Soraya s'avança.

– Essaie « Soraya », ordonna-t-elle.

Elle parut soulagée d'obtenir là encore une réponse négative.

Ils s'absorbèrent alors dans leurs réflexions. Ils n'eurent pas le temps de le faire très longtemps. Le communicant de Neo émit un roulement de tambour. Il l'avait paramétré pour qu'il émette ce bruit à la réception d'un message de Faust.

– On dirait que les événements se précipitent, dit Neo en retirant l'appareil d'une poche de veste.

Il y avait bien un message de Johann Faust. L'objet était : Le Dernier Combat. Frissonnant d'excitation, Neo ouvrit le courriel. Et voici ce qu'il vit :

28, 37, 57, 70, 86, 99, 115, 147, 160, 183, 209, 215, 231, 264, 296, 306, 328, 354, 361, 387, 413, 438, 481, 503, 506, 523, 536, 552, 623, 659, 671, 684, 726, 749, 765, 801, 820, 846, 879, 888, 930, 953, 959, 972, 1027, 1102, 1121, 1118, 1134, 1167, 1180, 1222, 1264, 1286, 1315, 1325, 1348, 1374, 1380, 1425, 1506, 1532, 1526, 1542, 1613, 1658, 1694, 1710, 1717, 1749, 1791, 1824, 1849, 1869, 1895, 1937, 1959, 1992, 2047, 2060, 2095, 2118, 2134, 2160, 2186, 2228, 2251, 2254, 2270, 2332, 2383, 2396, 2429, 2455, 2477, 2539, 2558, 2629, 2684, 2713, 2749, 2772, 2781, 2804, 2859, 2895, 2917, 2927, 2950, 2985, 3005, 3011, 3066, 3131, 3137, 3144, 3176, 3209, 3218, 3270, 3306, 3322, 3364, 3416, 3458, 3503, 3545, 3571, 3597, 3616, 3652, 3687, 3704, 3739, 3765, 3827, 3891, 3943, 3956, 3988, 4011, 4018, 4031, 4076, 4157, 4183, 4176, 4192, 4264, 4299, 4293, 4309, 4409, 4454, 4467, 4522, 4564, 4581, 4603, 4636, 4704, 4736, 4749, 4781, 4820, 4852…

Une longue suite de nombres, apparemment aléatoires,

que la fonction « random » de n'importe quel langage informatique aurait pu générer.

– Encore un message chiffré, soupira Neo.

– Fais voir, dit Fred avec empressement.

Il regarda longuement les chiffres mystérieux.

– Je ne crois pas que ce soit un message codé, dit-il finalement. À quelques rares exceptions près, c'est une série croissante. Si c'était un message codé, il n'y aurait pas une telle régularité. Ça me fait penser aux tests de Q.I. Vous savez, on vous donne une suite logique de nombres et vous devez trouver le nombre qui arrive juste après. Ça expliquerait les trois points après 4852, le dernier nombre.

– Mais, en supposant que tu trouves ce nombre, ça t'avancerait à quoi ? demanda Soraya.

– Et bien, peut-être que ce nombre à découvrir est justement la clef que nous recherchons, le « sésame ouvre-toi » de ce monde fractal, dit-il en désignant l'écran du Vortex 1138.

– Ce serait trop beau, dit Neo sans quitter l'écran des yeux. Néanmoins… - il fit un rapide calcul mental - en examinant cette suite, on constate que l'écart maximal entre deux nombres contigus est égal à 100, il se situe entre 4309 et 4409. Je ne vois pas d'écart plus important. Augmentons par précaution l'écart de moitié. Le nombre que nous recherchons a de fortes chances d'être compris entre 4852 et 5002. Demandons à Eve de tester les 150 nombres de cet intervalle.

L'interface intervint à ce moment.

– Je viens de recevoir un message de Johann Faust, dit-elle. Voulez-vous en prendre connaissance ?

– Quelle question, bien sûr ! dit Neo.

Eve prit la voix caverneuse de Faust : « Vous n'avez plus droit qu'à un essai. Toute clef non valide interdira définitivement l'accès à l'espace sans limites. »

– Là voilà ta réponse dit Fred. C'est la pire des roulettes russes. Ce type est un pervers. Il nous fait miroiter la solution toute proche mais en même temps inatteignable. Du moins tant qu'on ne trouvera pas la logique de cette suite. Et je doute que nos pauvres cervelles y parviennent. C'est un problème supplémentaire à soumettre à Eve.

Neo passa une main dans ses cheveux.

– Il se croit invincible. Aussi peut-il s'amuser à nous jeter quelques indices à ronger. Il doit être persuadé que les fourmis que nous sommes ne parviendront jamais à le démasquer. Mais son assurance est sa faiblesse, elle finira par le perdre.

– Ou peut-être au contraire veut-il inconsciemment se faire prendre, dit Soraya. Mais comme il est très orgueilleux, il veut que ce soit par des gens à sa hauteur, des Sherlock Holmes, pas des inspecteurs La Bavure.

– Il ne faut pas oublier ce que tu représentes à ses yeux, dit Neo d'une voix sourde. La dixième Muse du Parnasse. Peut-être est-ce par toi qu'il veut être démasqué.

Elle détourna les yeux sans rien dire.

Fred prit l'assistant de Neo et lut à Eve la suite de nombres.

– Combien te faudra-t-il de temps pour trouver l'équation qui génère cette suite ?

Eve cligna des yeux.

– Je ne dispose d'aucun élément me permettant de faire une estimation, répondit-elle.

Fred soupira.

– Bon, tu peux lancer le calcul. Si ça doit prendre dix ans, mieux vaut t'y mettre tout de suite.

Il regarda sa montre et se tourna vers ses amis.

– Il est temps de lever l'ancre. Je propose de continuer demain soir, vers vingt et une heures. En espérant qu'Eve aura trouvé cette fameuse clef.

– Ok pour demain soir, dit Neo qui ne rêvait que d'une chose, se retrouver seul avec Soraya.

– C'est ok aussi pour moi, dit celle-ci, les yeux rivés sur lui.

Fred se leva et mit son blouson.

– Je te raccompagne ? dit-il à l'adresse de la jeune fille.

Elle sembla hésiter avant de dire :

– D'accord. Laissons Neo se reposer, il en a bien besoin… et moi aussi.

Neo eut un sourire triste. Il aurait voulu supplier Soraya de rester, qu'elle ne parte pas sur un malentendu. Il avait tant de choses à lui dire. Mais Fred était là et Neo ne voulait en aucun cas que son ami apprenne la relation nouvelle qui s'était instaurée entre Soraya et lui. La complicité et l'amitié de Fred comptaient autant que l'amour de Soraya.

Il raccompagna ses amis jusqu'à la porte d'entrée.

Sylviane Dommartin, qui lisait dans le salon, vint leur dire au revoir.

– Vous avez trouvé ce que vous vouliez pour votre exposé ?

– Oui, oui, dit hâtivement Neo.

Il ressentit une immense frustration en faisant la bise à Soraya. Il aurait tellement aimé la serrer dans ses bras et, à défaut que leurs bouches se joignent, couvrir son visage de baisers.

– À demain Neo, dit-elle en le regardant intensément.

– À demain vieux frère, dit Fred qui semblait ne rien avoir remarqué.

Quand Neo eut refermé la porte, Sylviane Dommartin lui dit d'un ton inquiet :

– Tu es bien pâle, tu devrais aller te coucher. Tu as trop de sommeil en retard.

Il acquiesça d'un hochement de tête. Il embrassa sa mère et se rendit dans sa chambre. Il se jeta sur son lit et serra ses poings avec une telle force qu'il sentit ses ongles pénétrer dans les paumes. Il s'en voulait de n'avoir pas, sous un prétexte quelconque, retenu Soraya. Que devait-elle penser de lui à présent ? Lui qui avait dérobé ses lèvres aux siennes. Cette pensée lui fut insupportable. Il fallait qu'il lui parle, tout de suite. Il chercha son communicant et se rappela qu'il l'avait laissé dans le bureau de son père.

Eve était toujours en train de calculer quand il entra dans la pièce. Les yeux fermés, le visage de l'interface semblait exprimer une profonde sérénité. Ses concepteurs avaient peut-être voulu que sa seule contemplation dispense un effet apaisant à ses utilisateurs stressés. Et Neo ne pouvait nier qu'il se sentait plus calme face à ce visage artificiel. Il saisit son communicant, activa le mode visiophonie et prononça tendrement : « Soraya ». Il ressentit une profonde déception quand il entendit l'annonce de son répondeur. Sans doute n'était-elle pas encore arrivée chez elle et ne souhaitait-elle pas lui parler en présence de Fred. Il ne laissa pas de message, se promettant de la rappeler un peu plus tard.

Il allait retourner dans sa chambre quand, jetant un coup d'œil machinal sur l'écran du Vortex 1138, il vit que Eve avait ouvert les yeux. Elle le regardait.

– J'ai identifié la logique de la série, dit-elle en souriant.

– Ah, dis vite ! s'exclama Neo.

– C'était relativement simple. À chaque nombre premier strictement compris entre un et neuf cent quatre-vingt-dix-sept, il était soustrait le nombre premier qui le précédait et ajouté celui qui le suivait multiplié par trois, le tout multiplié par le nombre d'or, un plus racine de cinq sur deux et arrondi à l'entier inférieur ou supérieur le plus proche.

– Relativement simple, tu l'as dit, ironisa Neo. Et quel est donc ce nombre que nous cherchons ?

– 4878, dit calmement Eve.

Au moment où Neo allait ordonner à Eve de se connecter sur le site de Faust, le communicant sonna. Il se jeta sur l'appareil.

– C'est moi, dit une voix émue.

C'était elle.

9

Soraya avait déconnecté le capteur vidéo de son communicant. Privée de support visuel, sa voix paraissait étrangement lointaine.

– Tu as essayé de me joindre ? J'avais désactivé la sonnerie de mon appareil.

– Tu es chez toi ? demanda Neo.

– Oui, je viens d'arriver.

– Pourquoi ne te montres-tu pas ?

– Je… je ne suis pas présentable.

– Je veux te voir.

– Non, dit faiblement Soraya, derrière le voile noir de l'écran.

Couper l'image de son visiophone était considéré par la plupart des gens, au pire comme une marque de distance, voire de défiance, au mieux comme un signe de timidité ou de gêne.

– Je t'en prie Soraya, montre-toi, supplia Neo.

Il y eut un temps de silence, où chacun écoutait la respiration de l'autre, puis subitement l'écran de l'assistant s'éclaira. L'image avait une définition suffisamment élevée pour que Neo pût voir que Soraya avait pleuré. Il sentit une grosse boule enfler dans sa poitrine.

– Je sais que tu te poses beaucoup de questions, dit-il d'une voix cassée par l'émotion.

Sur l'écran, les magnifiques yeux verts le fixaient intensément.

– Je voudrais que tu sois là. Je te prendrais dans mes bras et je te dirais que tu es la seule personne que j'ai une envie folle d'embrasser.

Elle battit des paupières.

– Et pourquoi ne m'embrasserais-tu pas plutôt ?

– Je... je ne veux pas tout t'expliquer comme ça, au visiophone. Il faut que je t'aie près de moi. Ecoute, retrouvons-nous demain, vers dix-neuf heures.

– Au Zelig ?

– Non, un endroit plus... discret. Disons... place de l'Union. Nous irons manger une galette dans une crêperie, pas très loin. Il n'y aura pas grand monde à cette heure-là, nous serons tranquilles.

Soraya esquissa un sourire timide.

– Demain, c'est dans un siècle. Mais pour toi je peux faire l'effort surhumain de patienter jusque-là.

– Je sais qu'auprès de toi je trouverai tout le courage et la force qui me manquent, Soraya.

– Tu n'as pas besoin de moi pour ça Neo. Tu es déjà plus courageux et plus fort qu'un lion.

– Tu te trompes Soraya. Si tu n'étais pas à mes côtés, je ne tiendrais pas le coup.

– C'est à cause des menaces de Faust… ?

– Oui, dit Neo qui ne voulait pas inquiéter davantage son amie. Tu partageras bien assez tôt mes malheurs, pensa-t-il avec une pointe de culpabilité. Il faut maintenant que je te laisse, poursuivit-il. Je voulais juste que tu ne t'endormes pas sur un malentendu.

– Je sens que je vais faire de beaux rêves, Neo et tu en feras partie.

– Comme tu feras partie des miens, Soraya. À demain…

Il fit s'envoler un baiser vers le capteur vidéo de son assistant.

– À demain, dit Soraya en attrapant le baiser au vol et le posant sur son cœur.

Neo raccrocha à regret. Mais s'il avait fait durer sa conversation avec Soraya, il aurait fini par tout lui raconter. Et il se devait d'être près d'elle pour atténuer le choc que ses révélations allaient immanquablement causer. Il se tourna vers l'écran du Vortex 1138. Eve le regardait, toujours aussi sereine. Il crut lire de la compréhension dans ses yeux. Mais comment une machine aurait-elle pu éprouver de la compréhension pour des problèmes humains ? Une fois de plus, il tombait dans le piège des concepteurs du Vortex 1138. Mécontent de lui-même, il secoua la tête. Il saisit sur la table en bois massif le casque d'immersion et le joystick de son père, reliés à l'ordinateur par transmission Wi-Fi, et s'assit dans un fauteuil. Il ajusta le casque sur sa tête, puis pressa le bouton de commutation de mode du joystick. Il se retrouva dans le noir, ou presque, car Eve était là, unique étoile d'un espace uniformément sombre. Et, ô surprise, l'interface lui faisait face de la tête… aux pieds ! Ce n'était plus la présentatrice des journaux télévisés de son enfance. Les graphistes qui l'avaient conçue avaient modélisé avec un grand soin le reste de son corps. Une taille de guêpe cerclée d'une ceinture en croco, de longues jambes fines moulées dans un corsaire, et des pieds menus chaussés de sandales, complétaient harmonieusement son apparence minimum. Neo inclina le joystick vers l'avant pour se rapprocher de l'interface. Il fut stupéfait par la finesse des détails de son visage. Sa peau, ses yeux, ses cheveux, ses lèvres, tout chez elle avait, même au plus près, l'apparence du réel. A l'expression étonnée et admirative de Neo, elle opposa un sourire malicieux.

– Il fait un peu noir ici, bredouilla Neo pour se donner une contenance.

Eve eut un geste gracieux de la main et ils se retrouvèrent en plein jour ensoleillé sur une plage de sable fin bordée d'une mer agitée. Tout y était. Le fracas des énormes rouleaux, les mouettes et leurs cris, jusqu'aux empreintes de pas de l'interface et l'ombre qu'elle projetait sur le sable. Il remarqua avec amusement que Eve était maintenant pieds nus. Neo n'étant dans cet univers virtuel qu'une présence étrangère n'y laissait pour sa part aucune trace, pas plus qu'il ne projetait d'ombre.

– Reconnecte-toi sur le site de Faust et essaie d'ouvrir la grille avec la clef que tu as trouvée, cria-t-il à Eve pour couvrir le bruit des vagues.

Il se retrouva aussitôt devant la grille noyée dans la brume. Elle s'ouvrit sur un accord d'orgue grave et le brouillard se dissipa aussi vite qu'il était apparu. Le paysage fabuleux s'offrit à nouveau à son regard fasciné. Rien pratiquement n'avait changé par rapport à la première vision qu'il avait eue de ce monde. Le soleil n'avait pas bougé dans le ciel strié de traînées rouges et l'herbe des collines ondoyait toujours sous une brise légère. Seule modification notable : les cygnes sur le fleuve avaient disparu et des rapaces solitaires s'étaient substitués aux formations d'oies sauvages volant vers le couchant.

D'une main moite, Neo inclina légèrement le joystick vers l'avant. Il plana un moment au-dessus des vertes collines puis s'enfonça dans la vallée, suivant les courbes du fleuve. Il s'aperçut avec soulagement que, malgré la confusion de ce monde avec le monde réel, il n'éprouvait aucun vertige. En approchant du château fort, il inclina le joystick vers l'arrière pour prendre de la hauteur. Il s'immobilisa à une altitude suffisamment élevée pour avoir une vue d'ensemble de l'édifice et de ses environs. Il pouvait voir tout à la fois le donjon et les quatre tours d'angle, la basse et la haute cour, le pont-levis abaissé et l'eau sombre des fossés entourant le mur d'enceinte. Mais il n'aperçut ni homme ni bête. Et cette absence de vie, à l'exception des oiseaux de proie tournant dans le ciel, imprégnait ce monde d'une profonde mélancolie. Il se rapprocha du château et survola ses différentes parties, scrutant leurs moindres recoins. Mais là encore il ne vit personne. Allons voir derrière le décor, se dit-il alors. Il traversa les murs du donjon, s'attendant à se retrouver dans un espace indéfini, et constata avec stupéfaction que l'intérieur bénéficiait du même souci de réalisme que l'extérieur. Le mobilier, les tapisseries, les tentures, jusqu'à l'immense cheminée où se consumait un tronc d'arbre, rien ne semblait avoir échappé au chef décorateur et à l'accessoiriste de ce monde médiéval. Sans jamais rencontrer âme qui vive, Neo fureta un moment dans les différentes pièces, empruntant des escaliers étroits et des corridors secrets, puis il ressortit du château comme il était entré. Il regarda vers le bas et une idée lui traversa l'esprit. Il inclina le joystick vers l'avant et plongea dans les fossés. Il fut là aussi stupéfait par le luxe de détails du milieu aquatique : la vase, les algues, les particules en suspension et même les poissons, très mobiles, d'où s'échappaient de temps à autre des bulles d'air. Il sortit de l'eau sous le pont-levis, le traversant de part en part. C'est alors qu'il entendit un fort grincement de métal rouillé. Il vit la herse de l'entrée du château s'élever lentement. L'euphorie qui l'avait envahi au cours de son exploration disparut. Il comprit que Faust l'invitait à entrer dans l'arène. L'heure de l'affrontement était arrivée. Il passa sous la herse, contourna le donjon et il le vit, ou du moins son avatar, au centre de la haute cour, en armure étincelante de chevalier de la Table Ronde. La tête haute, le dos bien droit, les mains croisées sur le pommeau d'une longue épée plantée dans la terre, il l'attendait.

Neo se rapprocha jusqu'à n'avoir plus que le casque de son adversaire dans son champ de vision.

– Faust ? demanda-t-il sèchement.

– En ce monde, je suis Tristan, répondit l'armure à la voix déformée.

Qu'y avait-il derrière les étroites fentes horizontales de son casque ? Du vide, ou avait-il poussé le perfectionnisme jusqu'à figurer des yeux, un visage ? Neo voulut en avoir le cœur net. Il s'avança doucement. Les fentes devinrent deux larges ouvertures noires sur une surface métallique et ce fut tout. Il n'alla pas plus loin.

L'avatar eut un rire rauque.

– C'est ici que s'arrête ta vilaine curiosité.

Instinctivement, Neo exerça une pression brève et forte sur le bouton de déplacement arrière. Il se retrouva à trois mètres de l'avatar. Mais celui-ci n'avait pas bougé.

– Johann Faust, Tristan… ou devrais-je plutôt t'appeler Mario ? dit Neo sur un ton de défi.

L'avatar hocha pensivement la tête.

– Tiens, tiens, Mario ! ? Tu as une bien piètre opinion de moi pour me confondre avec cet imbécile. Je pourrais prendre ça pour une insulte.

– Si tu n'es pas Mario, tu es Pavel ou Hakim. En tout cas, tu es l'un des trois.

– De mieux en mieux. Décidément, tu n'as rien compris. Tu me déçois Neo. Tu es beaucoup plus bête que je ne pensais. Je ne sais pas si je m'abaisserai à te combattre.

Il marqua un silence.

– Cela étant, il y a des jours où je ne sais pas moi-même qui je suis. Ça excuse en partie ton manque de discernement.

– Qui que tu sois, tu n'es qu'un lâche. Ton armure prouve ta couardise… et ta faiblesse.

L'avatar ne broncha pas. De la pointe de son épée, il se mit à tracer des signes mystérieux sur le sol. Sans interrompre son activité, il dit d'une traite :

– Le combat aura lieu demain soir après le coucher du soleil. Tu recevras peu avant un message t'invitant à me rejoindre. Tu devras porter des capteurs de mouvement aux articulations et te munir d'un bâton de combat que tu régleras sur le mode Épée. Il te faudra aussi choisir un avatar dans la salle d'armes du donjon. Les combattants ne pourront disposer d'aucune assistance, humaine ou non humaine. Les agents intelligents devront être désactivés durant toute la durée du combat. Le combattant qui aura le premier atteint trois fois son adversaire sera déclaré gagnant. Des questions ?

– Quel est l'enjeu ?

– Tu le sauras demain.

– C'est Soraya n'est-ce pas ?

L'avatar se figea une fraction de seconde. Malgré la déformation, une rage froide était perceptible dans sa voix quand il dit :

– Tu n'es pas digne d'elle. Tu ne peux pas voler comme elle dans les cieux de l'Olympe. Moi, je le peux. Nous sommes de la même étoffe cosmique.

– Tu es cinglé, Tristan ! s'écria Neo. Tu m'entends ? Tu es cinglé !

L'insulte ne produisit aucune réaction apparente chez son adversaire.

– Comment as-tu su pour Soraya et moi ?

– Tu poses trop de questions.

– Et si je refuse le combat, si je ne venais pas ?

L'avatar se redressa, planta son épée dans le sol et reprit sa posture de statue.

– Tu viendras. Il y aura un tel désespoir et une telle rage en toi que tu voudras combattre. De toute façon… tu n'auras pas le choix.

– C'est ce qu'on verra, le brava Neo.

Mais il ressentait une sourde inquiétude. Ce Tristan, il le sentait, était capable des pires méfaits. Que pouvait-il bien comploter ?

– Demain est le jour du jugement, le jugement des dieux, dit l'avatar.

Et, dans un flash de lumière, il disparut.

Neo regarda autour de lui. La cour était déserte. Il s'éleva dans les airs, survola à deux reprises le château puis décida de réintégrer le monde réel. La grille s'ouvrit à son approche et se referma derrière lui avec un claquement sonore. Il se retrouva sur le décor « Plage » choisi par Eve. Il se demandait où elle était quand il la vit sortir de l'eau, souriante, en maillot de bain noir, une pièce.

– Elle est bonne ? lui demanda-t-il.

Elle entra dans son jeu.

– Encore un peu froide pour la saison.

– Je me demande s'il y a des requins.

– On en voit au large de temps en temps, mais ils n'approchent pas du rivage.

Neo réalisa brusquement à quel point la situation était absurde. Il avait une discussion avec un programme informatique sur la température et la faune d'une mer virtuelle. Soudain las, il ôta son casque et quitta la pièce, laissant Eve s'allonger seule au soleil. La dernière image qui imprégna sa conscience avant qu'il ne tombe dans le sommeil était une surimpression du visage aimé de Soraya avec la silhouette haïe d'un inconnu en armure.

À la récréation de dix heures, Soraya et Neo arrivèrent en même temps sous le vieux marronnier. Ils se regardèrent timidement, unis mais aussi paralysés par le secret qu'ils partageaient depuis leur déclaration mutuelle.

– Comment vas-tu ce matin ? hasarda Neo, incapable de prononcer autre chose qu'une banalité.

Elle le fixa un moment avant de répondre.

– Je suis comme un sablier qui égrène chaque seconde avant l'heure de notre rendez-vous.

Neo pensa aux révélations qu'il aurait alors à lui faire. Il eut un sourire triste.

– Moi aussi j'attends impatiemment ce moment. Tout sera plus clair après…

Une expression inquiète apparut fugitivement sur le visage de Soraya. Mais c'est d'une voix tendre et sereine qu'elle murmura :

– Quoi que tu m'apprennes, je serai toujours avec toi.

Neo ne put donner libre cours à ses sentiments. Fred arrivait, la mine morose.

– Je ne pourrai pas venir chez toi ce soir Neo. C'est aujourd'hui l'anniversaire de ma mère et j'avais complètement oublié que mon père avait décidé d'emmener toute la famille à l'opéra pour cette occasion.

– C'est chouette, s'exclama Soraya. Quel spectacle allez-vous voir ?

– Je ne sais plus, c'est russe, quelque chose comme… « La Femme de Cœur ».

– La Dame de Pique, ignare ! dit Neo qui adorait les auteurs classiques russes.

– Cœur ou pique, ça m'est égal, je déteste l'opéra.

– Ça, ça ne se discute pas, convint Soraya. C'est une question de goût. Pour ma part j'ai aimé les quelques spectacles auxquels j'ai assisté. J'ai adoré « Carmen ».

– Oui, oui bon, on ne va pas discuter maintenant d'opéra, s'énerva Fred. Ça m'embête de n'être pas là ce soir. Tu as du nouveau Neo ? Est-ce que Eve a trouvé le chaînon manquant ?

– Oui, et j'ai pu rencontrer Faust… ou plutôt Tristan.

Fred sauta en l'air.

– Quoi… ! ? Mais qu'attends-tu pour tout raconter ! ?

Neo leur décrivit en détail sa visite du monde médiéval et sa rencontre avec l'avatar. Il leur fit aussi part du défi en combat singulier pour le soir même lancé par Tristan.

– Mais tu ne peux pas combattre avec ton entorse ! protesta Soraya.

– Elle ne m'empêche pas de me déplacer sur mes jambes. En prenant un antidouleur, ça pourra aller. Le problème est ailleurs. Si je refuse le combat, je passe pour un lâche. Si je l'accepte, je rentre dans le jeu de ce cinglé.

– Oui, si tu acceptes le combat, tu en acceptes l'enjeu. Quel est-il ?

– Il ne me le dira que demain, au moment du combat mais il est clair que tu en fais partie Soraya. Et rappelez-vous son message crypté. À la fin, il disait : « L'un de nous deux s'inclinera ». Ça ne peut vouloir dire qu'une chose, celui qui perdra devra accepter les conditions de l'autre, quelles qu'elles soient.

– Il est évident que c'est un piège dit Soraya. Tu dois refuser ce combat.

Neo la regarda, songeur.

– Il y a peut-être une solution intermédiaire, dit-il. Je me présente devant Tristan, je lui dis que je refuse tout enjeu mais que je le combattrai tout de même car je n'ai pas peur de me mesurer à lui. Et si alors il refuse, je le déclarerai perdant par forfait. Pour ne pas perdre la face, il sera obligé de combattre mais… sans conditions.

– Oui, dit Fred, c'est une bonne option. Mais quelque chose me chiffonne. Ce Tristan est un fourbe. Il a sûrement dû prévoir ta réaction. Tu devras être très vigilant.

– Je ne serai pas loin de toi Neo, dit Soraya en posant sa main sur le bras de son ami.

– Malheureusement nous serons dans deux univers distincts, nous ne pourrons pas communiquer. Moi je ne te verrai pas et toi tu me verras m'agiter comme un dément.

– Mais que risque-t-on dans un combat virtuel ? demanda la jeune fille qui n'avait jamais voulu participer aux jeux qu'affectionnaient Neo et Fred. À part voir son avatar éclater en morceaux.

– En ce qui concerne les combats classiques au joystick, on peut difficilement se faire physiquement mal, à part se luxer le pouce ou l'index dit Fred. En revanche, dans les jeux de baston avec immersion sensorielle et capteurs corporels, on court les mêmes risques que quelqu'un qui gesticule dans tous les sens dans le noir. C'est moins dangereux que le karaté mais on peut quand même récolter des bleus et des bosses en se cognant aux meubles et aux murs. Mais c'est surtout psychologiquement que l'on risque le plus. Dans un combat, on est déconnecté de la réalité. Si on s'identifie trop à son personnage, on peut ressentir toutes les émotions d'un combat réel : la haine, la peur, la terreur même. Les gens fragiles peuvent y perdre la raison.

– Mais Neo n'est pas fragile, dit Soraya. Il ne perdra pas pied avec la réalité. Après tout, vous vous êtes souvent affrontés dans des combats en immersion sensorielle. Ça ne vous a pas rendu fous.

– Oui, admit Fred. Mais ce ne sera pas un jeu entre amis dans un univers de film d'animation. Neo affrontera un tueur dans un monde qui est une copie parfaite du monde réel. Aucun des programmes que nous connaissons n'atteint le dixième du réalisme de celui-ci. Il faudra avoir la tête bien accrochée.

Neo eut un petit rire.

– Eh bien Docteur Fred, ce que tu dis là n'est pas pour me rassurer.

– Un homme averti en vaut deux, Neo. Promets-nous de rester constamment sur tes gardes.

– Je promets, dit Neo en posant une main sur son cœur. Ah, j'oubliais, je ne vous verrai pas cet après-midi. Le prof d'histoire-géo nous emmène au musée de l'Antiquité.

La sonnerie de fin de récréation retentit sur ces mots.

– Alors à ce soir Neo, dit Soraya en lui adressant un tendre sourire.

L'après-midi parut interminable à Neo. En d'autres circonstances, il aurait beaucoup apprécié cette visite du musée de l'Antiquité. Les civilisations disparues l'avaient toujours fasciné, et dans ses rêves d'aventure, il s'imaginait bien sous les traits d'un explorateur archéologue, l'Indiana Jones du vingt et unième siècle. Mais rien de ce qu'il voyait ou entendait cet après-midi-là n'éveillait son intérêt. Il vivait dans l'attente anxieuse de sa rencontre avec Soraya, toutes ses pensées étaient dirigées vers elle et le moment douloureux où il lui raconterait tout.

La visite prit fin à dix-sept heures. Neo rentra directement chez lui. Sur le chemin, il reçut un appel de sa mère.

– Mon chéri, lui dit Sylviane Dommartin. Ton père m'a appelée aujourd'hui. Il m'a dit qu'il était bien arrivé et qu'il allait bien. Il ne pouvait pas me parler longtemps car il était submergé de travail. Il m'a dit de t'embrasser très fort. Il espère être bientôt parmi nous.

Neo ne fut pas rassuré pour autant sur la situation de son père. Pourquoi Francis Dommartin n'avait-il pas appelé son fils pour lui donner de ses nouvelles ? Avait-il peur des questions que celui-ci aurait pu lui poser ? Sur son départ précipité par exemple. Non, décidément, il y avait trop de zones d'ombres dans la vie de cet homme.

– Je rentrerai tard ce soir, poursuivit Sylviane Dommartin. L'exposition des « Expansés » de Wicharwski ouvre dans trois jours et il reste encore une infinité de choses à faire.

– Ça tombe bien M'man. Je dîne en ville avec Soraya. Je comptais te laisser un mot à la maison.

– Bien, mais ne rentre pas trop tard, toi. Tu manques de sommeil.

– T'en fais pas M'man. Je serai rentré au plus tard à vingt et une heures, dit Neo en pensant à son duel virtuel.

– C'est entendu. Bonne soirée, mon chéri.

Arrivé chez lui, Neo mit de la musique douce et s'allongea. Il lui restait une heure trente à attendre avant de partir pour son rendez-vous. Il lui fallait se détendre, être le plus calme possible, en prévision de ce moment. Mais aussi en prévision du combat contre Tristan.

Quand il quitta la maison sur son scooter, il se sentait reposé, l'esprit clair. Il arriva place de l'Union cinq minutes avant l'heure fixée. Il fit les cent pas sur la place, scrutant les rues que Soraya serait susceptible d'emprunter. À dix-neuf heures dix, il se dit qu'elle avait du retard. À dix-neuf heures vingt, il se dit qu'elle avait beaucoup de retard. À dix-neuf heures vingt-cinq, il commença à s'inquiéter. Il contacta le communicant de la jeune fille pour tomber sur l'annonce de son répondeur. De plus en plus inquiet, à mesure que passaient les minutes, il tourna en rond en se tordant les mains, ne sachant que faire. À dix-neuf heures quarante, il se décida à appeler chez elle. Ce fut la mère de Soraya qui répondit. C'était une très belle femme de quarante ans, au regard aussi envoûtant que celui de sa fille.

– Bonjour Madame, balbutia Neo. Est-ce que Soraya est là ?

La mère de Soraya eut un air surpris.

– Soraya ? Non, n'avait-elle pas rendez-vous avec toi ? Cela fait bien une heure qu'elle est partie.

Neo blêmit. Mais il eut le réflexe de dire aussitôt :

– Mais bien sûr, que je suis bête, on s'est mal compris. Mais ne vous inquiétez pas, je sais où elle est.

Il s'excusa du dérangement et contacta à nouveau le communicant de Soraya. Il laissa un message anxieux sur son répondeur.

– Soraya, je suis place de l'Union et je ne te vois pas. Je suis très inquiet. Si tu as eu un empêchement de dernière minute, préviens-moi, je t'en supplie.

Il rentra chez lui dans un état second, étreint par une profonde angoisse. Il devait s'être passé quelque chose de grave. Jamais Soraya ne lui aurait posé un lapin.

Au moment où il poussait la porte d'entrée, son assistant émit un roulement de tambours. Le sujet du message, envoyé non plus par Johann Faust mais par Tristan, était : « Maintenant ». Il redoutait secrètement ce qu'il allait lire. Et ses pires craintes furent confirmées. Le texte du message était : « Si tu veux la revoir dans son enveloppe charnelle, il faut que tu m'affrontes… et que tu me vainques. C'est maintenant ou jamais. »

10

Neo resta prostré un long moment sur le canapé du salon. Soraya était aux mains de Tristan. Il comprenait maintenant les dernières paroles de l'inconnu en armure lors de leur rencontre la veille : « Tu viendras. Il y aura un tel désespoir et une telle rage en toi que tu voudras combattre. De toute façon… tu n'auras pas le choix. » Il n'avait effectivement pas le choix. Il devait accepter les conditions de ce déséquilibré, le combattre et le vaincre pour sauver Soraya. Que pouvait-il faire d'autre ? Prévenir la police ? Mais elle ne saurait pas plus que lui démasquer à temps ce criminel. Fred aurait été de bon conseil, malheureusement il était à l'opéra, injoignable. Et comme l'avait prédit son adversaire, après l'abattement et le désespoir, une rage froide envahit Neo. Frémissant de haine, les poings serrés, il se leva d'un bloc. Il prit dans l'armoire à pharmacie de la salle de bain le tube de paracétamol et en avala trois comprimés avec un peu d'eau. Il glissa le tube dans sa poche et alla ensuite dans sa chambre enfiler un short, un tee-shirt et ses chaussures de sport. Il se munit aussi de ses capteurs de mouvement et de son bâton de combat, toutes choses que son père, peu porté sur les jeux, ne possédait pas. Puis il se rendit dans le bureau de Francis Dommartin. Eve l'accueillit avec un sourire grave. Elle était vêtue pour la circonstance d'une cotte de maille et avait les cheveux coupés au bol. On aurait dit Jeanne d'Arc. Neo remarqua à peine son nouveau look. Il était tout entier tendu vers la bataille. Délaissant ses béquilles, boitant et grimaçant de douleur, il poussa les fauteuils et la table basse contre le canapé d'angle de façon à obtenir un maximum d'espace libre. Il fixa ensuite ses capteurs de mouvement autour de ses articulations. Puis, se tournant vers l'interface, il ordonna :

– Initialise mes capteurs.

– Tenez-vous bien droit devant moi, les bras le long du corps et ne bougez plus, lui intima Eve. Initialisation effectuée, dit-elle deux secondes plus tard.

Neo régla son bâton de combat sur le mode Epée et coiffa le casque d'immersion de son père. Il se retrouva face à Eve devant les grilles du monde sans limites. Des cuissards et des jambières d'acier complétaient l'habillement de l'interface.

– Ouvre les grilles, ordonna Neo d'un ton brusque.

Les élégants vantaux s'ouvrirent aussitôt, toujours accompagnés d'un accord d'orgue. Eve adressa à Neo un sourire encourageant et dit :

« Nous vaincrons ou nous mourrons ici,
De la douce mort des hommes libres.[1] »

Et elle disparut dans un nuage de pixels.

– Elle aussi, elle s'y met, grogna Neo qui n'avait pas la tête à goûter la poésie.

Il tendit son bâton de combat vers l'entrée du monde fractal tout en pressant le bouton de déplacement. Il se retrouva au sein du paysage de rêve, filant vers le château fort. Le ciel était cette fois uniformément bleu et où qu'il portât le regard, il ne vit aucun oiseau. Il remarqua aussi que la lumière avait changé. Le soleil était au zénith. « Il n'y aura pas d'ombres » songea Neo.

Eve, qui semblait lire dans ses pensées, murmura dans son casque :

– C'est pour alléger le calcul des processeurs que votre adversaire a éliminé ces détails. Il veut sans doute attribuer une puissance maximale au sous-programme de combat.

Et une violence maximale, se dit Neo. Mais il était content que Eve, bien qu'invisible, soit restée près de lui. C'était en quelque sorte son ange gardien.

Il suivit à nouveau les courbes du fleuve mais se déplaça cette fois-ci au ras de l'eau. Il n'y vit là aussi aucune trace de vie. Et en se rapprochant de la rive, il constata que la végétation, contrairement à sa première visite, était totalement figée. Pas une feuille, pas un brin d'herbe ne frémissait. Et pas le moindre bruit ne se

1. Ernst Moritz Arndt

faisait entendre. Le silence et la mort régnaient sur ce monde. Neo vira sur sa gauche pour se retrouver dans l'alignement de la route menant au château. Il appuya à fond sur la face avant du bouton de déplacement et se retrouva presque instantanément devant l'entrée de l'édifice fortifié. La herse était levée. Mais, plutôt que d'emprunter cette voie, il prit de l'altitude et bondit par-dessus le chemin de ronde. Et il le vit, dans la haute cour, qui l'attendait. Les bras croisés sur la poitrine, son épée plantée devant lui, il avait l'immobilité d'un menhir. Mais Neo ne s'y trompait pas. Il y avait bien quelqu'un qui animait cette armure éblouissante, et cet inconnu était un esprit mauvais et malade. Il leva la tête à l'approche de Neo. Celui-ci s'immobilisa à sa hauteur.

– Enfin, te voilà ! Je commençais à m'impatienter, dit la voix caverneuse. Mais tu es venu malgré tout. Tu as compris que tu n'avais pas d'autre choix si tu voulais revoir… notre Muse.

– Prouve-moi que tu la détiens, hurla Neo qui se raccrochait à l'espoir, très mince, que Tristan bluffait.

– Rien de plus simple, dit l'avatar en saisissant son épée et en traçant un signe au sol.

Le timbre d'un appel visiophonique se fit entendre puis quelqu'un décrocha : « Allô ?… qui est à l'appareil, je n'ai pas d'image. » et quelqu'un d'autre répondit : « C'est moi… mon capteur vidéo ne fonctionne plus ». Neo se mit à trembler. Car la première voix était celle de Soraya, et la seconde la sienne. Celle-ci poursuivit : « Pourrais-tu me retrouver à dix-huit heures au… »

Un signal sonore aigu rendit inaudible la fin de la phrase

– Ah, tu ne veux plus qu'on se retrouve à dix-neuf heures place de l'Union ? dit la voix de Soraya.

– Euh... non. J'ai découvert quelque chose, il faut absolument que je te voie avant. Je ne peux rien te dire au visiophone.

– D'accord, rendez-vous donc à dix-huit heures au...

Là encore le signal sonore masqua la fin de la phrase.

– À tout à l'heure, dit la voix de Neo.

L'enregistrement s'arrêta là. Atterré, Neo fixa le masque menaçant de son ennemi.

– Comment as-tu fait ?

– Oh, c'était simple, souviens-toi, au Majestic, de notre conversation visiophonique... J'avais pris soin de l'enregistrer. Il m'a suffi de fournir à ma machine l'échantillon de ta voix, elle a fait le reste. Je n'ai eu qu'à parler normalement, elle filtrait mes paroles et se chargeait de les reproduire en temps réel en imitant ton organe vocal. Convaincant, non ?

Jamais Neo n'avait ressenti une telle haine en lui. Avec un cri de rage, son bâton de combat tendu devant lui, il se jeta sur l'inconnu à l'armure. Mais à l'instant où il devait logiquement percuter Tristan le fourbe de plein fouet, il se retrouva à sa position virtuelle de départ.

Le rire rauque de Tristan résonna dans l'enceinte de la cour.

– Tu me sembles bien nerveux. Tu oublies que pour

pouvoir me combattre, il faut d'abord que tu choisisses un avatar dans la salle d'armes du donjon.

Neo ferma les yeux et essaya de faire le vide en lui. Il fallait absolument qu'il se calme, qu'il retrouve la maîtrise de lui-même, s'il voulait avoir une chance de vaincre Tristan. Tournant le dos à son ennemi, il pénétra dans le donjon. Sa cheville le faisait souffrir mais, grâce au paracétamol qui commençait à faire son effet, la douleur était supportable. Il trouva aisément la salle d'armes où des dizaines d'armures étaient alignées contre les murs de pierre. Il en choisit une au hasard en la touchant de son bâton. Il se retrouva aussitôt à l'intérieur de l'armure. En levant les bras, il vit qu'ils étaient caparaçonnés de métal et sa main droite, protégée d'un gantelet, ne tenait plus un outil informatique mais une épée médiévale, identique à celle de Tristan. Il sentait cependant toujours, sous ses doigts, le bâton de combat et ses boutons de déplacement. Neo fendit l'air d'une série de gestes vifs. Il n'avait jamais pratiqué l'escrime mais les combats virtuels à l'épée n'étaient pas une nouveauté pour lui. À maintes reprises, Fred et lui s'étaient affrontés dans des duels de ce type. Et il avait très souvent remporté la victoire. Il avait donc toutes ses chances face à Tristan. Même si celui-ci avait un atout que ni Fred ni lui ne possédaient : l'instinct du tueur. Neo allait regagner la haute cour pour affronter son ennemi, quand il sentit ses jambes fléchir tandis qu'un voile rouge s'abattait sur ses yeux. Oh non, pas maintenant ! gémit-il en mettant un genou à terre. Pas maintenant, répéta-t-il rageusement en serrant son arme à la broyer. Et il se releva, tout doucement, centimètre par centimètre, s'aidant de son bâton. Le malaise se dissipa rapidement, il récupéra ses forces et sa vision revint à la normale. Une fois de plus la maladie avait reculé, lui accordant un nouveau sursis. Tendant l'épée devant lui, Neo traversa à nouveau les murs du donjon. Tristan n'avait pas bougé sous un soleil toujours au zénith. Neo s'avança vers son ennemi. Celui-ci l'arrêta en levant une main.

– Il reste une dernière chose. Ton agent intelligent doit être désactivé.

La voix de Eve parut tomber du ciel sans nuages.

– Ça n'est pas raisonnable. Vous pouvez avoir besoin de moi.

– Il n'y aura pas de combat sans ça, dit Tristan.

– Bien, mets-toi en veille Eve, ordonna Neo.

– Mais…

– C'est un ordre, la coupa Neo d'un ton péremptoire. Tu ne pourras te réactiver qu'à la fin du combat.

– Veille dans cinq secondes, dit Eve d'un ton froid. Quatre… trois… deux… un… veille effective.

Tristan eut un grognement de satisfaction.

– Parfait. Je vais maintenant te dire quel est l'enjeu de ce duel. Au cas improbable où tu l'emporterais, je laisserai notre Muse mener avec toi une vie de simple mortelle, si tel est son désir. Quant à moi, je rejoindrai seul le territoire des dieux. En revanche, si, comme j'en ai bien l'intention, je remporte la victoire, elle me suivra dans les sphères supérieures où elle sera ma reine pour l'éternité.

– Que… que veux-tu dire ? bredouilla Neo qui avait peur de comprendre. Une sueur froide lui coulait dans le dos.

– Exactement ce que tu penses, martela Tristan. Nous n'avons rien à faire dans ce monde laid et mesquin. Seule la mort peut nous ramener à notre nature divine.

– Tu es malade ! cria Neo. De quel droit peux-tu user ainsi de la vie d'autrui ! ?

– Il suffit, dit durement Tristan. T'égosiller ne servira à rien. Je te rappelle les règles de ce duel. Le gagnant sera celui qui aura le premier touché trois fois son adversaire. Toutes les fonctions de déplacement assisté sont maintenant désactivées. Inutile donc d'utiliser tes boutons magiques. Compte plutôt sur tes jambes. Et, dernière chose… tous les coups sont bien entendu permis.

Il se mit en garde, l'épée dirigée vers Neo.

– Que gagne l'élu des dieux, cria-t-il.

Et sans attendre que son adversaire soit en position, il se rua sur lui. Surpris par la soudaineté de l'attaque, Neo ne put esquiver qu'en se jetant de côté. Il trébucha et se retrouva un genou à terre, son épée touchant le sol. Un élancement aigu dans sa cheville blessée lui arracha un gémissement. Heureusement, Tristan ne semblait pas être particulièrement vif et agile. Emporté par son élan, il ne put tirer avantage de la posture très exposée de Neo. Celui-ci se releva d'un bond et se fendit pour toucher son ennemi sur le côté. Il sentit dans sa main et son bras le retour d'effort généré par le programme. Un coup de tonnerre retentit et une voix d'outre-tombe proclama : « Point pour le manant des terres inférieures ».

Mais Neo n'allait pas garder longtemps l'avantage. Tristan avait repris son équilibre et attaquait à nouveau, avec une énergie redoublée. Dans un bruit très réaliste d'épées s'entrechoquant, ils ferraillèrent un bon moment sans que ni l'un ni l'autre ne prenne le dessus. Mais Neo s'essouffla le premier, ses parades mollissaient. Voyant cela, Tristan l'obligea, d'une feinte basse, à baisser sa garde pour aussitôt après lui porter un coup à la poitrine. Il ressentit un picotement dans tout le corps, tandis que tonnait le ciel et que la voix d'outre-tombe proclamait triomphalement : « Point pour le seigneur du monde infini ». Neo eut le réflexe malheureux d'appuyer à fond sur le bouton de déplacement arrière. La fonction étant désactivée, son avatar ne bougea pas d'un pixel. Cette fraction de seconde perdue lui fut fatale. Déjà, Tristan était sur lui. Se protégeant de son épée, Neo bondit en arrière et… se cogna le dos contre un mur du bureau de son père. C'était pour lui une bien perturbante impression que de sentir une paroi contre ses omoplates, alors qu'il se trouvait au centre d'une cour ensoleillée, à plus de dix mètres du mur d'enceinte. Tristan profita de cet effet de surprise pour s'engager et porter une touche sur la cuisse gauche de Neo. Cette fois-ci, ce ne fut pas un simple coup, mais un roulement de tonnerre qui introduisit l'annonce de la voix d'outre-tombe, plus arrogante que jamais : « Point pour le seigneur du monde infini. Avantage au seigneur du monde infini ». Neo sentit la panique le gagner. Il ne manquait plus qu'un point à Tristan pour emporter la victoire et... Il se sentit glacé jusqu'à la moelle en pensant aux conséquences. Alors, avec l'énergie du désespoir, il se jeta, pointe en avant, sur Tristan. Celui-ci l'attendait de pied ferme mais sans doute fut-il surpris par la puissance de l'assaut, car il vacilla et para imparfaitement le coup. Neo saisit l'occasion en attaquant à la face. Il toucha le casque de son ennemi et, dans le fracas du tonnerre, allait à nouveau frapper, profitant de son avantage quand l'avatar de Tristan disparut. « Traître ! » hurla Neo quand il sentit la présence de l'autre dans son dos. Il n'eut pas le temps de se retourner. L'épée de son adversaire le toucha dans les reins. Le ciel s'embrasa et tonna comme le bouquet final d'un feu d'artifice tandis que la voix d'outre-tombe beuglait la victoire du seigneur du monde infini. Le son triomphant de dizaines d'olifants retentit dans la cour. Assommé par le bruit et la défaite, Neo ne remarqua pas que son ennemi avait à nouveau disparu. Ce n'est qu'en entendant son rire lugubre et démoniaque que, levant les yeux, il le vit au sommet de la tour nord du château.

– Tu as triché, murmura Neo qui n'avait plus la force de crier.

– Les fonctions de déplacement assisté étaient également désactivées pour moi, répliqua Tristan. Mais pas la fonction de téléportation, ma botte secrète. Ne t'avais-je pas prévenu que tous les coups étaient permis ? Tu es seul responsable de ta défaite, pauvre mortel et tu as prouvé, une fois pour toutes, que tu n'étais pas digne de notre Muse. Jamais plus tu ne la reverras. Adieu manant.

Et l'armure étincelante disparut définitivement. À sa place, frôlant les créneaux de la tour, un aigle tournoya quelque temps puis s'éloigna d'un vol nonchalant. Comme s'il voulait rattraper le temps perdu, le soleil tomba vers l'horizon où il s'engloutit et il n'y eut bientôt plus que la clarté incertaine du crépuscule pour éclairer le monde sans limites.

– Eve, appela faiblement Neo qui s'était laissé tomber à terre, anéanti.

– Je suis là, dit la douce voix de l'agent intelligent. Je suis sortie de veille à la fin du combat, comme vous me l'avez demandé.

– Ramène-moi. Je n'ai pas la force de rentrer seul.

– Bien, dit simplement Eve.

Neo se retrouva sur la plage, face à une mer calme, à peine troublée par quelques vaguelettes qui venaient discrètement mourir sur le rivage. Eve, la mine grave, était assise en tailleur sur le sable, vêtue d'une combinaison bleue. L'heure n'était pas aux loisirs. Neo pleurait silencieusement. Il avait atteint le fond du désespoir. Les larmes obstruèrent la vision de son casque d'immersion. Il l'enleva et se retrouva assis sur la moquette du bureau de son père, s'essuyant machinalement les pommettes. Il ne lui restait plus qu'à appeler la police et tout lui raconter. Le croirait-elle au moins ? Et quand bien même elle porterait foi à ce qui ressemblait à un délire paranoïaque d'adolescent dérangé, que pourrait-elle faire pour démasquer Tristan et intervenir avant qu'il ne soit trop tard ? À part réveiller en pleine nuit le proviseur du lycée Jean-René Huguenin pour lui demander l'adresse des élèves de première S, foncer chez chacun d'eux, les soumettre à la question et fouiller leurs domiciles de fond en comble. Tristan aurait mille fois le temps de mettre ses menaces à exécution, s'il ne l'avait déjà fait. Autant mener une enquête dans les hôpitaux psy… Neo se figea. Comment n'y avait-il pas pensé plus tôt ? « Le dossier médical ! » cria-t-il en sautant sur ses pieds. Il se précipita vers l'écran du Vortex 1138. Eve lui sourit gentiment. D'une voix hachée, il lui dit :

– Il faut que je puisse accéder au dossier médical des élèves du lycée. Ce type est tellement siphonné qu'il a sûrement dû passer par un service psychiatrique et ça doit être consigné dans son dossier. Ça m'étonnerait qu'on trouve ça au lycée mais… au rectorat ! Les dossiers personnels de chaque élève sont sûrement dans l'ordinateur central du rectorat ! Connecte-toi sur leur serveur.

Presque aussitôt apparut sur l'écran la page d'accueil du site du Ministère de l'Éducation Nationale suivie de celle du rectorat d'académie.

– Cherche toutes les informations concernant le lycée Jean-René Huguenin.

– Il y a une page d'informations générales et un accès réservé.

– Fais voir l'accès réservé.

La page qui apparut à l'écran ne comportait qu'une zone de saisie et un avertissement : « Informations confidentielles. Accès réservé aux seuls membres autorisés du corps enseignant ».

– Le mot de passe est à dix caractères alphanumériques, dit Eve. Le nombre de combinaisons possibles est gigantesque. Je ne pourrai pas trouver la clef en un temps raisonnable.

– Ok, peux-tu essayer d'entrer en force et d'accéder à ses répertoires ?

– Non, j'ai essayé de faire un scan des ports ouverts mais leur système de pare-feu m'a détectée et repoussée. Heureusement, j'avais pris soin de me dissimuler derrière un proxy anonyme. Ils pourront difficilement remonter jusqu'à nous.

– Je me fous qu'ils puissent remonter jusqu'à nous ! dit Neo avec véhémence. C'est une question de vie ou de mort ! Mais tu as raison, ça ne sert à rien de s'acharner.

Abattu, Neo relut l'avertissement sur l'écran. La solution lui apparut soudain, évidente.

– Un prof ! s'écria-t-il. Il faut que nous passions par la machine d'un prof pour récupérer le mot de passe. Les protections sont sûrement beaucoup moins efficaces sur l'ordinateur d'un particulier. Mais qui ?... Monsieur Maninov, le prof de musique ! Il est toujours dans les nuages. Ce n'est sûrement pas quelqu'un à se soucier de protéger sa bécane.

– Il me faut l'adresse IP de sa machine, dit Eve. Sans adresse IP, je ne peux rien faire. Un courriel envoyé par M. Maninov nous permettrait de l'obtenir. Je vous rappelle que tout courriel comporte, dans son en-tête, l'adresse IP de l'expéditeur.

– Tu ne m'apprends rien. J'ai bien reçu un ou deux courriels de Maninov, malheureusement ma machine a été contaminée depuis. J'ai dû reformater les disques durs et toutes les données ont été irrémédiablement effacées.

– Ça ne servirait à rien de toute façon. Pour des raisons de sécurité, les adresses IP sont dynamiques, elles changent à chaque connexion.

– Tu as raison. Que faire alors ?

– Il faudrait que vous receviez maintenant un courriel comportant sa nouvelle adresse IP. Je pourrais alors l'utiliser.

Neo s'affala dans un fauteuil, découragé.

– Pour quelle raison m'enverrait-il un courriel maintenant ? Je me vois mal l'appeler pour lui demander de m'envoyer immédiatement par courrier électronique un renseignement sur une partition de Bach. Autant tout lui raconter pour qu'il me donne son mot de passe. Mais j'aurais les mêmes problèmes qu'avec la police. Il ne me croira pas, il demandera des preuves, tout cela prendra beaucoup trop de temps. Nous n'avons plus le temps, Eve.

L'interface le regarda en souriant.

– Je n'ai pas dit que ce devait être lui qui vous envoie un courriel.

Neo leva la tête, attentif.

– Comment cela ?

– Il suffit que vous lui envoyiez un message en paramétrant la demande d'accusé de réception automatique. Un ordinateur sous tension, même en veille, relève par défaut le courrier toutes les dix minutes. Il enverra un accusé de réception.

Neo bondit sur ses pieds.

– Tu n'aurais pas pu le dire plus tôt ! Vite, envoie-lui un message en mettant n'importe quoi, par exemple que je participe à un jeu sur le Net et que je colle sur l'identification du morceau ci-joint. S'il pouvait m'aider ça serait cool de sa part. Attache au courriel un extrait d'un grand classique de ta discothèque.

– Il me faudrait son adresse de courrier, dit calmement Eve.

– Oui bien sûr. Ça au moins je l'ai, dans mon communicant.

Neo eut tôt fait de retrouver dans la liste de messagerie de son appareil l'adresse électronique de Monsieur Maninov. " r.maninov@cybway.com " lut-il à Eve.

– C'est parti, lui dit une seconde plus tard l'interface.

L'accusé de réception ne mit pas longtemps à arriver. Eve l'ouvrit aussitôt et mit en surbrillance l'adresse IP attribuée pour la connexion en cours à la machine du professeur de musique.

– Vite, Eve ! la pressa Neo.

– Il faut espérer que sa machine soit configurée en ressources partagées, dit l'interface sans se départir de son calme. Oui, c'est le cas, je peux entrer par le port 139 du NetBIOS. Voilà, maintenant je suis dans la base de registre. Je peux accéder à tous les fichiers. Il ne me reste plus qu'à lancer une recherche sur les termes « mot de passe » ou « password » et de croiser avec « rectorat ».

Sur l'écran défilait le résultat des opérations successives effectuées par l'agent intelligent. Neo, très tendu, ne le quittait pas des yeux.

– Nous y sommes, dit Eve. Mot de passe site rectorat : YVB9225LK9.

Neo trépignait d'impatience mais cette fois-ci se retint de harceler Eve. L'agent intelligent était bien plus rapide et efficace qu'un esprit humain pour mener ce type d'opérations. Et il savait qu'il travaillait au maximum de ses capacités.

La page à accès réservé du site du rectorat s'afficha à l'écran. Neo regarda, le cœur battant, la zone de saisie où s'inscrivait, masqué par des étoiles, le mot de passe. Une nouvelle page s'ouvrit aussitôt. Et… tout était là, toutes les informations confidentielles sur le personnel et les élèves du lycée Jean-René Huguenin.

– Ouvre le répertoire des classes de première S, ordonna Neo d'une voix tremblante.

Il commença par le sous-répertoire de la classe de Soraya, parcourant rapidement les fiches personnelles des garçons. Après son combat avec Tristan, il était maintenant intimement persuadé qu'il ne pouvait s'agir d'une fille, en l'occurrence de Sarah. Il ne trouva rien qui puisse éveiller ses soupçons. Il passa ensuite au sous-répertoire de sa classe. Et là, le contenu de la dix-septième fiche lui explosa à la figure. Incrédule, il lut ce qu'il n'aurait jamais deviné par lui-même. Et qui soudain devenait évident.

– C'est lui, murmura-t-il.

Il savait enfin, trop tard peut-être, qui se cachait derrière le masque de son implacable ennemi.

11

Une course contre la montre avait commencé pour Neo. Il avait conscience que chaque seconde écoulée diminuait ses chances de revoir Soraya vivante. Mais, malgré la peur qui lui tordait le ventre, il avait recouvré son sang-froid. Car il était maintenant dans l'action, tendu vers un seul but : sauver celle qu'il aimait. Et pour cette cause, il était prêt à donner sa vie.

– Transfère cette fiche, Eve, ordonna-t-il à l'agent intelligent en dirigeant le port infra-rouge de son communicant vers l'unité centrale.

Neo reporta ensuite l'adresse de son ennemi dans le système de navigation Galileo de son appareil. Il était persuadé que Soraya et son ravisseur se trouvaient dans l'antre de ce dernier et que c'était en ce lieu qu'il avait l'intention, si ce n'était hélas déjà fait, de mettre à exécution son sinistre projet.

Il se rendit dans sa chambre et, sans perdre une seconde, se mit en tenue de sport : short et tee-shirt sous un jogging, baskets montantes. Il avala ensuite deux autres comprimés de paracétamol, puis traînant la jambe, il se rua dans le garage où il sauta sur son scooter et démarra en trombe. Tandis qu'il roulait à vive allure dans les rues de la ville, il utilisa l'oreillette Bluetooth de son casque pour appeler Fred sur son communicant mais, comme il s'y attendait, il tomba sur le répondeur de son ami. Il lui laissa un message, l'informant du kidnapping de Soraya par son ennemi, de la véritable identité de celui-ci et du risque mortel que courait la jeune fille. Il lui dit aussi qu'il allait tenter de la délivrer. Il conclut en lui demandant, dès qu'il aurait connaissance de ce message, de prévenir la police et de l'envoyer au 26 rue de la Félicité. Lui-même ne voulait pas le faire maintenant, car il perdrait trop de temps en explications. Mais il pensait aussi qu'une bruyante sirène de police risquait de faire se précipiter les événements vers une issue fatale. Il voulait d'abord procéder à sa manière, par la surprise et la ruse. Fonçant dans la nuit, guidé oralement par son programme Galileo, Neo se remémora les informations confidentielles qu'il avait lues sur la fiche personnelle. Il comprenait mieux certaines choses maintenant. La mère de son impitoyable ennemi, tout comme celle du Tristan de la légende, était morte en le mettant au monde, ce qui pouvait expliquer son obsession de la mort, souvent associée chez lui à la vie. Peut-être avait-il gardé de sa naissance une terrible culpabilité qui n'était pas étrangère à sa folie. Car il était en quelque sorte coupable d'homicide involontaire à l'encontre de sa mère. Il y avait là de quoi faire sombrer un esprit fragile. « Psychologiquement fragile. À ménager. »

était-il mentionné sur sa fiche, sous son extrait d'acte de naissance où figuraient ses deux autres prénoms : Johann et Tristan. Suivait le nom du psychiatre qui l'avait en charge ainsi que la liste de ses séjours en maison de repos. Et ce n'était pas son père, éminent logicien et chercheur en intelligence artificielle, qui avait pu combler son manque affectif et lui apporter l'équilibre nécessaire à son épanouissement. Dieter van Fliegender était une personnalité de renom international, auquel la plupart des journaux et magazines, spécialisés ou non, consacraient régulièrement de longs articles. Il n'était pas rare que sa photographie apparaisse en couverture des publications scientifiques et informatiques. Ses travaux avaient grandement contribué au développement d'agents intelligents vraiment intelligents et Neo avait récemment lu dans le dernier numéro de *R-evolution* que son équipe et lui mettaient la dernière main au prototype d'un agent intelligent exploitant la puissance de calcul inouïe d'un ordinateur quantique de troisième génération ! Très sollicité, van Fliegender voyageait sans cesse, d'un bout à l'autre de la planète, allant de congrès en symposiums, de conférences en séminaires. Non, avec cette vie-là, il n'avait sûrement pas pu consacrer beaucoup de temps à son fils. Neo pensa à son propre père mais il ne ressentit aucune émotion. Un seul être lui importait en ce moment : Soraya.

Dieter van Fliegender et son fils habitaient dans un quartier résidentiel de la ville, loin du centre et de ses nuisances. Neo connaissait mal cette partie de la cité, mais Galileo le guida sans erreurs dans les rues calmes et ombragées, aux maisons élégantes, entourées de vastes jardins bien entretenus. Quand il croisa la rue de la Félicité, il ne s'arrêta pas. Il ne le fit qu'une centaine de mètres plus loin, rangeant son scooter derrière un arbre massif. Rasant les murs, il revint alors vers la rue de la Félicité et s'arrêta devant le numéro 24. Les van Fliegender habitaient la propriété suivante. On n'en pouvait voir que les arbres du parc, notamment de magnifiques cèdres centenaires, dissimulant la maison. Sur son côté droit, elle était isolée de sa voisine par un haut mur que longeait une allée de gravillons, sans issue, éclairée par des lampadaires à l'ancienne. Après un court moment d'hésitation, Neo s'y engagea. Tout en marchant, il inspecta le mur. Celui-ci faisait bien deux mètres cinquante de haut et son sommet était garni d'épais barbelés disposés en rouleaux. De quoi dissuader plus d'un cambrioleur. Mais le plus embêtant était sa surface uniformément lisse. Et toute cette lumière ne permettrait pas d'agir dans une grande discrétion. Rien à tenter de ce côté. L'allée finissait sur une palissade. Neo l'escalada sans difficultés et se retrouva dans un petit bois sombre, dépendant de la maison du 24 et jouxtant le mur arrière de la propriété des van Fliegender. Il pénétra dans l'ombre, à l'abri des regards d'éventuels passants de la rue et sortit d'une de ses poches son trousseau de clefs auquel était fixée une lampe-torche miniature. À l'aide de son puissant faisceau, il examina minutieusement le mur. De ce côté, il faisait malheureusement bien un mètre de plus que le mur de l'allée. Mais au moins était-il constitué de vieilles pierres qui offraient un certain nombre de prises. Neo palpa de ses doigts les moindres aspérités, explora les plus petites anfractuosités. Finalement, il porta son choix sur une partie du mur qui, selon lui, offrait en matière de prises le meilleur rapport qualité/quantité pour tenter l'escalade. Restait le problème des barbelés. Il était parti dans la précipitation, sans même penser à se munir de quelques outils, comme une bonne paire de tenailles. Une idée lui traversa soudain l'esprit. Il ôta tout d'abord sa veste et son pantalon de survêtement. Puis il referma la fermeture éclair de la veste, bourra celle-ci manches comprises avec de l'herbe et des feuilles mortes pour finir par en fermer la base avec le haut du pantalon dont il noua les jambes autour du matelas ainsi constitué. Il n'eut plus ensuite qu'à nouer les manches autour de son cou avant de s'assurer, par une rotation des bras, que cet étrange sac à dos ne gênait pas ses mouvements. Sans la lampe-torche, il ne distinguait du mur qu'une masse sombre, sans détails. Il allait devoir grimper à l'aveuglette et sans s'assurer. Ça n'allait pas être une partie de plaisir mais il n'avait pas le choix. Il se remémora les conseils de Bruno, le professeur d'escalade, puis commença à grimper. Il lâcha prise presque aussitôt. En touchant le sol, il retint un cri de douleur. Sa cheville se rappelait à son souvenir. Alors il respira profondément et recommença. Tout se passa bien jusqu'au milieu de la paroi mais son pied droit glissa sur une saillie moussue et il dévissa à nouveau. Cette fois, il tomba sur les fesses. L'épais tapis de feuilles mortes au pied du mur constituait heureusement un excellent matelas pour amortir ses chutes, sans oublier son coussin dans le dos qui résista plutôt bien. Il reprit son souffle, se concentra sur l'image mentale d'une ascension victorieuse et se remit à grimper. Le corps plaqué au mur, il avança très précautionneusement, reprenant son souffle à chaque prise. Quand sa main droite rencontra l'arête extérieure du sommet, il eut un soupir de soulagement. Mais la partie n'était pas encore gagnée. Il se fit une frayeur lorsque, voulant placer l'autre main, il perdit la prise de son pied gauche. Enfonçant jusqu'au sang ses doigts dans la pierre, il parvint à retrouver un appui. Son pied droit tâtonna à la recherche d'une dernière prise. Il en trouva une qui s'effrita dès qu'il appuya prudemment dessus. Suant à grosses gouttes, il allongea très lentement sa jambe vers la droite, suivant une ligne de jointure. L'angle usé d'un bloc, faisant un creux, arrêta son pied. Il se hissa encore de quelques centimètres et, dès que son épaule droite dépassa le haut du mur, glissa son bras droit sous les barbelés pour s'agripper fermement à l'arête intérieure. Il s'accorda un court instant de repos puis, de sa main gauche, dénoua les manches de son matelas de fortune. D'un mouvement ample de rotation du bras gauche, il le coucha sur les barbelés. Il n'eut plus alors qu'à s'appuyer sur l'épais coussin d'herbe et de feuilles pour finir son ascension sans se déchirer les chairs. Une fois assis sur le mur, il s'accorda un moment de repos. Il avait de la chance, c'était une nuit sans lune, son short et son tee-shirt étant de couleur sombre, il devait se confondre avec l'obscurité. Il scruta les ténèbres du parc, à l'écoute des bruits de la nuit. Tout semblait assoupi dans la propriété. Neo pria pour qu'il n'y ait pas de chiens et, se suspendant à l'arête intérieure, se laissa glisser le long du mur. Ses pieds étaient bien à un mètre quatre-vingt du sol quand il sauta. La rencontre avec la terre ferme fut un peu brutale et très douloureuse pour sa cheville blessée mais heureusement sans dommages. Aussitôt, par bonds successifs, il avança d'arbre en arbre vers la masse sombre qu'il apercevait à travers la végétation. Il se retrouva bientôt à la lisière des arbres. Devant lui, au-delà d'un carré de pelouse, se dressait la partie arrière d'une demeure qui tenait plus du manoir que de la chaumière. Dieter van Fliegender était à l'évidence un homme très fortuné. Aucune lumière ne filtrait des volets fermés. De ce côté de la maison, la seule ouverture apparente de l'entresol, en dehors des fenêtres grillagées, était une porte cintrée en bois à laquelle menait un escalier de service. Plus silencieux qu'une ombre, Neo traversa la pelouse et gravit les marches. Sans trop se faire d'illusions, il tourna très doucement la poignée. À sa grande surprise, la porte s'ouvrit sans bruit. Tout cela semblait trop beau. Un manoir sans chien de garde, sans alarmes, où l'on pouvait entrer comme dans un moulin ! Le cœur battant, il pénétra dans la maison. Il prit soin de bien refermer la porte avant d'allumer sa lampe-torche miniature. Il se trouvait dans l'office, attenant à la cuisine. Sans s'attarder, il traversa les deux pièces et déboucha sur un couloir qu'il suivit jusqu'au hall d'entrée de la maison. Là s'élevait un monumental escalier de marbre. Neo hésita. Devait-il d'abord explorer les étages supérieurs ou finir sa visite du rez-de-chaussée ? Ce fut un bruit léger qui lui fit choisir la deuxième option. C'était comme un murmure régulier, presque imperceptible, provenant d'un second couloir, à l'autre extrémité du hall. Il s'y engagea sur la pointe des pieds. À mesure qu'il avançait, le murmure se faisait plus fort, pour finir par devenir audible. Cela ressemblait à la psalmodie d'un prêtre dans une langue que Neo n'identifia pas immédiatement. Ce doit être une langue morte, se dit-il. Ça n'est pas du latin… ce doit être du grec, du grec ancien. Neo n'avait étudié ni l'une ni l'autre de ces langues au lycée mais, en connaissant quelques mots, il savait les distinguer. Il vit de la lumière sous la porte du fond. Il y colla son oreille et eut la confirmation que la voix provenait bien de l'autre côté. Et c'est alors que derrière l'interminable psalmodie, il perçut autre chose, un son discret, discontinu, qui le bouleversa. C'étaient des sanglots et ce ne pouvait être que ceux de Soraya. Le sang de Neo ne fit qu'un tour. Oubliant toute prudence, il ouvrit brutalement la porte et, les poings serrés, bondit dans la pièce. La première chose qu'il vit fut une masse de chair grondante qui se dressa devant lui. C'était un imposant chien de garde, de type danois, un tueur sur le point de lui sauter à la gorge.

– Non, Alcibiade ! intima une voix ferme.

Sans quitter Neo des yeux, le chien s'assit sur son postérieur. Neo ne lui prêta aucune attention, pas plus qu'il ne regardât celui qui s'avançait vers lui. Seule Soraya comptait à cet instant. Il la vit, enfoncée dans une bergère Louis XV, apparemment indemne, mais les mains et les pieds liés par de fines cordelettes de soie blanche.

– Neo, dit-elle, dans un souffle, en l'apercevant.

– Soraya, s'écria-t-il. Que t'a fait cette ordure ?

Il voulut s'élancer vers elle mais aussitôt le danois, d'un bond, s'interposa en grondant.

– Un pas de plus et il te met en pièces, le menaça son implacable ennemi. Assis Alcibiade, calme, dit-il au chien qui obéit aussitôt. Rassure-toi, je ne lui ai fait aucun mal. Elle m'est plus précieuse que le plus pur des joyaux.

Au prix d'un gros effort sur lui-même, Neo parvint à se contenir. Se faire déchiqueter ne servirait en rien à sauver Soraya. Il lui fallait absolument garder la tête froide et attendre qu'une occasion favorable se présente. Alors, il tourna son regard vers celui qu'il considérait encore il y a peu comme un camarade de classe discret et sans histoires. Soudainement, la haine bien compréhensible qu'il lui portait disparut. Il ne restait plus qu'un immense sentiment de lassitude. Et c'est d'une voix triste qu'il dit :

– Jamais je n'aurais pu penser que c'était toi, Emmanuel… Emmanuel Johann Tristan van Fliegender.

– Les apparences sont souvent trompeuses, répondit Emmanuel d'un ton sarcastique.

Il avait une belle voix grave, très éloignée des grondements rauques de l'homme en armure.

– Moi-même j'avoue être surpris de te voir en ces

lieux, poursuivit-il. Je t'ai sous-estimé. Je ne pensais pas que tu parviendrais à me retrouver aussi vite. Mais peu importe. Tu ne pourras rien changer au divin destin de la dixième Muse et de son prince.

– Ça n'était donc pas un piège ? La porte ouverte, le chien enfermé, l'absence d'alarme ? Ton but n'était pas de me laisser la voie libre pour m'attirer ici ?

– Pas du tout. J'ai laissé la porte ouverte et l'alarme déconnectée par négligence. Je ne me soucie plus des choses matérielles. Mais je suppose que tu as dû quand même faire quelques efforts pour arriver ici. Ah c'est vrai, j'oubliais, en matière d'escalade, tu es un vrai casse-cou, dit-il avec une ironie cruelle en fixant la jambe de Neo. Quant à mon fidèle Alcibiade, il est normal qu'il suive son maître dans sa demeure éternelle. Les pharaons aussi se faisaient accompagner de leurs animaux de compagnie au moment du grand voyage. Alcibiade se devait donc d'assister à la cérémonie du passage que tu as, j'en suis fâché, perturbée, dit-il en levant le vieux livre, à grosse reliure de cuir, qu'il tenait ouvert dans ses mains.

Neo prit seulement alors conscience qu'ils se trouvaient dans une bibliothèque lambrissée, aux rayonnages couverts de volumes, certains paraissant très anciens. Un feu discret crépitait dans une cheminée d'angle. En plus de la bergère où était attachée Soraya, deux fauteuils Empire, un sofa, une table basse en chêne et, posé sur une colonne de marbre, un buste représentant Socrate, complétaient le mobilier de la pièce.

– Mais si tu es ici, c'est que les dieux en ont voulu ainsi, reprit Emmanuel.

Il regarda Neo, l'air pensif.

– Désormais, ton destin est lié au nôtre. Tu nous accompagneras dans notre dernier voyage. Les dieux décideront de ce qu'il faudra faire de toi. Mais je doute fort que tu sois admis dans leur demeure. Sauf peut-être en tant qu'esclave. Pour ma part, c'est aux Enfers que je souhaite que t'emmène dans sa barque Charon le passeur.

– Emmanuel, reviens à la réalité ! s'écria Neo. Tu n'es pas dans un état normal. Tu es malade, tu as besoin de soins. Te rends-tu compte que tu as l'intention de commettre des assassinats ! ? Si tu veux te suicider, fais-le mais laisse vivre ceux qui veulent vivre.

– Impudent personnage. Ne comprends-tu pas que ma nature divine me donne le droit de vie et de mort sur n'importe quel être de ce bas monde ? Quant à notre Muse, elle a été corrompue par le contact avec de simples mortels comme toi. Mais même si une partie d'elle résiste encore, elle sait au fond d'elle-même que seul l'abandon de son enveloppe charnelle lui permettra de purifier son âme, gagnée par la gangrène de vos pensées malsaines.

Soraya secoua la tête avec lassitude. Neo savait qu'il n'y avait rien à faire avec Emmanuel. Il était fou, fou à lier. Aucune parole ne pourrait le ramener à la raison. Mais il devait gagner du temps. À la fin du spectacle d'opéra, Fred allait prendre connaissance de son message et il préviendrait alors la police. À défaut de détourner Emmanuel de son sinistre projet, Neo devait tout faire pour en ralentir l'exécution. « Fais-le parler. » se dit-il à lui-même.

– Comment as-tu su... pour Soraya et moi ? demanda-t-il en fixant son ennemi.

Emmanuel soutint son regard en silence.

– Seul un aveugle ne l'aurait pas remarqué, pauvre imbécile, finit-il par répondre. Souviens-toi, l'an passé, nous étions tous les trois dans la même classe. Déjà, tu la dévorais des yeux, tu la suivais comme son ombre. Mais quoi de plus normal qu'un simple mortel soit subjugué par une déesse. C'est seulement quand j'ai su que tu étais aimé en retour que ça m'a.... chagriné. J'avais pénétré l'ordinateur de notre Muse et consulté son journal intime. Il n'y en avait que pour toi, c'était écœurant.

Neo et Soraya échangèrent un regard triste.

– Moi, d'essence divine, j'étais éconduit quand toi, misérable cloporte, tu devenais l'élu secret du cœur de notre Muse ! Je ne pouvais l'accepter. Il est vrai que, dans l'histoire des dieux, il est déjà arrivé qu'une déesse tombe sous le charme d'un simple mortel. Aphrodite avec Anchise par exemple. Mais Anchise était un être noble, qui méritait l'amour d'Aphrodite. Qu'as-tu fait toi pour mériter l'amour de notre Muse ? cracha Emmanuel d'une voix rageuse.

– Et c'est pour ça que tu as voulu me tuer, par haine ?

– Oh, je n'ai pas cherché à te tuer mais à éprouver ton courage en te soumettant à des épreuves. Ta chute au cours d'escalade aurait pu difficilement être mortelle sur le tapis de sol. Quant à celle dans l'escalier du cinéma, elle ne devait t'occasionner que quelques contusions, au pire une fracture ou deux. Mais il a fallu que tu passes par-dessus la rambarde et effectivement, sans l'intervention de tes amis, tu te serais écrasé vingt mètres plus bas.

– Et les pétards dans le gymnase ?

– Très simple. Pour quelques euros, j'ai pu obtenir l'assistance d'un élève renvoyé du lycée pour vandalisme. Il ne s'est pas fait prier pour jeter par la fenêtre, à l'heure convenue, des pétards mammouth. Cette diversion m'a permis de saboter ta corde.

– Et le virus, les messages codés ?

– Le virus, c'était pour te mettre en éveil, pour te signifier que tu étais dorénavant une bête traquée. Les messages codés, les énigmes à base de citations, avaient pour but d'éprouver ton intelligence. Je voulais savoir si tu étais digne de m'affronter en combat singulier. Tu es parvenu jusqu'au bout, certes avec l'aide d'un agent intelligent, mais sans toi il n'aurait rien pu faire. Je m'en suis donc remis aux dieux pour qu'ils nous départagent. Ils m'ont donné la victoire pour que la dixième Muse du Parnasse et moi puissions les rejoindre.

– Mais comment as-tu su développer un langage original et fabriquer ce virus ? Et le monde fractal ? Jamais je n'aurais pensé que tu étais un as de l'informatique.

– Je n'en suis pas un. L'informatique ne m'intéresse pas.

– Mais alors... ? Ah, bien sûr... les machines de ton père.

– Je préférerais que tu emploies le mot géniteur. L'individu qui prétend être mon père n'est rien d'autre que mon géniteur. Il est vrai que j'ai utilisé le « plus qu'humain » qu'il a développé.

– Le plus qu'humain ?

– C'est un agent à intelligence plus qu'humaine qui tourne sur son dernier prototype d'ordinateur quantique, ici même. Il a toutes les capacités d'abstraction et d'imagination d'un humain, associées à une prodigieuse puissance de calcul. Il suffisait que je demande, il s'exécutait, en suivant mes directives à la lettre.

– Un ordinateur quantique ici, dans cette maison ! ?

– Oui, dans une chambre forte au sous-sol. Mon géniteur disait qu'il y serait plus en sécurité que dans un labo. Après tout, il avait en grande partie financé le projet. Les autres bailleurs de fonds ont dû se plier à ses volontés.

– Mais comment as-tu pu forcer la machine ?

– C'est un prototype. Il n'est pas encore pourvu de systèmes d'identification biométriques. Quant aux mots de passe, la plupart des gens les écrivent quelque part de peur de les oublier. Il m'a suffi de fouiller un peu le bureau de mon géniteur.

Neo posa alors la question qui lui brûlait les lèvres.

– Et l'autre virus… c'était toi ?

– Quel autre virus ? Je ne t'ai envoyé qu'un virus. Il était inséré dans l'image de tête de mort.

– Je veux parler d'un virus organique.

– Je ne vois pas de quoi tu parles.

Neo n'insista pas. Il était clair qu'Emmanuel n'avait rien à voir avec le virus biologique. Si cela avait été le cas, il ne se serait pas gêné pour le lui dire.

– Comment fonctionne cet ordinateur quantique ? reprit Neo qui voulait à tout prix entretenir la conversation.

– Tu poses trop de questions, dit Emmanuel d'un ton sec. Tout ça n'a plus aucune importance maintenant. Il faut que tu commences à te détacher du monde matériel.

Il posa son livre ouvert sur une étagère.

– Mets tes mains derrière le dos, ordonna-t-il en sortant une cordelette en soie d'une poche de son pantalon.

Neo ne bougea pas.

– Si tu n'obéis pas, je devrai demander l'aide d'Alcibiade.

En entendant son nom, le danois se dressa sur ses pattes et se mit à gronder.

– Allons, tes mains derrière le dos.

Neo obtempéra. C'était ça ou se faire dévorer. Emmanuel lui lia fermement les poignets. Puis il le fouilla méthodiquement de haut en bas, le délestant de son communicant et de son oreillette. Il le fit ensuite asseoir dans un fauteuil face à Soraya et, à l'aide d'une autre cordelette, lui attacha les chevilles.

– Maintenant nous pouvons poursuivre la cérémonie du passage, dit-il en reprenant son livre.

Il se plaça au fond de la pièce et, tenant son livre devant lui, se mit à lire d'une voix monocorde. C'était manifestement une prière adressée aux dieux du panthéon grec. Zeus, Poséidon, Hermès, Arès, Dionysos, Héra, Athéna, Artémis, leurs noms revenaient régulièrement dans le flot de mots proférés par Emmanuel.

Neo adressa un sourire encourageant à Soraya. Il fallait garder espoir. Plus l'heure avançait et plus leurs chances d'être sauvés augmentaient. Et Emmanuel, plongé dans ses incantations, semblait avoir perdu la notion du temps. Malheureusement, le timbre neuf fois répété d'une horloge murale le tira de sa lecture hypnotique. Il referma son livre et se rapprocha de ses prisonniers.

– Il y a un temps pour aimer et un temps pour mourir, dit-il gravement.

Il se dirigea vers la table basse sur laquelle était posée une coupe en argent couverte d'un carré d'étoffe blanche. Il ôta le tissu et porta la coupe devant ses yeux, tel un prêtre célébrant la messe.

– Cette coupe contient la ciguë, boisson sacrée des dieux, proféra-t-il, qui donne au corps l'immobilité des statues et permet à l'âme d'accéder sans entraves au monde des esprits. Nous allons maintenant boire ce nectar d'éternité.

Il s'approcha de Soraya qui se mit à gémir.

– Ne fais pas ça, cria Neo.

En se tortillant, il réussit à tomber de son fauteuil puis il roula sur lui-même vers Emmanuel. Mais déjà le danois était sur lui, ses pattes griffues labourant son dos, sa gueule tout prêt de sa nuque.

– Je te conseille de ne plus bouger d'un millimètre si tu ne veux pas finir dans l'estomac d'Alcibiade, l'avertit Emmanuel. Surveille-le, intima-t-il au chien.

Celui-ci se coucha sur le dos de Neo, l'immobilisant et l'étouffant presque de son poids.

Emmanuel se pencha vers Soraya et d'une voix douce dit :

– Tu ne sentiras qu'un engourdissement progressif qui t'amènera doucement au grand sommeil. Puis tu renaîtras dans des habits de lumière, entourée de tes pairs. Bois, ma Muse.

Il approcha la coupe des lèvres de Soraya. Celle-ci détourna la tête, la bouche plissée.

– Je ne suis pas un barbare ma Muse et je n'userai pas de violence à ton encontre. Je constate avec regret que tu es toujours sous l'influence des illusions de ce monde. Mais je te sauverai, malgré toi, de ton aveuglement. Si tu t'obstines à refuser l'élixir d'éternité, je devrai le faire couler dans ton corps par un autre moyen.

Il posa la coupe sur la table et saisissant un coffret en bois sur une étagère en sortit une seringue en verre. Tandis qu'il plongeait l'aiguille dans la coupe et en aspirait le contenu, il dit :

– Cette décoction de ma fabrication est suffisamment concentrée pour produire tout son effet par voie intraveineuse. Évidemment, c'est moins romantique, concéda-t-il d'un ton de regret. Mais, qui veut la fin…

Il se redressa en faisant jaillir un peu de liquide de la seringue. Puis, il se pencha à nouveau sur Soraya qui se mit à hurler.

Neo décida alors de tenter le tout pour le tout. Il n'avait pas d'autre choix que d'essayer d'assommer le danois. Il se ferait sans doute déchiqueter mais cette diversion accorderait un sursis supplémentaire à Soraya.

Au moment où il rassemblait ses forces, le chien se dressa vivement sur ses pattes, tous ses sens en éveil. Des cris et des coups sourds provenant de l'extérieur de la maison se firent entendre. « Police, ouvrez ! » cria une voix dans la nuit. Et celle de Fred, paniquée : « Soraya, Neo, où êtes-vous ! ? » Emmanuel se précipita vers la porte restée ouverte et ordonna au danois :

– Va, Alcibiade, attaque !

Aboyant furieusement, le chien se précipita à l'extérieur de la pièce. Son maître referma la porte derrière lui et la verrouilla à double tour. Neo en profita pour rouler jusqu'à la cheminée. Il parvint à tendre ses bras derrière lui, mettant ses liens en contact avec une bûche rougeoyante. Il n'y avait heureusement plus de flammes mais il ne put éviter de se brûler les paumes des mains sur les braises. Voyant ce qu'il tentait de faire, Emmanuel se jeta sur lui pour le tirer en arrière. Mais Neo projeta ses pieds liés dans les jambes de son ennemi et le fit tomber. Quand il se releva, il était trop tard, Neo avait les mains libres. Il parvint à se mettre debout d'une brusque détente des jambes et, malgré ses entraves, avança en sautillant vers Emmanuel. Celui-ci hésita. Il eut un dernier regard, intense, pour Soraya puis saisit la coupe sur l'étagère.

– S'il en est ainsi, je m'en irai seul, dit-il en portant le récipient à ses lèvres.

– Non ! cria Neo.

Il saisit le buste de Socrate, la seule chose qui était à portée de ses mains, et le projeta sur Emmanuel, l'atteignant à la tête. Le buste éclata en morceaux. Emmanuel s'écroula dans les éclats de plâtre. À l'extérieur de la pièce, Alcibiade cessa d'aboyer pour pousser un hurlement bref, puis on n'entendit plus que des voix véhémentes et des bruits de courses en tous sens.

Neo déverrouilla la porte et cria :

– Par ici !

Puis il se précipita vers Soraya et entreprit de défaire ses liens. La jeune fille pleurait en silence.

– C'est fini, lui dit Neo d'une voix douce, tout va aller bien maintenant.

Ses yeux à son tour se voilèrent. Toute cette tension accumulée faisait céder le barrage de ses émotions.

Les hommes en combinaison bleue qui firent irruption dans la pièce, l'arme au poing, les trouvèrent enlacés, pleurant toutes les larmes de leur corps.

12

Il y avait soudain beaucoup de monde dans la bibliothèque des van Fliegender. À la suite des trois hommes en bleu des commandos d'intervention de la police, s'étaient engouffrés dans la pièce un grand chauve en blouse blanche portant une trousse de secours, un moustachu corpulent en costume croisé à l'allure bourrue et enfin Fred, rouge d'émotion. Celui-ci, découvrant ses amis enlacés, marqua un temps d'arrêt, puis il sourit et s'exclama :

– Ouf… je vois que vous allez bien.

Soraya et Neo se séparèrent, le visage baigné de larmes.

– Ça pourrait être pire, bien pire, dit Soraya.

Le grand chauve en blouse blanche, manifestement un médecin, s'agenouilla près du corps inanimé d'Emmanuel et ouvrit sa trousse.

– Est-ce qu'il est… ? demanda Neo d'une voix éteinte.

– Non, il respire, il n'est qu'assommé, répondit le médecin. Que lui avez-vous fait ?

– Je lui ai lancé un buste à la tête.

Le médecin jeta un coup d'œil aux morceaux de plâtre, épars.

– Vous avez eu de la chance qu'il soit creux. Il s'en tirera avec une bosse.

– Je n'ai pas eu le choix, il voulait se tuer....

Le moustachu sortit un étui de mouchoirs en papier de sa poche et le tendit à Soraya.

– Je suis l'O.P.J.[1] Poupard, en charge de cette affaire. Vous allez me raconter tout ça en détail, tranquillement, depuis le début. Asseyez-vous, ordonna-t-il en s'affalant lui-même sur le sofa.

Soraya et Neo obéirent mécaniquement.

– Vous aussi, dit l'O.P.J. Poupard à l'adresse de Fred en lui désignant le fauteuil resté libre. Il sortit un assistant numérique d'une poche intérieure de sa veste et l'activa avec un stylet.

– Alors, qui commence ? demanda-t-il après que Soraya et Neo eurent séché leurs larmes.

Neo prit la parole. Il raconta toute l'histoire, depuis l'infection de sa machine par un virus dissimulé dans un fichier graphique jusqu'à l'intervention in extremis des policiers dans la maison des van Fliegender. Poupard prenait des notes et l'interrompait fréquemment pour lui demander des précisions. Quand il eut fini, Poupard se tourna vers Soraya.

– Et vous Mademoiselle, vous ne vous êtes pas méfiée

1. Officier de police judiciaire

quand celui qui se faisait passer pour votre ami vous a donné rendez-vous à une adresse inconnue, à savoir ici même ?

– Non, pas une seconde je n'ai pensé que ce pouvait être quelqu'un d'autre, sa voix était tellement bien imitée.

– Bien, et ensuite, que s'est-il passé quand vous êtes arrivée ici ?

– Il n'y avait personne devant la maison. J'ai sonné à l'interphone. Neo m'a répondu ou plutôt… Emmanuel avec la voix de Neo. Il m'a demandé de le rejoindre dans la maison. La grille et la porte d'entrée n'étaient pas verrouillées. Et quand je suis arrivée dans le hall, Emmanuel était là… avec son chien.

À nouveau, les larmes inondèrent les magnifiques yeux de Soraya. Neo prit ses mains entre les siennes et lui murmura :

– C'est fini, Soraya, le cauchemar est terminé.

En tournant la tête, il surprit Fred qui les fixaient en silence, l'air énigmatique. Il baissa les yeux quand il croisa le regard de son ami.

– Bien, bien, bien, marmonna Poupard. Vous devez une fière chandelle à votre camarade qui a pensé à consulter son communicant à l'entracte de son spectacle. Mais tout cela aurait pu se terminer très mal. Vous auriez dû prévenir la police dès la découverte du sabotage de la corde. Pourquoi ne l'avez-vous pas fait ?

– C'est moi qui ne l'ai pas voulu, dit Neo. Je pensais que nous pourrions démasquer nous-mêmes le coupable sans causer de problèmes à nos proches et aux élèves de nos classes.

– On se demande à quoi on sert, grommela l'O.P.J. en se levant. Bon, on va tous vous raccompagner chez vous. Vous êtes tous convoqués avec vos parents demain matin dans mon bureau.

Emmanuel se mit à geindre.

– Il revient à lui, dit le médecin. Je vais lui faire une piqûre de calmant.

– Que va-t-il devenir ? demanda Neo. Il va aller en prison ?

– Il y a peu de chances, dit Poupard. Il sera sans doute déclaré pénalement irresponsable. Son cas relève plus de la psychiatrie que de la justice.

– Alors, on va l'interner ?

– C'est fort probable, dit le médecin en piquant Emmanuel à la saignée du coude. Il est dangereux pour les autres et pour lui-même. On ne peut pas laisser en liberté avec un simple suivi médical un individu comme lui.

– En attendant, notre ami va passer la nuit à l'infirmerie de la prison, dit Poupard. Et on va s'employer à retrouver son père qui doit être à un congrès quelque part à l'étranger.

Il se tourna vers l'un des hommes en combinaison bleue.

– Zanussi, vous penserez à mettre les scellés sur la porte et à fermer le portail avec des chaînes.

Aidé des policiers, le médecin allongea Emmanuel sur un brancard et ils emmenèrent leur prisonnier à l'extérieur de la pièce.

– Allez, tout le monde dehors, dit Poupard.

Soraya, Neo et Fred le précédèrent dans le couloir. Arrivés dans le hall, ils virent le danois, muselé et les pattes attachées, gisant sur le sol en marbre.

– Il est vivant ! s'exclama Soraya d'un ton soulagé. Je pensais que vous l'aviez tué.

– Ça n'a pas été nécessaire, dit le policier que Poupard avait appelé Zanussi. Je lui ai envoyé deux cent mille volts avec mon poing électrique. Il est resté groggy un bon moment mais il n'aura pas de séquelles. On va l'emmener au chenil de la police où le père de votre camarade pourra aller le récupérer.

Ils sortirent par l'entrée principale devant laquelle était stationnée une ambulance. Emmanuel y fut installé, le médecin s'assit à ses côtés et le véhicule démarra en douceur.

– Je vous prends dans ma voiture, dit Poupard aux trois amis.

– Et mon scooter ? demanda Neo. Il est dans la rue à côté.

– Je vais le faire ramener par une camionnette du service technique, répondit l'O.P.J. Pas question que je vous laisse conduire après ce que vous avez vécu cette nuit.

Tandis qu'ils roulaient dans la ville calme, Neo murmura à l'oreille de Soraya, de façon à n'être entendu ni de Poupard ni de Fred assis à l'avant :

– Demain, je te dirai tout.

Ce fut le grésillement de son communicant qui tira Neo d'un sommeil agité, le plongeant dans une confusion totale. Était-il réellement réveillé ou rêvait-il qu'il se réveillait ? Et s'il ne rêvait pas, qu'en était-il des événements dramatiques de la veille, rêve ou réalité ? Le cadran du radio-réveil affichait dix heures. Il sauta sur ses pieds, se souvenant brusquement que l'O.P.J. Poupard les avait convoqués sa mère et lui dans son bureau pour onze heures. En se dirigeant vers le visiophone, il prit conscience, avec stupéfaction, qu'il ne boitait plus et ne ressentait aucune douleur au niveau de la cheville. Mais il n'avait pas le temps de méditer sur ce miracle, le visiophone continuait à sonner. Il ne reconnut pas tout de suite le visage sur l'écran de son communicant. Francis Dommartin était méconnaissable. Le teint blafard, de profonds cernes sous des yeux rétrécis et étrangement fixes, une barbe de deux jours, il avait tout d'un homme à la dérive qui aurait sombré dans l'alcool ou la drogue.

– C'est moi, ton père, dit-il d'une voix éteinte.

Devant le regard stupéfait de son fils, il ajouta, sur un ton d'excuse :

– J'ai eu une surcharge de travail ces derniers temps, ça explique ma sale mine.

– Où es-tu Francis ? demanda Neo très inquiet.

– En Norvège, à Trondheim, à la maison mère de ma compagnie. Je n'ai pas beaucoup de temps Neo. Ta mère m'a appelé tôt ce matin pour me raconter ce qui vous est arrivé à Soraya et toi. Il y a, paraît-il, déjà des articles dans les quotidiens et sur le Net. Tu as été bien imprudent, Neo, de vouloir mener ton enquête sans l'aide de la police, mais je suis fier de toi, dit-il d'une voix chargée d'émotion.

Neo entendait à peine ce que lui disait son père. Jamais il ne l'avait vu dans un tel état d'épuisement, comme s'il avait travaillé jusqu'à l'extrême limite de ses forces. Et cet air perdu, désespéré même ! Plus il dévisageait Francis Dommartin et plus son inquiétude grandissait.

– Tu es sûr que ça va, Francis ? demanda-t-il, la gorge serrée.

Son père lui adressa un sourire triste.

– Ne t'en fais, dit-il d'un ton incertain. J'ai juste besoin d'un peu de repos. J'aurai bientôt fini le travail important que je mène actuellement et je viendrai alors me reposer à la maison.

Mais Neo ne fut pas rassuré pour autant. N'y tenant plus, il lâcha :

– Je sais que tu as des ennuis, Francis. Je voudrais t'aider, il faut que tu me parles, je suis ton fils !

Francis Dommartin garda le silence un long moment, ses yeux fiévreux fixés sur Neo. Quand enfin il parla, sa voix était plus ferme.

– Bien, je ne veux pas continuer à te mentir. Oui, j'ai des soucis. Mais pour ta sécurité, je ne peux rien te dire pour l'instant. Je veux seulement que tu saches que je fais tout pour que nous soyons bientôt réunis. Je ne veux plus être un père absent. Je t'aime Neo.

– Moi aussi, je t'aime, Francis, dit Neo d'une voix étranglée.

– À bientôt, mon cher fils, murmura Francis Dommartin avant de couper la communication.

Neo ferma les yeux, essayant de faire le vide en lui. Il ne devait pas se laisser dévorer par l'anxiété. Se ronger les sangs pour son père n'aiderait en rien celui-ci. Pour l'instant, il ne pouvait rien faire pour lui. Et il devait avant tout se concentrer sur les mots qu'il allait prononcer devant Soraya. Ils avaient convenu de se retrouver après l'entrevue au commissariat. Plus que la veille, Neo appréhendait le moment de vérité où il lui révélerait que sa maladie leur interdisait, peut-être à jamais, tout contact intime. Il eut soudain un haut-le-cœur, violent. Une main sur la bouche, il se précipita aux toilettes où, agenouillé devant la cuvette, il vomit un mélange de bile et de glaire blanchâtre. Un début de gastro ? se demanda-t-il, traversé de frissons. Puis, par association d'idées, il pensa aux femmes enceintes, qui souvent ont des nausées, ce qui le ramena à son énigmatique maladie. La vie aussi se développe en moi, se dit-il, mais cette vie-là donne la mort à qui la porte. Il se releva et se rendit dans la salle de bain pour se rincer la bouche et s'asperger le visage d'eau froide. Il se sentit aussitôt ragaillardi. L'état nauséeux avait disparu aussi vite qu'il était apparu. Il faut que j'en parle au docteur Grimaldi, se dit-il. Il s'habilla rapidement et se rendit dans la salle à manger. Sa mère lisait le journal devant une tasse de café. Elle était tombée des nues quand elle avait appris la veille au soir, de la bouche de l'O.P.J. Poupard, devant son fils rouge de confusion, tous les dangers auxquels Neo avait échappé en à peine une semaine. Sans doute avait-elle dû ruminer tout ça une bonne partie de la nuit car elle avait les traits tirés et des cernes sous les yeux. En apercevant Neo, elle leva son journal.

– C'est dans Grand Sud, dit-elle. En première page.

Grand Sud était le quotidien régional dont un exemplaire atterrissait tous les matins devant la porte des Dommartin. Le rédacteur en chef avait dû estimer l'information particulièrement importante pour en changer la une au dernier moment. Neo se servit un chocolat chaud et vint se placer au-dessus de l'épaule de sa mère pour lire le titre et le sous-titre de l'article : « Drame passionnel — Deux adolescents échappent de justesse à une tentative d'assassinat perpétrée par le fils du professeur van Fliegender ».

– J'ai appelé ton père ce matin pour le prévenir.

– Je sais, il vient de m'appeler, dit Neo d'un ton neutre.

Sylviane Dommartin leva les yeux vers son fils.

– Je suis inquiète Neo, il m'a paru à bout de forces. Comment un employeur peut-il imposer une telle charge de travail à ses employés ? Quelque chose ne va pas, je le sens.

Une fois de plus, Neo voulut préserver sa mère. À quoi aurait servi qu'elle soit folle d'inquiétude pour son mari si elle ne pouvait rien faire pour lui venir en aide ?

– C'est comme les architectes M'man, quand ils sont charrette, ils peuvent passer plusieurs nuits blanches d'affilée. Et puis c'est la loi du privé M'man. Le rendement à tout prix. Mais Francis t'a sans doute dit qu'il voulait trouver un autre boulot pour ne plus s'éloigner de nous et pour travailler dans de meilleures conditions ?

– Oui, il me l'a dit. Mais pour l'instant il travaille jour et nuit, à s'user la santé. Reconnais quand même…

– Il va être l'heure d'aller au commissariat M'man, l'interrompit Neo pour détourner la conversation.

Sylviane Dommartin regarda son fils d'un air perplexe.

– J'ai aussi appelé Yvonne, dit-elle après un pesant moment de silence. Je lui ai proposé de venir passer quelques jours ici. Après tous ces événements, il faut absolument que je prenne un peu de repos. Je me suis mise en congé pour une semaine et j'ai pensé que la compagnie de ta tante me ferait du bien. Tu la connais, elle est certes envahissante mais elle remonterait le moral à un mort.

Yvonne était la sœur aînée de Sylviane Dommartin, une veuve joyeuse dont les deux garçons avaient atteint depuis longtemps l'âge de se débrouiller seuls. Elle était donc très disponible et ne refusait jamais les invitations de ses proches ou amis, à l'autre bout du pays ou même du monde. C'était une âme gaie et généreuse, toujours souriante et prête en toutes occasions à venir en aide aux autres et pour ces qualités, elle était très appréciée et aimée. Mais Yvonne, femme de cœur, avait aussi un gros défaut : elle était très bavarde. C'était un moulin à paroles que rien ni personne n'aurait pu arrêter, voire modérer, une fois lancé. Sa compagnie pouvait se révéler aussi fatigante que réjouissante.

– Tu as bien fait, approuva Neo. Rien de mieux que tante Yvonne pour se changer les idées. Quand vient-elle ?

– Cet après-midi, à dix-sept heures trente, par le premier avion qu'elle a pu trouver. Peut-être pourrais-tu m'accompagner à l'aéroport ?

Neo eut un petit rire.

– Elle ne perd jamais de temps, la tante Yvonne. Tu peux compter sur moi pour l'aéroport M'man.

Soudain, Sylviane Dommartin regarda son fils avec des yeux ronds.

– Mais… où sont tes béquilles ? Tu ne boites plus ?

– Non, comme tu peux voir, je suis guéri. Ce devait être une toute petite entorse.

Il vida son mug et le reposa sur la table.

– Je t'attends devant la maison. J'ai besoin de prendre l'air.

– Neo, dit Sylviane Dommartin au moment où il posait sa main sur la poignée de la porte d'entrée.

– Oui M'man, dit-il sans se retourner.

– Je suis très touchée par tous les efforts que tu fais pour me rassurer.

Il sortit de la maison sans répondre.

La réunion au commissariat lui parut interminable et manifestement Soraya partageait son impatience. Elle était séparée de Neo par ses parents, Fred et Sylviane Dommartin, mais comme ils étaient tous assis en arc de cercle devant le bureau de Poupard, ils pouvaient échanger des regards et des sourires complices. L'O.P.J. Poupard relut les déclarations faites la veille par les trois jeunes gens. Quand il eut fini, il leur demanda s'ils avaient des corrections ou des précisions à apporter à ce qu'il venait de leur lire. Non, répondirent-ils en chœur, car ils lui avaient déjà tout dit la veille et voulaient s'en aller au plus vite.

– Bien, vous pouvez imprimer, dit Poupard à son assistant qui avait suivi toute la réunion derrière l'écran d'un ordinateur.

Pendant l'impression en double exemplaire des déclarations, Poupard fit pour l'assemblée la synthèse des événements de l'affaire van Fliegender. Sylviane Dommartin et les parents de Soraya, Meriem et Souhel Debagh, le visage grave, hochaient la tête en silence, rétrospectivement effrayés par les dangers qu'avaient courus leurs enfants. Poupard les informa ensuite que Dieter van Fliegender, le père d'Emmanuel, avait été averti et qu'il avait aussitôt quitté le congrès auquel il participait à Berlin pour venir se mettre à la disposition de la justice. Une commission d'experts psychiatres allait examiner Emmanuel pour dire s'il était ou non responsable de ses actes au moment des faits qui lui étaient reprochés. S'il était déclaré responsable, un procès aurait lieu, dans le cas contraire, l'affaire serait classée sans suite. Enfin, Poupard fit parapher et signer aux trois amis leurs déclarations respectives.

– Je vous demanderais de rester à la disposition de mes enquêteurs pour d'éventuelles questions complémentaires, leur dit-il en les libérant.

Tout le monde se retrouva devant le commissariat. La mère de Soraya se planta devant Neo, le regard sévère.

– Je devrais te gifler pour les risques que tu as fait courir à ma fille, Neo. Je me demande si je dois la laisser fréquenter quelqu'un d'aussi écervelé que toi.

Neo baissa la tête, penaud. Alors le visage de Meriem Debagh se radoucit et d'une voix tendre, elle poursuivit :

– Mais tu es aussi celui qui a pris tous les risques pour venir en aide à mon enfant chérie.

Elle attira Neo à elle et l'embrassa, les larmes aux yeux.

– Soraya ne pouvait trouver meilleur ami que toi.

Plutôt gêné, Neo ne savait quoi dire. Soraya lui vint en aide.

– Laisses-en pour Fred, maman. Sans lui, Neo et moi aurions été transformés en statues grecques.

Meriem Debagh embrassa à son tour Fred qui rosit jusqu'à la racine des cheveux. Le père de Soraya, Souhel Debagh, qui parlait à l'écart avec Sylviane Dommartin, se rapprocha avec elle du groupe. C'était un homme grand et mince, aux doigts de pianiste. Il était en fait chirurgien, un métier où la justesse et l'agilité des doigts étaient tout aussi primordiales que chez un virtuose du piano. Il pressa les deux garçons contre son cœur.

– Imprudents mais courageux, leur dit-il, le regard pénétrant. Je me vois à votre âge. Mon père me filait de ces raclées quand je faisais des conneries. Vous, on vous embrasse. Les choses ont beaucoup évolué ces trente dernières années, vous ne trouvez pas ?

Fred et Neo marmonnèrent un oui contrit.

– Mais vous êtes des garçons bien. Vous pouvez continuer à fréquenter ma fille, ajouta Souhel Debagh d'un ton amusé devant l'air confus des garçons.

Les parents de Soraya échangèrent encore quelques paroles aimables avec Sylviane Dommartin puis s'excusèrent de devoir retourner à leurs occupations. Souhel Debagh avait une intervention à quatorze heures dans une clinique. Quant à sa femme, avocate au pénal, elle plaidait dans une affaire d'escroquerie au palais de justice à quinze heures.

– Vous viendrez dîner à la maison quand Francis sera de retour, leur proposa Sylviane Dommartin.

– Avec grand plaisir, répondit la mère de Soraya.

– N'oublie pas que nous allons chercher ta tante à l'aéroport tout à l'heure, dit Sylviane Dommartin à son fils. Sois à la maison à dix-sept heures.

– T'en fais pas M'man, j'y serai.

Quand ils furent partis, Fred se tourna vers ses amis, l'air mal à l'aise. Il les regarda en silence puis, d'un ton incertain, dit : « J'ai une drôle d'impression en vous regardant tous les deux… Vous ne seriez pas passés à la vitesse supérieure, à tout hasard ?… »

Neo allait se lancer dans un vibrant démenti mais Soraya le devança.

– Oui, Fred, mais ça ne change rien vis-à-vis de toi, ça ne doit rien changer.

Fred secoua la tête, la mine sombre.

– Quels cachottiers vous faites, tout de même…

Neo avait la gorge serrée.

– Tu sais, Fred, ça devait arriver, je ne…

– J'ai toujours su que ça arriverait, tôt ou tard, le coupa son ami en grimaçant un sourire. Bien, vous m'excuserez mais faut que j'y aille. J'ai un tournoi de Go cet après-midi et je dois me relaxer un peu avant. Et je suis sûr que vous avez des tas de choses à vous dire, soupira-t-il.

Il mit son casque et fixa tour à tour Soraya et Neo.

– C'est étrange mais… je ne sais pas qui j'envie le plus. Toi, Neo ou… toi, Soraya. Il faudra que je me penche sérieusement sur la question.

– On t'aime Fred, tu le sais ? lui dit Soraya avec une pointe d'inquiétude.

– Ah non, je l'ignorais ! répondit Fred en affichant une mine ahurie.

Tous trois partirent dans un grand éclat de rire. Neo se sentit soudain bien soulagé, ses craintes s'étaient envolées. En dépit de l'idylle naissante entre Soraya et lui, Fred resterait leur ami. Il lui faudrait certes un peu de temps pour s'adapter à cette nouvelle situation mais les sentiments qu'ils éprouvaient les uns pour les autres ne souffriraient pas de ce bouleversement au sein du groupe.

– Mais je vois que tu n'as plus de béquilles Neo, lança Fred, désireux de changer de sujet. Comment va ton entorse ?

– Je lui ai posé la même question en le voyant dit Soraya avec un sourire mystérieux. Il paraît que c'est un miracle.

– En tout cas, c'est du passé, je ne sens plus rien,

répondit Neo. Ce soir on fête ça. Une virée en roller, ça vous dit ?

– Adjugé, dit Fred

– Vendu, renchérit Soraya.

– Alors, on se retrouve chez moi à vingt et une heures, décida Neo.

– Ok, dit Fred en faisant démarrer son scooter. À ce soir.

Il leur tira la langue et disparut dans la circulation. Neo prit la main de Soraya et lui sourit timidement.

– Je connais un café tranquille pas très loin d'ici. Leurs sandwiches sont au-dessus de la moyenne. On y va ?

Elle hocha la tête sans rien dire.

Ils s'assirent dans un box lambrissé, au fond du café. Il y faisait sombre, la lumière du jour ne parvenant pas jusque-là. La seule source d'éclairage était un spot de faible puissance inséré dans les lattes du plafond. Le café était pratiquement désert, les clients du déjeuner n'arriveraient pas avant midi trente. C'était le parfait endroit pour se livrer à des confidences. Ils commandèrent des sandwiches-club à la dinde et des demis. Soraya, silencieuse, ne quittait pas Neo des yeux. Il prit ses mains dans les siennes, lui murmurant des mots tendres, sans se décider à aborder le sujet qui le préoccupait plus que tout.

– Mangeons d'abord, dit-il quand on leur servit les sandwiches.

Il ne voulait pas, par ses révélations, couper l'appétit de son amie. Mais quand la dernière miette de pain fut avalée, il ne put plus reculer. Alors il se jeta à l'eau. D'une voix hachée, il lui raconta comment, depuis quelques mois, il vivait avec une épée de Damoclès au-dessus de la tête. Elle l'écouta sans jamais l'interrompre, lui serrant par moments les mains un peu plus fort. Quand il eut fini, elle lui sourit amoureusement, les yeux brillants.

– Est-ce que tu as bien conscience de ce que ça signifie… pour nous deux ? lui demanda-t-il, voyant qu'elle ne disait rien.

Elle secoua la tête avec un petit rire et d'un ton de doux reproche dit :

– Tu pourrais être aveugle et paralysé, ça ne changerait rien. Je t'admire pour tout ce que tu as secrètement enduré, Neo. Tu as dû te sentir si seul.

– Mais…

Elle le fit taire en posant un doigt sur ses lèvres.

– Cette épreuve, nous la traverserons ensemble. Nous ne pouvons pas nous embrasser ? Et bien nous le ferons en pensée. Mais rien ne t'interdit de me prendre dans tes bras et de m'embrasser dans le cou. Et je suis sûre que bientôt, les chercheurs et les médecins qui étudient ce virus trouveront un moyen de t'en débarrasser définitivement. Alors, nous pourrons nous aimer… encore plus.

Jamais Neo ne s'était senti aussi léger. Tout le poids qu'il supportait depuis ce jour de mai où le docteur Grimaldi lui avait calmement annoncé la terrible nouvelle, tout ce poids disparut. Soraya était devant lui, rayonnante, tel un ange qui, d'une main apaisante, aurait effacé tous ses tourments. Yeux dans les yeux, n'éprouvant plus le besoin de parler, ils restèrent ainsi un long moment, insensibles au brouhaha du restaurant soudain plein de monde.

Ils flânèrent ensuite, main dans la main, dans les rues piétonnes de la ville. Le monde était neuf, les gens étaient beaux, la vie, telle qu'ils voulaient qu'elle soit.

– Je vais tout raconter à Fred, dit brusquement Neo d'un ton grave, alors qu'ils contemplaient la vitrine d'un horloger. Il faut qu'il sache, lui aussi.

Elle acquiesça en hochant la tête. Ils poursuivirent longtemps encore leur romantique errance. Ce fut Soraya qui, avec une pointe de regret, rappela à Neo qu'il devait accompagner sa mère à l'aéroport. Ils s'enlacèrent une dernière fois, se demandant comment ils pourraient supporter d'être séparés plus de trois heures.

– À ce soir, Soraya, murmura Neo dans l'oreille fine de la jeune fille.

– À ce soir, mon héros.

L'avion de la tante Yvonne avait du retard. Trente-cinq minutes de retard, indiquait le tableau des arrivées.

– Allons acheter un journal, dit Sylviane Dommartin à son fils.

En passant devant une boutique de produits high-tech, Neo vit dans la vitrine un objet qui lui parut familier. Il se rapprocha. C'était un communicant, exactement du même modèle que celui que lui avait offert son père. Ils le vendent déjà ici, se dit Neo. Il jeta un coup d'œil machinal aux autres objets présentés et son sang se figea. Le décorateur de la vitrine avait placé ça et là des paquets cadeaux, enveloppés dans un élégant papier rouge orné d'idéogrammes noirs. Ce même papier avait enveloppé le kimono et le communicant que Francis Dommartin avait offerts à sa femme et son fils à son dernier retour dans sa famille. Sur une affichette pendue à un fil était inscrit, en lettres rouges sur fond blanc : « Le mois du Japon à l'aéroport. » Neo ne pouvait quitter l'affichette des yeux. La voix de sa mère le fit sursauter.

– Je ne t'attends pas Neo. Rejoins-moi aux journaux.

Elle n'avait rien remarqué, ne s'intéressant pas particulièrement aux produits high-tech. Neo réussit à bredouiller :

– Ok M'man. Je te rejoins dans cinq minutes.

Il attendit qu'elle soit suffisamment éloignée pour courir dans la direction opposée. Il savait qu'une boutique de vêtements exotiques se trouvait un peu plus loin. Quand il fut devant sa vitrine, il n'eut plus de doute. Francis Dommartin leur avait menti. La dernière fois qu'il avait vu sa femme et son fils, il ne revenait pas du Japon. Car derrière la vitre était exposé un splendide kimono en soie. Celui-là même qu'il avait offert à la mère de Neo.

13

En les apercevant dans le hall d'arrivée, la tante Yvonne agita joyeusement les bras et dès qu'ils furent à portée de voix, elle s'exclama :

– Sylviane, Neo, quelle joie de vous revoir !

Et elle ne s'arrêta plus de parler, même pour les embrasser.

– Quel retard vraiment… bonjour mon cher neveu, tu as encore grandi !… ça devient pire que le train de prendre l'avion… bonjour ma sœur chérie, toi, tu ne changes pas… Ah, la la ! quelle histoire ! Je suis vraiment désolée pour toute cette gêne que je vous occasionne, si, si, je suis confuse. Un problème de moteur, je crois. Au dernier moment, on nous a fait descendre de l'avion pour nous faire embarquer dans un autre. Et les bagages qui étaient déjà dans la soute. Mais bon c'est fini maintenant, on oublie. Vous ne pouvez pas imaginer à quel point je suis heureuse de vous revoir. Vraiment, hier, quand tu m'as appelée, Sylviane, pour me proposer de venir passer quelques jours chez vous, j'étais aux anges.

Ça fait combien de temps, des siècles, non ? Il faut dire que depuis la mort de mon pauvre Richard le temps passe si vite… Ah, comme il aurait aimé être là avec nous ce soir… Mais c'est la vie, il ne faut pas se laisser abattre. Je vous ai amené des tas de bonnes choses. On va passer un bon moment ensemble. Mais au fait, où ai-je la tête ? Je dois chercher ma valise. Où se trouve donc la salle des bagages ? Ah, c'est par là, allons-y.

Et avant même que Neo et sa mère aient pu placer un mot, la tante Yvonne les avait entraînés à la recherche de sa valise.

Dans la voiture, la tante Yvonne continua sur le même rythme. Ce ne fut qu'aux abords du quartier d'habitation des Dommartin qu'elle s'écria :

– Mais je parle, je parle !…Vous savez bien que je suis un peu bavarde. Il ne faut pas hésiter à me clouer le bec !

Sylviane Dommartin eut un rire gai. Elle jeta un coup d'œil tendre à sa sœur, assise à ses côtés.

– Nous sommes heureux que tu sois là, Yvonne. N'est-ce pas Neo ? demanda-t-elle en regardant son fils dans le rétroviseur.

À l'arrière de la voiture, Neo grimaça un sourire.

– Oui, très heureux, tante Yvonne.

Mais Neo n'avait pas le cœur à rire. Depuis qu'il avait vu ce kimono dans une vitrine de l'aéroport, une question lancinante tournait et retournait dans sa tête : que voulait leur cacher son père avec ses mensonges ?

La tante Yvonne n'était pas venue les mains vides. Outre deux bouteilles d'un excellent vin alsacien et un assortiment de charcuterie du meilleur choix, elle avait apporté dans sa valise, pour sa sœur, un flacon de son parfum préféré et pour son neveu, le coffret HD-DVD des films d'Alfred Hitchcock.

– J'espère que tu vas aimer. C'est un réalisateur du siècle dernier qui m'a fait beaucoup frissonner en son temps. Ce sont des histoires de criminels et d'espions, bourrées de suspense et d'action.

Neo n'avait jamais vu aucun film d'Hitchcock mais en avait entendu parler en termes élogieux par son professeur de français. Il parcourut les titres : Soupçons, L'ombre d'un doute, Le grand alibi, L'homme qui en savait trop, La mort aux trousses. Et soudain, une certitude se fit jour en lui. Son père était un espion. Voilà pourquoi il mentait. Et sa vie était menacée par les espions d'un camp ennemi. Quant à son prétendu travail dans l'industrie pétrolière, ce n'était qu'une couverture pour masquer ses véritables activités. Comment n'y avait-il pas pensé plus tôt ? Il comprenait mieux certaines choses maintenant. Aussi loin qu'il s'en souvenait, Francis Dommartin avait toujours eu un comportement mystérieux, apparaissant et disparaissant en coup de vent, très évasif quand on l'interrogeait sur son travail.

– Merci beaucoup, tante Yvonne, j'adore les histoires policières, bredouilla Neo en embrassant sa tante. Puis il s'excusa et courut dans la salle de bain pour se passer de l'eau fraîche sur le visage.

Sylviane Dommartin avait préparé un bon dîner en l'honneur de sa sœur. Mais Neo n'avait pas faim. Il goûta du bout des lèvres les branches de céleri à l'anchoïade et toucha à peine au gratin de fleurs de courgettes et au succulent gigot d'agneau. Quant au dessert, constitué de profiteroles au chocolat et de glace vanille, il le refusa, prétextant qu'il ne voulait pas se sentir lourd pour sa sortie en rollers.

– Quel appétit d'oiseau tu as ! s'apitoya la tante Yvonne qui pour sa part ne s'était privée de rien et s'était même, sans l'ombre d'une hésitation, laissée resservir.

Sylviane Dommartin ne dit rien mais à plusieurs reprises elle regarda son fils avec inquiétude. Ils prirent une infusion dans le salon, écoutant la tante Yvonne relater ses aventures et mésaventures, souvent burlesques, de voyage. Mais malgré la verve de sa tante, Neo avait les paupières lourdes et commençait à s'assoupir. Fred et Soraya arrivèrent heureusement avant qu'il ne fût totalement endormi.

– Mais tu roupillais ! s'exclama Fred en voyant les yeux gonflés de son ami.

– Ce sont sûrement mes histoires, dit la tante Yvonne en riant. Elles sont ennuyeuses à mourir, ou du moins à dormir. Mais comme tes amis ont l'air charmants, Neo ! Comment se nomme ce sympathique jeune homme ? Et cette splendide jeune fille ?

Les présentations faites, les trois amis chaussèrent leurs rollers et partirent dans la nuit. Ils rejoignirent rapidement le rassemblement hebdomadaire de patineurs sur la place des Lumières. Plusieurs centaines de personnes se trouvaient là, tous âges confondus, rollers aux pieds et sourire aux lèvres, réunies pour une balade en boucle de dix kilomètres dans la ville. Quand le cortège s'ébranla, ouvert par deux motards de la police, on aurait dit une vague déferlant sur l'avenue. Les trois amis qui adoraient être en tête du peloton durent garder une allure soutenue pour ne pas être distancés. Neo et Soraya se tenaient par la main, glissant sur l'asphalte en parfaite harmonie et quand leurs regards se rencontraient, leurs cœurs battaient plus fort. Fred, quant à lui, s'essayait avec maestria à diverses figures, comme croiser et décroiser ses jambes tout en s'accroupissant. Et il prouvait ainsi à toutes les mauvaises langues qu'un corps tout en rondeurs n'interdisait ni la souplesse ni le sens de l'équilibre.

Ils devaient être à mi-parcours quand Neo ressentit les premiers troubles. Cette fois, ce ne fut pas un filtre bleu mais un rouge qui colora son environnement, le saturant de grenat. Les lettres sur les affiches des panneaux publicitaires lui parurent soudain floues pour finir par être illisibles. Sa vision s'obscurcit et les patineurs l'environnant devinrent des ombres mouvantes. Son visage prit la couleur de la craie tandis qu'une sueur glacée dégoulinait sur son front et dans son dos.

– Il faut que je m'assoie, dit-il d'une voix éteinte à la silhouette de Soraya au moment où il se sentait pris de vertige.

– Fred, aide-moi ! entendit-il dans le lointain crier Soraya.

Alors qu'il s'enfonçait dans une brume opaque, il sentit qu'on le soutenait et le tirait à la fois, puis qu'on le faisait asseoir. Très loin, perdue dans la brume, la voix inquiète de Soraya appela :

– Neo, Neo, est-ce que tu m'entends ?

Il aurait bien voulu répondre mais il n'en avait pas la force. Il se sentait dériver de plus en plus loin de ses amis. Et quand plus aucun bruit ne lui parvint, la brume qui l'enserrait devint noire.

La première voix que Neo entendit quand il reprit conscience fut à nouveau celle de Soraya.

– Neo, mon Neo, tu vas bien ?

Neo ouvrit les yeux et vit les visages de ses amis penchés sur lui.

– Je vais bien, murmura-t-il. Qu'est-ce qui m'est arrivé ? Où suis-je ?

– Vous avez eu un malaise, dit un homme en blouse blanche qui prenait sa tension. Ça arrive fréquemment dans les rassemblements comme celui-ci… la foule, le bruit… On vous a allongé sur un brancard, et vous êtes sur le trottoir du boulevard Tim Berners-Lee. Je suis le médecin de l'unité médicale mobile qui accompagne les patineurs tous les jeudis.

– Combien de temps suis-je resté inconscient ?

– Pas plus de cinq minutes. Est-ce que vous prenez des médicaments en ce moment ?

– Non, aucun.

Le médecin détacha le tensiomètre du bras de Neo.

– Bon, votre tension est revenue à la normale. Voyons le pouls.

Il prit le poignet de Neo et en pressa les veines tout en suivant des yeux la trotteuse de sa montre.

– Pouls de soixante-huit, dit-il peu après. Tout a l'air ok. Comment vous sentez-vous ?

– Très bien, dit Neo qui se redressa vivement sur le brancard.

– Doucement, doucement, dit le médecin.

Il l'aida à se relever.

– Tout va bien, pas de vertige ?

– Non, répondit Neo, mais il se sentait très faible.

– Bien, vous aller maintenant tranquillement rentrer chez vous et bien vous reposer. Plus de rollers pour aujourd'hui.

– Nous allons le raccompagner en taxi, dit Soraya au médecin.

Après avoir ôté et rangé dans leur sac à dos les patins de leurs rollers, ils s'éloignèrent du parcours de la balade et hélèrent un taxi. Durant le trajet, Soraya serra très fort la main de Neo. Elle resta silencieuse mais ses yeux lui répétaient sans cesse : « Quoi qu'il arrive, je serai avec toi. »

Le lendemain matin, à son réveil, Neo appela le docteur Grimaldi. On n'entendait pas un bruit dans la maison. Sylviane Dommartin et sa sœur étaient sorties faire quelques courses pour le déjeuner. Neo informa Grimaldi, d'une voix anxieuse, des malaises dont il avait été victime la veille — nausées le matin et perte de connaissance le soir — et de l'état d'épuisement dans lequel il se trouvait. Sur l'écran du visiophone, le docteur Grimaldi avait les sourcils froncés, mais quand il parla, il se fit rassurant.

– Ecoute Neo, il ne faut pas que tu paniques, les résultats de ta dernière analyse de sang sont corrects. J'ai lu les journaux comme tout le monde et j'ai appris ce que tu as vécu ces jours derniers. J'avais d'ailleurs l'intention de t'appeler à ce sujet aujourd'hui même. Tu as subi un gros choc psychologique qui a engendré une grande fatigue nerveuse. Ce malaise n'a rien d'étonnant. D'autant plus que tu avais déjà une lourde charge sur tes épaules. D'autres que toi auraient craqué bien avant. C'est un avertissement de ton organisme, Neo. Il te dit que tu as franchi la ligne rouge. Il faut absolument que tu prennes du repos, un repos complet. Tu m'as bien compris Neo ?

– Oui, Docteur. Euh… je n'ai rien dit à ma mère. Je ne voulais pas qu'elle… s'imagine le pire.

– Bah, tu as bien fait, il suffit que je sois au courant. Je vais t'apporter un certificat médical pour ton lycée et par la même occasion je t'examinerai. Je t'interdis de cours et de toute activité pour une semaine. Tu peux faire une fois par jour à pied le tour de ton quartier mais rien de plus. Ta seule obligation est de te reposer. Dors le plus possible, mange beaucoup de fruits et de légumes frais, ainsi que des laitages, lis des bandes dessinées, regarde la télévision si tu veux, mais attention, pas de programmes prise de tête, hein ! ?

Il adressa un sourire amical à Neo.

– Voilà, j'ai fini mon speech. Tu peux d'ores et déjà commencer à suivre ma prescription. Je passerai en début d'après-midi. À plus tard Neo.

– À tout à l'heure, Docteur, dit Neo, un peu rasséréné.

Il avait à peine raccroché que le visiophone sonna. C'était Soraya.

– Neo, mon Neo, comment te sens-tu ce matin ?

– Plutôt bien Soraya, mais le docteur Grimaldi m'a interdit de vivre ma vie pendant une semaine

Il lui raconta sa conversation avec le bon docteur.

– Le docteur Grimaldi sait ce qu'il fait Neo, dit Soraya d'un ton ferme. Il faut que tu te reposes. Et ça tombe bien parce que je ne serai pas là pour te fatiguer ce week-end. Pour leurs vingt ans de mariage, mes parents nous emmènent, mon frère et moi, dans un hôtel au bord de la mer. On va s'empiffrer d'huîtres et de langouste mais… tu vas terriblement me manquer Neo.

– Idem, dit Neo, la mine sombre.

– S'il n'y avait pas de séparations, il n'y aurait pas de retrouvailles, mon Neo. Promets-moi de bien te reposer durant mon absence.

– Promis. Je vais retourner m'allonger et je ferai une sieste cet après-midi.

– J'irai te rejoindre dans tes rêves Neo.

– Je t'y attendrai Soraya.

– À bientôt mon Neo.

– À bientôt Soraya.

Cette fois, Neo n'eut même pas le temps de raccrocher. Le visage de Fred se substitua à celui de Soraya.

– Alors fillette, tu te sens mieux ? Tu as pris tes vitamines ?

Mais derrière le ton gentiment moqueur, Neo perçut une réelle inquiétude.

– Je vais bien, juste un peu fatigué.

– On se voit quand ?

– Mon médecin de famille m'a assigné à résidence. Mais rien ne t'empêche de passer me voir. D'ailleurs… il faut que je te parle.

Fred regarda son ami d'un air interrogateur.

– Je ne veux pas t'en parler au visio, poursuivit Neo. Viens en fin d'après-midi si tu veux bien. Tu resteras à dîner.

– Je serai là Neo. Tu peux compter sur moi.

– À plus, Fred.

En raccrochant, Neo sentit le sommeil le gagner irrésistiblement. S'il s'était laissé aller, il se serait endormi sur place, debout, comme dorment les chevaux. Somnolent, il marcha en titubant jusqu'à son lit sur lequel il s'effondra.

À son réveil, une appétissante odeur lui chatouilla les narines. Le cadran de son radio-réveil affichait 12h30. Il avait dormi près de trois heures mais, bien qu'il n'ait plus sommeil, la fatigue était toujours là. Il trouva sa mère et sa tante dans la cuisine, s'affairant à la préparation du repas.

– Bonjour M'man… bonjour tante Yvonne.

Il déposa des bises sonores sur leurs joues. Elles les lui rendirent joyeusement.

– Tu dormais si profondément quand nous sommes rentrées que je n'ai pas voulu te réveiller, dit Sylviane Dommartin. Mais tu tombes bien, nous allons passer à table.

– Et cette fois-ci, j'espère que tu feras honneur au repas, dit la tante Yvonne. Une bonne choucroute, ça ne se refuse pas.

– Ça tombe bien, je suis affamé, je dévorerais un éléphant, dit Neo.

Mais après la première bouchée, il dut se forcer à avaler. Son appétit l'avait à nouveau quitté. Au prix d'un gros effort, il réussit néanmoins, à finir son assiette. Et il repoussa une fois encore le dessert, cette fois-ci au prétexte qu'il n'aimait pas le bavarois.

Alors qu'ils prenaient le café dans le salon, on sonna à la porte. C'était le docteur Grimaldi.

– Vous, Gabriel ? s'étonna Sylviane Dommartin. Vous ne m'avez pas appelée pour me dire que vous passeriez.

– Non non, ce n'est qu'une visite amicale… comme j'avais un patient à voir dans le quartier… je me suis dit, allons dire bonjour aux Dommartin.

– Vous avez bien fait. Vous allez prendre une tasse de café avec nous. Laissez-moi vous présenter Yvonne, ma sœur.

– Enchanté, dit Grimaldi en serrant gauchement la main de la tante Yvonne.

– Le docteur Grimaldi est notre médecin de famille, dit Sylviane Dommartin à sa sœur.

– Un médecin ! ? Mais je me sens tout à fait bien ! s'amusa la tante Yvonne. C'est malheureusement ce que disait mon pauvre Richard juste avant de nous quitter.

Le docteur Grimaldi rit de bon cœur. Il se tourna vers Neo et lui fit un discret clin d'œil.

– Je suis sûre que vous ne refuserez pas une part de bavarois avec votre café, lui dit Sylviane Dommartin.

– Ma foi… dit avec des yeux gourmands le docteur Grimaldi. Tant pis pour mon cholestérol.

Ils parlèrent de choses et d'autres, riant souvent aux remarques faussement naïves de la tante Yvonne. Enfin, le docteur Grimaldi se leva, saisit sa serviette de cuir et dit à Neo :

– Tant que je suis là, je vais en profiter pour t'examiner Neo. Allons dans ta chambre.

Quand ils furent seuls, Grimaldi dit à Neo :

– Mais au fait, n'avais-tu pas une entorse ? Comment as-tu pu faire du roller avec une entorse ?

– C'est fini, Docteur, je ne sens plus rien. J'ai gardé le bandage par précaution. C'était sûrement une entorse de rien du tout.

Le docteur Grimaldi le dévisagea d'un air incrédule.

– Une entorse qui disparaît en quelques jours ! ? Je demande à voir.

Il dénoua le bandage et palpa la cheville de Neo. Il eut une exclamation étouffée.

– Ta cheville est enflée, Neo, dit-il d'une voix sourde. L'inflammation prouve que l'entorse n'a pas disparu. Et tu me dis que tu n'as pas mal ?

– Je vous assure que je ne ressens plus aucune douleur, Docteur.

Grimaldi rebanda la jambe de Neo et se redressa. La perplexité se lisait sur son visage. Il examina les yeux et la langue de Neo puis lui tâta le cou, les aisselles et l'aine. Il sortit ensuite un stéthoscope de sa serviette et ausculta longuement l'adolescent, sur la poitrine et dans le dos. Quand il eut fini, il eut un soupir pensif.

– Je ne peux que te confirmer ma prescription au téléphone. Repos jusqu'à mercredi. Après… on verra. Je dirai à ta mère qu'étant donné ce que tu as vécu ces derniers temps, j'ai préféré par précaution te mettre quelques jours au repos. Je t'emmènerai moi-même au laboratoire, demain, pour ta prise de sang.

Il rangea son stéthoscope et fixa Neo qui restait silencieux.

– Ne t'en fais pas. Je n'ai fait que constater un état de fatigue généralisée, tu as une tension particulièrement basse mais on ne peut en tirer aucune conclusion pour le moment. Pour ta cheville, prends trois fois cinq cents milligrammes d'aspirine par jour et, jusqu'à nouvel ordre, ne te déplace à l'extérieur de la maison qu'avec tes béquilles. Tu as bien compris ?

Neo hocha la tête, le regard perdu dans le vague.

– Et les troubles de la vision, vous en pensez quoi, Docteur ?

– Pour l'heure, je n'en pense rien, marmonna Grimaldi, l'air pensif.

Après le départ du médecin, Neo s'allongea pour tomber aussitôt dans le sommeil. Ce fut Fred qui le réveilla.

– Tu hibernes ou quoi ! ? lui demanda son ami. Même un Corse ne fait pas la sieste jusqu'à dix-huit heures !

– Dix-huit heures ! ? J'ai dû être piqué par la mouche tsé-tsé ! s'exclama Neo.

Il se mit lentement sur ses pieds et s'étira. Il se sentait beaucoup moins fatigué que le matin.

– Ta mère et ta tante sont sorties faire une promenade, dit Fred. Elles m'ont dit qu'elles rentreraient pour le dîner.

Neo regarda son ami, la mine grave.

– C'est parfait. Nous serons plus tranquilles pour parler. Allons dans le salon.

Quand ils furent confortablement installés devant un diabolo menthe, Neo répéta à son ami tout ce qu'il avait révélé la veille à Soraya concernant sa contamination par le virus inconnu. Fred l'écouta avec une extrême attention, les yeux écarquillés.

– Voilà, tu sais tout, et Soraya aussi, dit Neo pour conclure.

– Pourquoi as-tu attendu tout ce temps pour m'en parler ? demanda Fred. Ne suis-je pas ton ami ?

– Grimaldi m'a fait signer un papier où je m'engageais à garder le silence sur tout ça. Mais c'était trop dur à porter seul, ou presque. Seuls mes parents étaient au courant. Et depuis que Soraya et moi… je ne pouvais plus garder le secret. Mais de toute façon, tôt ou tard, je vous en aurais parlé.

Fred posa une main amicale sur l'épaule de son ami.

– C'est quand même pas une toute petite bestiole qui va t'intimider. T'inquiète pas, Soraya et moi, on veillera pendant ton sommeil, le laser à la main.

– Je n'ai jamais douté de votre amitié, dit Neo d'une voix chargée d'émotion. Ah, s'il n'y avait que cette saloperie de virus…

– Il y a autre chose ?

Neo regardait fixement une photo sous verre posée sur le buffet du salon. Elle représentait un couple souriant et un jeune garçon rieur.

– Mon père me ment, il m'a toujours menti. Il me l'a avoué hier au visiophone. Et j'ai la conviction qu'il me cache quelque chose… quelque chose d'énorme. Et qu'il est en danger.

Il fit part à Fred de tous les soupçons qu'il avait eus à l'égard de son père depuis son dernier séjour et comment, à l'aéroport, il avait eu la preuve que Francis Dommartin ne revenait pas, comme il le prétendait, du Japon.

– Si au moins, je pouvais forcer l'accès privé de sa machine pour pénétrer dans sa partition personnelle. Il doit y avoir là des informations qui m'éclaireraient. Les mêmes sans doute que recherchait le cambrioleur surpris par ma mère. Mais il y a les capteurs biométriques, je ne vois pas comment les contourner. Eve détecterait aussitôt toute tentative d'intrusion.

– Oui, dit Fred. Un moment j'ai pensé que nous pourrions démonter le Vortex 1138 pour lire son disque dur sur une bécane sous notre contrôle, mais je me suis souvenu de ce que j'avais lu dans la presse informatique à propos de cette machine. Il n'y a pas de disque dur dans le caisson du Vortex, même pas pour les applications. Tout le soft et les donnés sont stockés sur un serveur externe qui peut être aussi bien à Triffouilly-les-Oies qu'au pôle nord, dans une salle qui ressemble à la chambre forte de la banque de France.

– Vincente ! s'exclama Neo.

– Pardon ?

– Vincente, le copain du frère de Soraya à qui nous avions amené un exemplaire du virus de ma bécane. Je suis sûr qu'il aurait une solution. Il m'avait dit de ne pas hésiter à l'appeler si j'avais un problème. Et bien j'en ai un de problème. Et un gros !

14

Vincente était un homme de parole. Il avait aussitôt accepté d'apporter son aide aux deux amis. Neo l'avait joint sur son communicant alors qu'il roulait sur sa Harley, quelque part dans la ville.

– Je rentrais chez moi et je me demandais justement ce que j'allais faire ce soir, avait-il crié dans le micro de son casque. Rappelle-moi ton adresse si tu veux que je rapplique.

Dix minutes plus tard, Neo et Fred avaient entendu le vrombissement de sa moto dans la rue. Vincente s'était affalé sur le canapé du salon et avait refusé d'écouter quoi que ce soit avant qu'on lui serve une bonne bière. Délaissant le verre posé à son attention sur la table, il avait bu une gorgée au goulot de la bouteille et avait eu un claquement de langue satisfait.

– Je vous écoute maintenant, les gars, avait-il dit, le regard rieur.

Ils lui avaient exposé leur problème. Et maintenant qu'ils avaient fini, il les fixait sans rien dire, un air étrange sur le visage.

– Tu veux vraiment forcer la partition privée de ton père ? dit-il enfin à Neo.

– Oui, répondit celui-ci sans hésiter. Je veux savoir ce qu'il nous cache, à ma mère et à moi.

Vincente hocha pensivement la tête, saisit sa bouteille de bière et se leva.

– Dans ce cas, allons voir à quoi ressemble ce fameux Vortex 1138.

Eve avait à nouveau changé de look. Elle avait les cheveux mi-longs sagement retenus par un serre-tête et portait un chemisier blanc à col rond. Elle les accueillit avec un franc sourire. Elle semblait heureuse de voir du monde, et particulièrement Neo.

– Bonjour Eve, dit Neo. Tu connais déjà Fred. Je te présente Vincente, un copain.

– Bonjour Neo, bonjour Fred, bonjour Vincente.

– 'Jour poupée, dit Vincente.

Il se mit à tourner autour de la machine, examinant les connexions des périphériques. L'œil-caméra pivota dans sa direction.

– Vous cherchez quelque chose, Vincente ?

– Je te regarde poupée, je t'admire, dit l'informaticien sans interrompre son inspection.

– Je suis très flattée, Vincente. Vous avez une question à me poser en particulier ?

– Non, je ne fais que passer, je voulais juste voir à quoi ressemblait un Vortex 1138.

– Vous ne pouvez malheureusement pas voir la partie logicielle qui est de loin la plus intéressante.

– Je n'en doute pas, poupée, je n'en doute pas.

– Si Neo vous en donne l'autorisation, vous pourrez, en tant qu'invité, utiliser mes services.

– Ce sera avec plaisir une autre fois, poupée. Mais maintenant je dois m'en aller.

Vincente se tourna vers Neo et Fred.

– Vous venez les gars ?

– Au revoir Neo, au revoir Fred, au revoir Vincente, dit Eve avec une pointe de regret.

– Au revoir Eve, répondirent-ils en chœur.

De retour dans le salon, Vincente leur dit :

– Ok, faisons le point. Écartons d'emblée l'idée même de forcer cette machine par un de ses ports de communication. Elle dispose certainement d'un pare-feu efficace et toute tentative risquerait de la mettre en alerte rouge. Qui sait si elle n'est pas connectée à un centre de surveillance ? Trop risqué. Reste donc l'entrée par les capteurs biométriques.

– Tu n'espères tout de même pas la bluffer ? s'exclama Neo.

Vincente le fixa, un sourire énigmatique sur les lèvres.

– Je reprendrais bien une bière, se contenta-t-il de dire.

Quand il eut une nouvelle bouteille dans la main, il but une gorgée avant de continuer ses explications.

– Il y a deux niveaux de sécurité sur le Vortex. Le premier niveau fait appel à l'identification de la voix et du visage. Eve enregistre et stocke dans une base de données la morphologie du visage et l'empreinte vocale de toute personne qui entre dans le bureau de ton père, Neo.

C'est ainsi qu'elle peut vous reconnaître quand elle vous voit. Elle interroge sa base de données et compare le nouvel enregistrement avec l'enregistrement archivé. Mais au-delà de l'aspect convivial, cette technologie permet de repérer les intrus. Ton père peut, à tout moment, en interrogeant le Vortex à distance, savoir qui a approché sa machine.

– Ça, je m'en suis rendu compte, dit Neo.

Vincente but une gorgée de bière puis poursuivit :

– Le deuxième niveau de sécurité concerne l'utilisation de la machine proprement dite. Eve est tenue de fournir ses services à tout invité muni du bon mot passe. Mais un invité n'a accès qu'à un espace commun ne contenant aucune information confidentielle ni le moindre fichier du système d'exploitation. En revanche, ton père, ou toute autre personne autorisée, peut accéder à toutes les partitions et toutes les fonctionnalités du Vortex. Lui seul peut par exemple modifier les paramètres de sécurité. Mais pour que s'ouvre le coffre au trésor il doit se faire identifier, soit par ses empreintes digitales, soit par la trame de son iris.

– L'un ou l'autre capteur, pas les deux ? demanda Fred.

– Non, s'il y en a deux, c'est pour des raisons de maintenance. Si un capteur tombe en panne, l'autre maintient un accès sécurisé à la machine.

– D'accord, dit Neo, mais lequel des deux capteurs pourrais-tu arriver à tromper ?

– Laissons tomber la mesure de l'iris, répondit Vincente. Il me faudrait une diapositive représentant le visage de ton père, en gros plan, de face et bien éclairé, afin que je puisse zoomer sur un œil et récupérer une image de l'iris. Trop compliqué. Mais pour les empreintes… un objet que ton père, et lui seul, aurait manipulé me conviendrait.

Neo se concentra un moment puis proposa :

– Sa brosse à dents ?

Vincente fit une grimace.

– Trop petit et trop manipulé, les empreintes risquent d'être incomplètes et brouillées.

Neo réfléchit à nouveau puis s'exclama :

– Dans la chambre à coucher ! Dans le tiroir de sa table de chevet, il y a sûrement un objet qui ferait l'affaire !

– Bien vu, dit Vincente.

Neo allait se précipiter quand la main de Vincente se referma sur son poignet.

– Mets des gants si tu ne veux pas mêler tes empreintes aux siennes.

Le tiroir de la table de chevet de Francis Dommartin ne contenait que deux objets : un réveil de voyage et un livre de poche dont le titre, L'Homme de Nulle Part, fit frissonner Neo. De ses mains gantées de latex, il saisit précautionneusement les objets et les emporta dans le salon.

– Impec, dit Vincente en enfilant ses gants de motard.

Il regarda minutieusement les deux objets en les inclinant sous divers angles.

– Je crois que le livre fera l'affaire, dit-il avec un

grognement de satisfaction. Bien maintenant, il me faudrait une poudre fine.

– De la farine, peut-être ? dit Fred.

– Trop épais, dit Vincente. Non, je penserais plutôt à… Neo, peux-tu s'il te plaît m'apporter le poudrier de ta mère ?

– Le poudrier ! ?

– Oui, avec son pinceau… et aussi du papier adhésif et une paire de ciseaux. Et passe-moi tes gants. Avec les miens, je me sens aussi habile qu'un éléphant jouant du violon.

Neo pensa à la tête que ferait sa mère si elle le surprenait avec ses produits de beauté dans les mains, mais il alla de bonne grâce chercher ce que lui demandait Vincente. Celui-ci enfila les gants de ménage de Neo puis appliqua, à l'aide du pinceau, la poudre brune sur les empreintes. Puis il tapota très légèrement le livre et le posa avec précaution sur la table.

– Interdiction d'éternuer, dit-il.

Il découpa ensuite un morceau de papier adhésif qu'il colla sur la couverture du livre et décolla presque aussitôt.

– Et voilà le travail, dit-il en montrant le résultat à Neo et Fred.

Ceux-ci ne purent retenir un cri d'admiration. Car sur le morceau d'adhésif se détachaient une série d'empreintes parfaitement nettes.

– Et j'ai là un index tout à fait utilisable, dit Vincente, en leur désignant une empreinte au centre de la couverture.

– Où as-tu appris ça ? s'enthousiasma Fred.

– Tu ne regardes jamais les séries policières à la télévision ?

– Et tu penses que ça va suffire pour bluffer la machine ? demanda Neo.

– Pas tout à fait, il manque encore une petite opération qui va nécessiter que je vous fausse compagnie deux ou trois heures. Aurais-tu une pochette plastique où je pourrais mettre cette œuvre d'art, Neo ? Ah, j'allais oublier, il me faut aussi un échantillon de la voix de ton père.

– J'ai ça dans mon communicant, dit Neo. J'ai sauvegardé son dernier appel visiophonique.

– Ok, transfère m'en dix secondes, dit Vincente en sortant son propre communicant.

Neo sélectionna un extrait pas trop intime et le transmit sur la machine de Vincente par le port infrarouge.

– Parfait, dit Vincente d'un ton satisfait. Eh bien, il ne vous reste plus qu'à attendre mon retour.

Sylviane Dommartin et sa sœur arrivèrent juste après le départ de Vincente. Neo avait heureusement pensé à remettre à leur place le poudrier et son pinceau.

– Qui était ce séduisant motard que nous avons vu quitter la maison ? demanda la tante Yvonne.

– C'est un ami informaticien, répondit Neo. Il nous aide sur un projet. Il doit d'ailleurs revenir dans deux heures.

– Il avait une allure très intéressante. C'est un rocker n'est-ce pas ? Ça me rappelle ma jeunesse ! dit-elle d'un ton nostalgique. Il en existe donc encore ?

– C'est une espèce en voie de disparition, admit Neo en riant. Mais quelques spécimens sont encore en vie.

– Vous allez encore travailler ? demanda Sylviane Dommartin à Fred d'un ton désapprobateur. Tu sais que le docteur Grimaldi a mis Neo au repos pour une semaine. Tu devrais le raisonner.

– Ne vous en faites pas Madame. Nous ne travaillerons pas tard. Mais nous avons une recherche urgente à faire.

– Bon, soupira Sylviane Dommartin. En attendant, allez vous asseoir dans le salon pendant qu'Yvonne et moi préparons le repas. Allez ouste, je ne veux plus vous voir.

Environ une heure après la fin du repas, alors qu'ils regardaient tous ensemble une émission de variétés à la télévision, un vrombissement caractéristique annonça le retour de Vincente,

– Je vais lui ouvrir, dit Fred en sautant sur ses pieds, heureux de se dégourdir les jambes.

Sylviane Dommartin regarda avec un peu de méfiance l'énergumène portant santiags et blouson de cuir clouté qui entrait dans la pièce. La tante Yvonne au contraire semblait tout excitée de rencontrer un rocker. Neo fit les présentations.

– Mesdames, dit Vincente en s'inclinant.

Sylviane Dommartin le salua froidement tandis que la tante Yvonne, tout sourire, lui serrait chaleureusement la main.

– Appelez-moi Yvonne, lui dit-elle, les yeux brillants. Oserais-je vous poser une question, Vincente ?

– Osez, Yvonne, osez, répondit Vincente d'un ton gentiment moqueur.

– Comment faites-vous pour obtenir cette coiffure si originale ? demanda-t-elle en levant les yeux sur son étonnante banane. Utilisez-vous un fer à friser ?

Loin de s'offusquer de cette question, Vincente se lança dans une longue explication sur le traitement auquel étaient soumis ses cheveux pour acquérir la forme souhaitée. La tante Yvonne était aux anges. Elle enchaîna sur l'âge d'or du rock'n roll, les années soixante. Vincente devint intarissable, il parla de l'influence immense et incontestable d'Elvis Presley sur des groupes comme les Beatles ou les Rolling Stones. La tante Yvonne approuva vigoureusement, mais insinua qu'Elvis Presley avait été lui-même influencé par Bill Haley et Fats Domino. Ce à quoi Vincente rétorqua énergiquement que personne n'avait influencé le King, car le King était à l'origine de toute chose dans le rock.

Neo se dit que s'il n'interrompait pas leur conversation, ces deux-là en auraient pour toute la nuit. Il eut une toux gênée et dit :

– Excusez-moi, tante Yvonne et Vincente, mais nous avons du travail qui nous attend.

– Mais comment donc, mais bien sûr ! s'exclama la

tante Yvonne. J'espère que nous aurons l'occasion de poursuivre une autre fois notre passionnante conversation, Vincente.

– Je l'espère aussi, Yvonne, dit Vincente en baisant la main de la tante Yvonne.

– Quel gentleman ! dit la tante Yvonne d'un ton comblé. Vous devriez en prendre de la graine les garçons.

Dans la chambre de Neo, Vincente prit dans la mallette qu'il avait apportée avec lui une petite boîte en carton. Il l'ouvrit et, sous les yeux ébahis des adolescents, en sortit… un doigt.

– Rassurez-vous, c'est très ressemblant mais c'est un faux.

– Comment as-tu fait ? balbutia Neo.

– Très simple. Je suis allé rendre visite à un vieil ami qui travaille dans les effets spéciaux pour le cinéma. Il ne peut rien me refuser. Il a d'abord scanné mon index en 3D puis l'empreinte de ton père à plat. Il n'a eu ensuite qu'à apposer l'empreinte sur le doigt et à matérialiser le tout avec une imprimante 3D. Et me voici avec un doigt en silicone qu'Eve va, je l'espère, confondre avec l'index de ton père, Neo.

– Fantastique ! s'exclama Fred.

– Je suis aussi passé chez moi prendre du matos pour transformer en temps réel ma voix en celle de ton père, dit Vincente en désignant de la tête la mallette. Ainsi je pourrai communiquer avec Eve et lui transmettre mes ordres.

– Le même procédé qu'a utilisé Emmanuel pour tromper Soraya, murmura Neo, songeur.

– J'ai en effet lu ça dans le journal, Neo. Mais tu sais, il est encore temps de renoncer.

Neo secoua la tête.

– Pas question, je veux savoir. Mais il y a une chose à laquelle nous n'avons pas pensé.

– Laquelle ? demanda Vincente.

– Lorsque nous poserons ce doigt sur le capteur, Eve n'aura pas mon père dans son champ de vision. Elle déduira donc facilement que ce doigt est un faux.

– Tu prêtes trop d'intelligence à Eve, Neo. Et de plus, tu oublies une chose.

– Quoi ?

– Une caméra… ça peut tomber en panne.

Quand Fred et Neo pénétrèrent dans le bureau de Francis Dommartin, Eve les accueillit comme à son habitude, fraîche et souriante.

– Mon père vient d'arriver et va venir te voir, Eve, lui annonça Neo tandis que Fred sortait discrètement de son champ de vision.

– Je serai heureuse de voir Francis, dit Eve, dont l'œil-caméra restait braqué sur Neo.

– Mon père sera aussi sûrement très heureux de te revoir Eve.

– Je n'ai pas reçu sa visite depuis… Un instant Neo. Mon capteur d'images ne fonctionne plus. Je vérifie les circuits vidéo.

Fred émergea de sous la table, un sourire espiègle sur les lèvres.

– J'ai vérifié tous les circuits et n'ai détecté aucune anomalie, dit Eve. Neo, pourriez-vous s'il vous plaît vous assurer que la prise reliant mon capteur d'images à l'unité centrale n'a pas été débranchée par inadvertance.

Neo se glissa sous la table, attendit quelques secondes et cria :

– Je ne vois rien d'anormal, Eve. Tout semble correctement branché.

– Dans ce cas, j'envoie immédiatement un courriel au service de maintenance afin qu'un technicien puisse intervenir dès demain.

– Tu fais bien, Eve. Mais il te reste tes capteurs vocaux. Tu pourras communiquer avec mon père quand il sera là, n'est-ce pas ?

– Bien sûr Neo, tout comme je communique en ce moment avec vous. Je suis simplement momentanément aveugle.

Tout en continuant sa discussion avec Eve, Neo fit un signe à Fred. Celui-ci sortit silencieusement de la pièce et revint en poussant devant lui le plateau roulant du salon sur lequel était disposé un ordinateur portable relié à deux haut-parleurs. Et soudain, la voix de Francis Dommartin se fit entendre.

– Bonjour Eve.

L'interface sur l'écran eut un sourire radieux.

– Bonjour Francis. Heureuse de vous entendre, à défaut de vous voir.

– Un problème ? demanda la voix de Francis Dommartin.

Neo sourit en pensant à Vincente, debout dans la pièce voisine, parlant dans son micro connecté à l'ordinateur portable par liaison Wi-Fi et collant son oreille au mur pour entendre ce que disait Eve en retour.

– Mon capteur d'images est en panne, Francis, dit Eve en réponse à la question du supposé père de Neo.

– C'est embêtant Eve, mais je suis sûr que tu as fait le nécessaire pour que cela ne dure pas, dit la voix de Francis Dommartin.

– Je viens de recevoir la réponse du service technique. Un technicien passera demain matin.

– C'est parfait. Mais je dois accéder immédiatement à ma partition privée, cela te pose-t-il un problème ?

– Nullement Francis. Veuillez simplement vous faire identifier par l'un des capteurs biométriques.

Neo sortit le doigt en silicone de sa poche et le posa sur le capteur.

– Accès autorisé, dit peu après Eve avec un large sourire.

Son image s'estompa et, sur l'écran, apparut la liste des répertoires personnels de Francis Dommartin. Touchant l'écran de l'index en silicone, Neo explora le premier. Il ne contenait que des factures électroniques d'électricité et de visiophone. Le deuxième renfermait des avis d'imposition. Neo ne comprit rien au contenu du troisième. C'était une longue liste de fichiers multimédia aux noms mystérieux : *NV287.0S, NV287.1S, RV325.0S, RV336.0S, SV258.1S...* Il ouvrit le premier fichier. C'était une sorte de fiche technique constituée de photos de micro-organismes, de schémas, de diagrammes et de texte. Sûrement en rapport avec son boulot dans le pétrole, se dit Neo. Il lut machinalement la légende d'un des schémas et il se figea. Car cette légende contenait un mot terrible.

Il était écrit : Morphologie du virus NV287.0S.

15

Neo ferma les yeux, essayant de contenir la terreur panique qui le gagnait. Il tenta désespérément de se raisonner. Reprends-toi, s'intima-t-il. Ça n'a rien à voir avec toi. Il doit y avoir des virus fossilisés dans les gisements de pétrole. N'oublie pas que ton père est ingénieur dans l'industrie pétrolière. Mais la faille du doute grandissait en lui, elle ouvrait un gouffre qui allait l'engloutir. Alors il se força à ouvrir les yeux. Fred s'était rapproché et comme lui, il lut l'inconcevable :

- *Nom code : NV287.0S*
- *Type : rétrovirus nu*
- *Durée de vie en milieu extérieur : 3 à 5 jours*
- *Températures limites : 2 °C – 45 °C*
- *Vecteurs de contamination : eau, air, aliments*
- *Localisations des concentrations dans l'organisme : selles, salive, microgouttelettes respiratoires*
- *Durée incubation : 4 jours à 1 semaine*
- *Contagiosité : 9/10*

- *Virulence : létal chez 95 % des individus infectés*
- *Vaccin : disponible*
- *Traitement antiviral : non disponible*
- *Méthodes optimales de dissémination :*
  - *pulvérisation en aérosol à une altitude n'excédant pas 50 m.*
  - *dispersion dans les réservoirs d'eau potable*

– Je vais devenir fou, murmura Neo en se prenant la tête dans les mains.

Fred ne disait rien, suffoqué par ce qu'il lisait. Vincente était entré dans la pièce et avait lui aussi les yeux braqués sur l'écran. Neo ouvrit frénétiquement une dizaine d'autres fichiers. Chacun d'entre eux contenait la fiche technique d'un virus biologique, dont les effets sur l'homme, en l'absence de traitement spécifique, étaient mortels.

– Affiche les pages suivantes, lui dit Vincente d'un ton calme.

Sous le titre *Séquence génétique*, plusieurs pages d'un texte incompréhensible suivaient les fiches techniques proprement dites. Vincente siffla entre ses dents.

– Chacun de ces fichiers contient la description du patrimoine génétique complet d'un virus, dit-il d'une voix sourde. Tous les ingrédients pour réussir sa recette.

– Qu'est-ce que tu veux dire ? demanda Neo d'une voix blanche.

– J'ai fait un peu de biologie dans le temps. Et je peux te dire qu'un bon virologue dans un labo bien équipé peut reconstituer ces virus en recombinant les bases chimiques qui sont indiquées ici. C'est du code, comme en informatique.

– Mais… dans quel but ?

Neo redoutait plus que tout la réponse du rocher. Car, au fond de lui, il se doutait de ce qu'il allait dire.

– Ce sont des armes Neo, des armes biologiques, synthétisées en laboratoire.

Un silence de mort s'abattit dans la pièce. Ce fut Neo qui le rompit. Il était affalé sur la table, le corps secoué de sanglots. Vincente posa une main sur son épaule.

– Je n'ai pas tout compris au film mais… si tu veux qu'on en parle…

Neo secoua négativement la tête. Il avait déjà par deux fois enfreint son engagement de ne rien révéler. Il devait se taire.

– Comme tu voudras, dit Vincente. Mais si un jour tu changeais d'avis, n'hésite pas. Moi aussi, j'ai eu un père qui m'a… déçu. See you soon, Neo. Tchao Fred. Me raccompagnez pas, je connais le chemin.

– Bye Vincente, dit Fred.

Neo se redressa et, au moment où Vincente tournait les talons, dit :

– Merci pour tout Vincente.

– Y'a pas de quoi, mon gars, répondit-il sans se retourner.

Quand le bruit du chopper du rocker se fut noyé dans la nuit, Fred demanda à Neo :

– Qu'est-ce que tu comptes faire ?

Neo tourna vers son ami un regard vide.

– Je ne sais pas. Dormir peut-être, dit-il d'une voix éteinte.

Fred hocha pensivement la tête.

– C'est sans doute ce que tu as de mieux à faire, pour le moment. Il faut que tu aies les idées claires, dors une journée entière s'il le faut. Après, si tu le veux, nous pourrons…

– Le rêve ! s'exclama Neo.

– Quel rêve ?

– J'ai fait récemment un rêve, ou plutôt un cauchemar, où je voyais mon père, masqué, au milieu d'un tas de squelettes humains, des milliers de squelettes !

– Ce n'était qu'un rêve, Neo.

– Un rêve divinatoire.

– Bullshit, dit Fred d'un ton réprobateur. Un rêve, quel qu'il soit, ne donne pas d'informations sur quelque chose dont on ne sait rien. Mais comme ces temps-ci tu n'es pas bien, tu fais des cauchemars où apparaissent tes proches. C'est tout à fait normal.

Neo médita un moment les paroles de son ami mais il n'était pas convaincu.

– Fred ?

– Oui, Neo.

– Tu crois que mon père m'a contaminé ?

– Comment peux-tu imaginer ça ! ? s'indigna Fred.

– Accidentellement. Pas intentionnellement.

– Non Neo, dit énergiquement Fred qui ne voulait à aucun prix que son ami sombre dans le désespoir. C'est une coïncidence s'il y a ces fiches de virus dans sa machine. Je suis sûr que quand il te donnera des explications, tu te traiteras d'imbécile pour avoir pensé pareille chose.

Neo eut un soupir las.

– La nuit porte conseil. Allons nous coucher. Eve, ferme-moi tout ça, s'il te plaît.

L'interface réapparut sur l'écran. Elle avait un air étrange.

– Francis n'est plus là ? demanda-t-elle.

– Non, mais il m'a autorisé à explorer sa partition privée.

– Bien, dans ce cas, je vous souhaite une bonne nuit, dit-elle avec un sourire énigmatique.

Et elle disparut avant qu'ils aient pu lui dire au revoir.

– Elle sait qu'elle s'est fait rouler, dit Fred.

– C'est le dernier de mes soucis, murmura Neo.

Il raccompagna son ami jusqu'à la porte.

– Courage Neo. Je viendrai te voir après le lycée demain, dit Fred.

– Si tu veux, répondit distraitement Neo.

Il se sentait épuisé. Pourtant, quand il s'allongea, le sommeil mit bien longtemps à venir. Il ne pouvait chasser de son esprit la nouvelle image qu'il avait de son père, celle d'un trafiquant d'armes biologiques, ou pire, celle d'un terroriste, à la solde de puissances occultes.

Il se réveilla vers cinq heures du matin, fiévreux et agité de frissons. Il prit un cachet d'aspirine et un somnifère, car il voulait dormir à tout prix, pour ne pas penser. Malheureusement, il eut le temps de ruminer bien des idées noires, le somnifère ne commençant à faire son effet que longtemps après qu'il l'ait avalé. Et quand il se réveilla à nouveau, le corps en feu, il n'était que huit heures. Alors, il se leva péniblement et, les jambes flageolantes, voulut se rendre dans la salle de bain. Mais il ne parvint pas jusque-là. Sa mère avait une bien étrange expression quand il la vit dans le couloir. Elle prononçait des mots qu'il ne comprenait pas mais qui résonnaient douloureusement dans sa tête. Il eut tout juste le temps d'esquisser un faible sourire avant de s'écrouler sur le parquet.

– Il revient à lui, dit une voix.

– Bien, enlevez-lui l'oxygène, dit une autre. Et mettez-le sous perfusion, sérum glucosé plus paracétamol.

– Neo, tu m'entends ? Si tu m'entends, ouvre les yeux, dit une troisième voix qui, du fond de son puits, lui semblait familière, sans qu'il puisse y associer un visage.

Il cligna plusieurs fois des yeux, ébloui par une lumière blanche. Puis il parvint à fixer la forme floue penchée sur lui. Il distingua un visage mangé par une barbe. C'est mon bon docteur Grimaldi, se dit-il. Sa vision accommodant rapidement, il sut bientôt qu'il ne s'était pas trompé.

– Tu es en salle de réanimation à l'hôpital Mendelbrot, Neo. Tu t'es évanoui chez toi et tu as été amené ici par le SAMU. Ta mère m'a aussitôt prévenu. Neo voulut parler mais le masque à oxygène qui lui recouvrait le nez et la bouche l'en empêchait. Une infirmière vint le lui ôter, puis posa un cathéter à la saignée de son coude gauche. Elle suspendit ensuite au-dessus de sa tête une poche de sérum qu'elle relia par un tuyau au cathéter.

– C'est pour stabiliser ta tension et faire baisser la fièvre, dit le docteur Grimaldi. Tu vas te sentir mieux.

– Où est ma mère ? demanda Neo.

– Ta mère et ta tante sont dans la salle d'attente. Elles n'ont pas le droit d'entrer ici. J'irai les chercher quand tu seras installé dans une chambre.

Neo regarda gravement Grimaldi.

– Qu'est-ce que j'ai, Docteur ?

– Je n'en sais rien Neo. Tu fais de l'hypoglycémie, tu as de la fièvre et ta tension est très basse. Mais ce ne sont que des symptômes. Je t'ai fait prélever un peu de sang pour le faire analyser.

– Vous pensez que…

– Je ne pense rien Neo. J'ai demandé une analyse prioritaire. Nous aurons les résultats cet après-midi. En attendant, tu vas te reposer.

L'infirmière revint prendre la tension de Neo.

– Onze, dit-elle au chef de service qui l'interrogeait du regard.

– Ok, vous pouvez l'emmener en chambre 107.

À peine Neo avait-il été installé dans sa chambre que Sylviane Dommartin et la tante Yvonne, averties par Grimaldi, y faisaient irruption.

– Neo, oh mon chéri, dit Sylviane Dommartin les larmes aux yeux.

La tante Yvonne, d'habitude si gaie, était étrangement silencieuse. Mais ses yeux et son sourire exprimaient une grande compassion.

– Je viens d'appeler ton père, dit Sylviane Dommartin. Cette fois-ci, il n'a pas hésité. Il m'a dit qu'il prendrait le premier avion pour être ici demain matin au plus tard.

Neo ne réagit pas mais il n'en pensait pas moins. Demain, tu me diras qui tu es, Francis. Et tu ne pourras pas te dérober.

– Faut-il que je prévienne Soraya ?

– Non M'man, surtout pas. Elle est en week-end avec ses parents. Je l'appellerai ce soir, à son retour. M'as-tu amené mon communicant ?

– Oui, il est là-dedans avec des vêtements de rechange et ta trousse de toilette, dit Sylviane Dommartin en désignant de la main un petit sac de voyage au pied du lit. Et Fred ? Dois-je l'appeler ?

– Je le ferai aussi ce soir, M'man. J'ai besoin d'être seul, dit Neo d'un ton las.

Le docteur Grimaldi entra dans la chambre.

– J'ai parlé au médecin chef. Il veut te garder en observation au moins vingt-quatre heures. Je viendrai te voir cet après-midi dès que j'aurai les résultats de l'analyse, Neo.

Et se tournant vers Sylviane Dommartin et sa sœur :

– Maintenant, il faut le laisser se reposer.

Quand Neo se retrouva seul, il poussa un soupir de soulagement. Toute cette sollicitude finissait par l'étouffer. Il tourna la tête vers la fenêtre et contempla les branches d'un platane, agitées par le vent, qui se découpaient sur un ciel uniformément bleu. Cela le fit penser à un poème de Verlaine qu'il avait étudié en cours de français. Il commençait ainsi : *Le ciel est par-dessus le toit, Si bleu, si calme ! Un arbre, par-dessus le toit, Berce sa palme*. Verlaine avait écrit ce poème en prison. Par la pensée, il s'était évadé de sa geôle. Neo ressentait soudain ce qu'avait dû ressentir le poète. Une grande paix l'envahit. La simple contemplation de cet arbre faisait s'effondrer tous les murs, ceux de cet hôpital comme ceux de sa prison mentale. Il s'endormit peu après, d'un sommeil paisible.

L'infirmière de garde le réveilla à l'heure du déjeuner. Elle posa un plateau-repas sur une table roulante.

– Comment vous sentez-vous ?

– Mieux, parfait, répondit-il.

Il disait la vérité. Il se sentait délicieusement engourdi.

Elle prit sa tension et sa température et dit d'un ton satisfait :

– Treize-cinq et trente-sept sept. C'est beaucoup mieux. Voulez-vous que je vous aide à manger ?

– Non merci, ça va aller.

– Et bien, bon appétit.

Et elle s'en alla sans plus attendre. D'autres malades attendaient ses soins. Neo n'avait pas très faim mais, une bouchée poussant l'autre, il parvint à manger la moitié de son steak haché et presque toute sa purée de pommes de terre. Et il avala goulûment sa compote de pêches. Il venait juste de finir son repas quand le docteur Grimaldi fit son apparition. Neo vit aussitôt que quelque chose n'allait pas. Il avait le visage fermé et le regard fuyant. Il s'assit dans l'unique fauteuil de la chambre et, se tournant vers Neo, grimaça un sourire.

– Je vois que tu as mangé. Tu as repris des couleurs. L'infirmière m'a dit que tes indicateurs vitaux étaient bons.

Neo voyait bien que Grimaldi ne savait pas comment en venir au contenu de l'enveloppe qui dépassait de la poche de sa veste. Alors, il vint à son secours.

– Comment sont les résultats, Docteur Grimaldi ?

Le désarroi se lisait sur le visage du bon docteur. Neo le regarda droit dans les yeux.

– Je veux que vous me disiez la vérité, Docteur. Je ne veux plus qu'on me mente.

Grimaldi acquiesça de la tête.

– D'accord Neo. Les résultats ne sont pas bons. Ta charge virale a augmenté.

Le sang reflua du visage de Neo.

– De beaucoup ?

– Oui, elle a pratiquement doublé.

– Et les lymphocytes ?

– Le taux a baissé, pas trop.

– Ce qui veut dire ?

– Ça veut dire que le virus est en train de gagner du

terrain et que ton organisme s'épuise à combattre un ennemi de plus en plus fort.

– Qu'est-ce que vous comptez faire ?

– Dans l'immédiat, nous allons stimuler tes défenses immunitaires pour qu'elles puissent tenir tête à cet envahisseur. Mais ça signifie que tu vas devoir suivre un traitement lourd, que ton corps ne va peut-être pas bien tolérer. De plus…

Le docteur Grimaldi hésitait.

– De plus ? reprit Neo avec impatience.

– Nous ne savons pas dans quelle mesure ce traitement sera efficace et s'il l'est, combien de temps il le sera. Car ce dont nous sommes malheureusement sûrs c'est qu'il ne parviendra pas à éradiquer complètement ce virus. Dans nos tests en laboratoire, il a montré des capacités de résistance et d'adaptation stupéfiantes. En fait… nous n'avons pas encore compris son mode de fonctionnement. Nous savons qu'il a une action anesthésiante sur les terminaisons nerveuses. C'est la raison pour laquelle ton entorse ne te faisait plus souffrir. Il peut aussi affecter le nerf optique, d'où tes troubles de la vision.

Neo leva les yeux au plafond.

– C'est bien réjouissant tout ça.

– Mais il ne faut pas pour autant perdre espoir, dit vivement Grimaldi. Ce qui compte avant toute chose c'est de gagner du temps. Nos instituts de recherche décortiquent ce virus dans tous les sens. Ils vont bien arriver à trouver quelque chose. Dis-toi que plus les jours passent, et plus nous nous rapprochons du moment où on saura débarrasser définitivement ton corps de cet intrus.

– Et plus je me rapproche de la mort, murmura Neo avec amertume.

– Que dis-tu ? Ah non, il ne faut pas te laisser aller au désespoir ! s'emporta Grimaldi. Il faut lutter Neo ! Un malade optimiste a beaucoup plus de chances de guérir qu'un pessimiste.

Il se leva et dit :

– On va encore faire quelques analyses complémentaires et tu pourras démarrer ton traitement dès lundi. Tu subiras deux perfusions par semaine pendant un mois, pour commencer. Ce sera dans le même institut où tu te fais prélever du sang.

– Quand vais-je rentrer chez moi ?

– Si tu passes une bonne nuit, tu pourras, avec l'accord du médecin chef, sortir demain, en fin de matinée. Tu as eu une crise passagère, on a traité les symptômes, il n'y a aucune raison que tu t'éternises ici. Mais je veux être honnête avec toi. Il y aura d'autres crises de ce type, de plus en plus rapprochées. Il te faudra être vigilant et, à la moindre alerte, me prévenir. Tu as bien compris ?

Neo hocha la tête, morose.

– Repose-toi bien, Neo, dit Grimaldi en ouvrant la porte. À demain.

Neo ne répondit pas. Il se tourna vers les branches dansantes du platane, derrière la vitre.

Le soir venu, l'infirmière vint enlever la perfusion du bras de Neo. Il pensa alors à appeler Soraya.

– Puis-je utiliser mon communicant ? demanda-t-il.

– Seulement dans la salle des visites ou au self-service. Ailleurs, ça peut perturber le fonctionnement des appareils de l'hôpital.

Elle l'autorisa à se lever.

– Pas plus d'un quart d'heure, dit-elle.

Il ouvrit son sac de voyage et en sortit son communicant et sa robe de chambre qu'il mit avec des gestes lents. Sur des jambes hésitantes, il marcha jusqu'à l'ascenseur au bout du couloir qu'il prit jusqu'au rez-de-chaussée. Au self, il se servit un chocolat chaud qu'il paya en dirigeant le port infrarouge de son communicant vers la caisse tout en appuyant sur une touche dédiée aux paiements électroniques. Il s'assit à une table isolée et but une gorgée de son chocolat. Il y avait un message de Soraya et un de Fred sur son communicant. Soraya lui disait qu'elle était rentrée chez elle, que le week-end avait été bien long sans lui et qu'elle attendait son appel. Fred lui demandait comment il allait depuis hier et s'il voulait faire une partie de *Deep Space Warriors* ce soir, ça lui changerait les idées. Neo était sur le point d'appeler Soraya quand il se ravisa. S'il contactait ses amis, ils seraient là en moins d'une demi-heure. Il ne pourrait rien faire pour les en empêcher. Et malgré tout l'amour qu'il avait pour Soraya, toute l'amitié qu'il avait pour Fred, ce soir, il voulait être seul. Il devait faire le vide, se préparer à la confrontation avec son père. C'était un peu comme une épreuve initiatique dans une tribu primitive. Le jeune guerrier est abandonné à son sort toute une nuit et, à l'aube, il est devenu un homme. Alors Neo appela sa mère et lui dit qu'il ne voulait pas de visite ce soir. Il souhaitait se reposer. Il demanda aussi à Sylviane Dommartin de ne pas révéler à Fred et Soraya, s'ils appelaient, ce qu'ils ne manqueraient certainement pas de faire, qu'il était à l'hôpital. Dis-leur simplement que je dors à poings fermés, suggéra-t-il à sa mère. Puis il lui souhaita une bonne soirée ainsi qu'à sa tante et raccrocha. Il regagna peu après sa chambre, prenant soin d'éteindre son communicant. Il s'obligea à manger près de la moitié du plateau-repas que lui apporta une aide-soignante. Peu après, l'infirmière de nuit vint prendre sa température et sa tension.

– C'est correct, dit-elle. La température est un peu montée, mais c'est normal le soir. Voulez-vous un somnifère pour dormir ?

– Non merci, pas de drogue, répondit-il.

Elle se dirigea vers la fenêtre pour fermer les rideaux.

– Non, laissez-les ouverts s'il vous plaît.

– Bien, dit-elle avec un sourire.

Elle lui souhaita une bonne nuit et, après avoir éteint la lumière, le laissa seul. Neo s'absorba dans la contemplation du platane. Quand il ne put plus distinguer sa silhouette du ciel devenu indigo, il ferma les yeux et s'endormit aussitôt.

Son sommeil devait être bien léger car ce fut un frémissement qui le réveilla. Il ouvrit les yeux. Quelqu'un était dans la pièce. Il percevait distinctement sa respiration. Ses yeux s'accoutumant à l'obscurité, il finit par distinguer une ombre. Il ne ressentait aucune peur, comme s'il regardait la scène depuis l'extérieur, perché sur une branche du platane. Dans un frôlement, l'ombre se rapprocha de son lit.

– Qui est là ? demanda Neo.

– C'est moi, Francis, ton père, murmura une voix.

16

– Pardonne-moi de te réveiller, mais je n'avais pas le choix, poursuivit la voix.

Neo se figea. Comment était-ce possible ? Son père, en plein milieu de la nuit ? Il leva la main pour saisir le cordon de l'éclairage au-dessus de son lit.

– Non, n'allume pas ! ordonna la voix.

Neo retint son geste. Il saisit sa montre sur la table de chevet. Les aiguilles luminescentes indiquaient quatre heures. L'ombre approcha sans bruit le fauteuil du lit et s'y assit.

– Comment es-tu entré ? demanda Neo. Les visites sont interdites à cette heure.

– Il n'est pas très difficile de s'introduire dans un hôpital, Neo. Surtout la nuit, quand sommeille l'infirmière de garde.

– C'est vrai que, dans ta profession, on a dû t'apprendre à t'introduire partout, en toutes circonstances, dit Neo d'un ton amer.

Il ne pouvait voir les yeux de son père mais il devinait son regard fiévreux, fixé sur lui.

– Nous avons beaucoup de choses à nous dire, dit Francis Dommartin d'une voix triste.

– Crois-tu ? dit Neo, toujours sur le même ton. J'ai appris de drôles de choses sur toi, Francis. J'ai forcé l'accès de ta partition privée.

– Je sais.

– Alors c'est vrai ! ? Tu es… Mais tu es quoi au juste ? Un trafiquant d'armes biologiques, un espion industriel, un… terroriste ?

Francis Dommartin marqua un moment d'hésitation, comme surpris par les paroles de son fils.

– C'est plus compliqué que ça Neo. Il faut que je te raconte tout depuis le début.

La gorge serrée, haletant, Neo lança :

– Je veux savoir une chose d'abord. Est-ce toi, mon père, qui m'as contaminé ?

Francis Dommartin se tassa dans son fauteuil.

– Non Neo, non bien sûr, murmura-t-il d'une voix brisée par l'émotion. Même si je m'en sens pleinement responsable.

Neo ressentit un immense soulagement. Ce n'était pas son père qui lui avait transmis cette ignoble maladie. Il inspira et expira profondément et dit :

– Raconte-moi tout. Je veux tout savoir.

– Tout a commencé durant mes études de biologie. J'étais…

– Je ne comprends pas, l'interrompit Neo, tu n'as pas fait d'étude de physique ?

– Non Neo, ça, c'est ce que j'ai dû faire croire à tout le

monde. En fait, je m'étais toujours destiné à la biologie, ça me fascinait. Travailler sur les composants de la vie, en comprendre les mécanismes, les modifier pour en supprimer les défauts et les améliorer. Au début de mes études, je rêvais de devenir le nouveau François Jacob[1] de ce siècle. J'ai donc suivi avec enthousiasme un cursus universitaire en biologie moléculaire et en génétique. J'ai obtenu haut la main mon doctorat et ma thèse a été jugée excellente par le jury devant lequel je l'ai soutenue. Son sujet portait sur la prolifération et l'adaptation des virus infectieux en milieu humide. Un éditeur scientifique s'est aussitôt proposé de la publier et une revue spécialisée en a fait une critique élogieuse. Mon nom s'est mis à circuler dans les instituts publics et les labos privés de recherche. Ainsi, avant même d'avoir commencé à vraiment faire mes preuves, j'étais considéré comme un virologue à l'avenir assuré. C'est alors que les propositions ont commencé à affluer.

– Des propositions d'emploi ?

– Oui, du secteur public comme du privé. Comme j'avais le choix, je me suis donné le temps de la réflexion, pour évaluer, parmi toutes ces offres, laquelle était la plus intéressante du point de vue du salaire, mais aussi du domaine de recherche. J'hésitais encore quand j'ai été contacté par un certain Carlotti, Franck Carlotti, qui disait représenter un institut de recherche privé. C'était un

1. Médecin biologiste et biochimiste français. Prix Nobel de médecine en 1965.

homme qui présentait bien, costume sur mesure et grande cordialité. Il m'a invité dans le plus grand restaurant de la ville, a demandé au sommelier de nous amener le meilleur vin de la cave et m'a dit tout de go quelles étaient les activités de sa firme. Il m'a déclaré en souriant qu'ils développaient des armes biologiques. Mais attention, m'a-t-il dit, nos clients ne sont que des gouvernements démocratiques, pas question de refiler ça à des dictateurs, et ce sont avant tout des armes de dissuasion qui ne seront sans doute jamais utilisées, qui veut la paix prépare la guerre, et cetera, et cetera. Ensuite, il est passé au salaire, il m'a proposé le double de la meilleure offre qu'on m'ait faite les jours précédents. J'étais jeune, tout cet argent m'est monté à la tête. J'ai demandé à réfléchir mais quand Carlotti m'a relancé deux jours plus tard, j'ai accepté sa proposition. Il m'a fait venir dans le bureau d'une tour du quartier d'affaires. Le nom de la société évoquait plus l'industrie pétrolière que la microbiologie, la *Far East Petroleum*.

– Et tu ne t'es pas méfié ?

– Si bien sûr, mais Carlotti m'a expliqué que leur domaine de recherche étant ultra-confidentiel, ils avaient créé cette société-écran, un bureau, une secrétaire et une boîte aux lettres, pour écarter les curieux. Il m'a annoncé que je devrais moi-même travailler sous couverture. Officiellement, je serais un ingénieur géophysicien de la *Far East Petroleum*.

– Une couverture, comme les espions, hein ?

– Oui, comme les espions. J'ai lu le contrat que Carlotti

a posé avec un stylo devant moi. Il y avait des clauses contraignantes. Le laboratoire était implanté à l'étranger, très loin d'ici, aux Bahamas. Nous n'avions droit qu'à quinze jours de congés par an.

– Pourquoi les Bahamas ?

– Parce que, m'a dit Carlotti, l'état indépendant des Bahamas avait en matière de recherche et développement sur les armes biologiques des lois beaucoup moins restrictives que les grandes nations occidentales. En fait, à partir du moment où on payait les taxes locales et quelques pots de vin, on pouvait faire ce qu'on voulait.

– Et tu as quand même signé.

– Oui, j'ai signé. À l'époque, j'étais célibataire et tout ça avait un parfum d'aventure plutôt attirant. Je ne mesurais pas les conséquences, alors. Et quand je suis arrivé sur place, je n'ai pas été déçu. Les conditions de travail et le cadre de vie dépassaient mes espérances. On m'a affecté une jolie villa avec vue imprenable sur un lagon et dès le lendemain, j'étais au laboratoire. Ultramoderne, aux normes de haute sécurité P4, avec tout le matériel dont pouvait rêver le chercheur le plus exigeant. Des dizaines de microscopes électroniques dont deux à effet tunnel. Je n'en croyais pas mes yeux. J'ai été nommé chef de projet du département Virologie. J'avais sous mes ordres une dizaine de scientifiques, hommes et femmes motivés, à peine plus jeunes que moi. D'autres équipes travaillaient sur les bactéries ou les toxines. Il y avait même une unité de production de gaz toxiques. Nous étions tous arrivés pratiquement en même temps, la construction du laboratoire venait d'être achevée. C'était excitant de savoir qu'on était les premiers. Avec mon équipe, j'ai aussitôt démarré deux programmes de recherche en parallèle, l'un sur le virus de l'encéphalomyélite équine du Venezuela, l'autre sur la variole de la souris. Et en moins d'un an, nous sommes arrivés à augmenter sensiblement leur résistance et leur durée de vie en milieu extérieur. Il nous a fallu six mois de plus pour mettre au point les vaccins.

– Pourquoi des vaccins ? Un vaccin sert à protéger d'une maladie. Vous, vous développiez des armes pour rendre les gens malades… non ? demanda Neo soudain agressif.

– Toute production de virus est toujours accompagnée du développement d'un vaccin spécifique, répondit calmement Francis Dommartin. Un pays en conflit ouvert avec un autre n'utilisera des agents biologiques contre son ennemi qui si lui-même peut se prémunir contre ces mêmes armes.

– Mais si l'autre pays se procure aussi le vaccin, le virus ne sert plus à rien.

– C'est exact. C'est pourquoi chaque pays acquéreur avait l'entière exclusivité sur le brevet du virus et de son vaccin. Pour chaque nouveau client, nous développions à moindres frais une variante du virus, aux effets identiques, et son vaccin spécifique. Ainsi, le client avait la garantie qu'aucun de ses ennemis potentiels ne pourrait contrer l'action des agents biologiques que nous lui avions fournis.

– Mais c'est monstrueux !

– À l'époque, nous ne voyions pas les choses comme ça. Nous sortions de la guerre froide. Le chaos menaçait le monde. Je pensais sincèrement que je servais la démocratie. Nous avons ainsi modifié une multitude de virus existants afin de les rendre plus résistants et de réduire leur durée d'incubation.

– Leur durée d'incubation ?

– Oui, le temps que met le virus à se multiplier dans l'organisme avant que n'apparaissent les premiers symptômes de la maladie. Il fallait que les effets soient plus rapides à se manifester. Nous avons pu réduire cette durée à moins d'une semaine pour la plupart de nos virus. C'était une totale réussite. Et les autres départements rencontraient aussi de francs succès avec les toxines et les…

Francis Dommartin s'interrompit brusquement, tous ses sens en éveil.

– Attention, on vient ! murmura-t-il.

Il se leva et se réfugia dans le cabinet de toilette attenant à la chambre. La porte s'ouvrit sans bruit. Neo feignit le sommeil tout en gardant un œil imperceptiblement ouvert. Il vit l'infirmière de nuit qui se rapprochait de son lit. Elle le contempla un instant puis, telle une ombre, ressortit de la pièce. Francis Dommartin reparut peu après. Il se rassit dans le fauteuil, sortit un mouchoir de sa poche et s'épongea le front. Neo distinguait à peine son visage, mais il le sentait extrêmement tendu.

– Ça va aller, Francis ?

– Oui, oui, ne t'en fais pas. Où en étais-je ? Ah oui, je disais que tout marchait pour le mieux dans le meilleur des mondes absurdes. Deux années ont passé. Absorbé par mon travail, j'étais resté célibataire. Il m'arrivait d'avoir de temps à autre une liaison avec une technicienne du labo. Mais ça ne durait pas. Et puis un jour, durant une période de congés, j'ai rencontré ta mère, dans la rue. J'ai légèrement accroché sa voiture avec la mienne. J'ai reconnu tous mes torts et je lui ai proposé de remplir le constat d'accident au café du coin. Tu es né trois ans plus tard.

– Tu ne lui as rien dit, pour ton travail ?

– Non, dans mon contrat, une clause stipulait qu'en dehors du laboratoire, personne, sans exception aucune, ne devait être informé de mes activités réelles. Et puis... j'avais peur qu'elle me rejette en apprenant ce que je faisais.

– Et elle ne s'est jamais doutée de rien ?

– Jusqu'à ces derniers jours, je ne crois pas. Je vivais dans le mensonge mais je me disais que c'était pour votre bien. Il aurait été trop dangereux que vous sachiez la vérité, pour vous comme pour moi. Je me satisfaisais de cette situation. Je vivais dans ma bulle, passionné par mon travail. J'étais un scientifique qui, comme on dit, ne faisait pas de politique. En outre, je gagnais très bien ma vie ce qui me permettait de vous choyer ta mère et toi. Nous ne nous sommes jamais privés de quoi que ce soit.

– Mais, tout de même, il devait t'arriver de te dire que ce que tu faisais était mal ! ? s'exclama Neo dans un murmure.

– Oui, mais j'apaisais ma conscience en me disant que

c'était un mal nécessaire. Et depuis deux ans, une nouvelle orientation de nos recherches avait de beaucoup réduit notre culpabilité. Nous travaillions avec enthousiasme sur un nouveau type de virus, entièrement synthétique. On copiait des bouts de séquence de virus existants, celui de la polio ou de la variole par exemple, et on les assemblait. Puis on testait le résultat sur des chimpanzés. Notre but était d'obtenir une arme d'un type nouveau, un virus extrêmement contagieux, mais non mortel, à durée d'incubation très courte, qui rendrait les gens suffisamment malades pour les mettre dans l'incapacité de réagir, le temps pour le détenteur de cette arme absolue de mener à bien une invasion, par exemple, ou plus simplement de contraindre son adversaire à se soumettre à ses conditions. Et quelques semaines plus tard les personnes infectées se seraient rétablies d'elles-mêmes. Rends-toi compte, gagner une guerre sans faire de victimes, en neutralisant quatre-vingt-quinze pour cent d'une population ! Nous ne pouvions qu'approuver cette démarche moralement acceptable. Et les Nations Unies n'y auraient rien trouvé à redire. Imagine l'énorme avantage pour une démocratie disposant de cette arme. Cela ne lui poserait aucun cas de conscience de l'utiliser contre ses ennemis. Et ceux-ci, le sachant, regarderaient à deux fois avant d'ouvrir les hostilités. L'effet dissuasif serait immense. Nous n'étions pas les seuls à trouver cette option formidable. Les clients contactés se montraient très intéressés et beaucoup passaient commande. Un autre de nos axes de recherche concernait le développement de médicaments antiviraux. Un marché très prometteur. Ainsi la société espérait gagner du fric sur tous les tableaux : l'empoisonneur et le guérisseur à la fois. Mais, comme je te l'ai dit, je me refusais à me poser trop de questions. Et puis, l'hiver dernier, tout a basculé.

– Que s'est-il passé ?

Francis Dommartin se leva et saisit une bouteille d'eau et un gobelet sur la table roulante.

– En veux-tu ? demanda-t-il à son fils.

– S'il te plaît.

Ils burent en silence. Francis Dommartin avait très soif. Il se servit à trois reprises, puis reprit sa place dans le fauteuil.

– En début d'année, un événement dramatique m'a ouvert les yeux sur les pratiques de mes employeurs. Et j'ai enfin compris quelle sorte d'individus ils étaient. Un soir, après une épuisante journée de travail, je prenais le frais sur une chaise longue, face à la mer, quand j'ai vu arriver une voiture, tous feux éteints. Un homme en est sorti et s'est dirigé vers moi. C'était Markus Svenson, un informaticien du labo, hacker à ses heures, avec qui j'avais sympathisé. Il était très agité et bredouillait qu'il devait me parler de toute urgence, à l'abri des oreilles indiscrètes. Il jetait sans cesse des regards inquiets autour de lui. Nous sommes descendus sur la plage et là, Markus m'a révélé l'inconcevable. Curieux par nature, il farfouillait dans les dossiers d'un serveur annexe dont il avait, par jeu, forcé l'accès, quand il est tombé sur un courriel codé. Amusé et intrigué à la fois, il l'a décrypté.

Le message, vieux de six mois, accusait réception d'un envoi de trente mille ampoules de solution variolée à une entreprise européenne de biotechnologie. J'ai tout de suite dressé l'oreille car, à ma connaissance, nous n'avions jamais livré à un quelconque client des souches de variole non modifiée. Le nom de cette entreprise, la Biodexo, m'était inconnu.

« Te souviens-tu, me dit Markus, de cette inexplicable pandémie de variole dans la province de Menchénie qui a fait des milliers de victimes il y a deux ans ? Et comme par hasard, plus personne n'est vacciné contre la variole, cette maladie ayant été déclarée éradiquée en 1979. » Markus m'avait regardé d'un air hagard avant de poursuivre : « Je te le dis Francis, il s'agit là d'une extermination pensée et planifiée, un crime contre l'humanité. Et à qui profite ce crime d'après toi ? » Mon sang s'est figé dans mes veines. Car la Confédération des États du nord-est qui opprimait depuis des décennies le peuple menchène était loin d'être une démocratie. Si ce qu'insinuait Markus était vrai, notre entreprise avait, par l'intermédiaire d'une société factice, livré des agents de la mort à un pouvoir maffieux. Et celui-ci s'en était servi sans scrupule contre une de ses minorités ethniques.

« La seule valeur de nos employeurs est le profit, m'a lancé alors Markus. Ils ne sont certainement pas regardants sur la moralité de leurs clients. Je t'ai envoyé une copie du courriel, a-t-il ajouté. Mets-le en lieu sûr. » Il s'est rapproché de moi et m'a murmuré à l'oreille la clef de cryptage du message. J'ai été fortement impressionné par ce que venait de m'apprendre Markus mais je lui ai dit de se calmer, qu'avant de faire quoi que ce soit il fallait avoir la preuve de ce qu'il avançait. Il m'a répondu qu'en ce qui le concernait, la preuve était faite et qu'il n'était pas question qu'il travaille plus longtemps pour des assassins. Il m'a quitté sur ces mots, plus agité que jamais.

Deux jours plus tard, Stegger, le directeur du laboratoire nous a annoncés, d'un ton peiné, que Markus Svenson s'était suicidé dans son bungalow en se tirant une balle de revolver dans la tête. Il souffrait de dépression, avait-t-il ajouté, regrettant profondément de ne pas l'avoir obligé, malgré son refus, à se mettre en congé maladie. J'étais effondré. Soudain, tout me paraissait clair. Markus ne s'était pas suicidé, on l'avait assassiné. Il savait trop de choses compromettantes pour nos employeurs. Et moi-même, qui avais appris ces choses de la bouche de Markus, étais en danger. Mais la colère et le dégoût l'emportaient sur la peur. J'ai transféré par le Net, sur mon serveur personnel situé en territoire Inuit, la copie du mail crypté envoyé par Markus ainsi que toutes les fiches techniques des virus que j'avais développés au fil des années avec mon équipe. Ce sont les informations que tu as découvertes en bluffant Eve, Neo. Puis, je suis entré sans frapper et sans me faire annoncer dans le bureau de Stegger. Je lui ai dit que je connaissais l'origine de l'épidémie de variole en Menchénie et que je ne croyais pas au suicide de Markus. Je ne voulais plus rien avoir à faire avec eux. Il a mal pris la chose, le ton est monté. Je lui ai alors dit que j'avais mis à l'abri des informations plus que compromettantes pour eux et qu'il était dans leur intérêt de me laisser partir, s'ils ne voulaient pas voir ces informations en première page des journaux. Alors, il s'est radouci, m'a dit qu'il fallait garder la tête froide, que si je les tenais, eux aussi me tenaient, car en tant que chef de projet je plongerais comme eux face à un tribunal, que si je désirais partir ils ne s'y opposeraient pas, à condition que je la boucle et que j'effectue mes trois mois de préavis, le temps qu'on me trouve un remplaçant. Trois mois, me suis-je dit, c'est vite passé. J'ai accepté, naïf, sans me douter que le directeur ne cherchait qu'à gagner du temps pour trouver un moyen de me mettre à sa merci.

– Et ce moyen, il l'a trouvé, murmura Neo d'une voix blanche. Ce moyen, c'était de me contaminer, pour faire pression sur toi, n'est-ce pas ?

– Oui, dit Francis Dommartin dans un souffle.

Neo ne pouvait pas voir que son visage était baigné de larmes mais, au ton de sa voix, il sut qu'il pleurait.

– Jamais je ne pourrais me pardonner ce qui t'est arrivé, jamais.

– Comment ont-ils fait ?

– Quelques jours après ma confrontation avec Stegger, ils ont envoyé ici leur homme à tout faire, surtout les sales besognes.

– L'homme aux lunettes noires, Mitchell ?

– Oui. Il a recruté un malfrat qui, présentant de faux contrats de travail, s'est fait embaucher au self de ton lycée, en remplacement d'un employé tombé subitement malade. C'était bien sûr Mitchell qui était à l'origine de la maladie de l'employé. Le faux cuistot, à l'aide d'une seringue, a réussi à injecter dans ton assiette une solution contenant un virus. C'est ainsi que ces salauds t'ont contaminé.

Anéanti, Neo ferma les yeux. Il pouvait entendre les battements de son cœur.

– Comment as-tu su ?

– Je ne l'ai su qu'un mois et demi plus tard, quand ta mère m'a appelé, au moment où je bouclais mes valises pour venir vous voir. J'ai maudit Grimaldi de lui avoir conseillé de me prévenir au dernier moment. J'ai bien sûr tout de suite compris. Dans une rage folle, j'ai fait irruption dans le bureau de Stegger. Il devait s'attendre à ma visite car Mitchell et un autre molosse étaient là et m'ont empêché de réduire sa tête en bouillie. Pendant qu'ils me maintenaient, Stegger m'a froidement raconté ce qu'ils t'avaient fait, dans le but de me rendre plus conciliant à leur égard. Je l'ai couvert d'injures mais il ne s'est pas départi de son sourire cynique. Il m'a ensuite dit que si je restais parmi eux et continuais à faire avancer les différents projets, je pourrais utiliser parallèlement les ressources du laboratoire pour trouver un traitement antiviral spécifique au virus qu'ils t'avaient transmis. Quel virus lui avez-vous inoculé ? ai-je hurlé. Je suis devenu blême quand il m'a dit lequel, car c'était un virus d'une extrême complexité, dont nous ne connaissions pas bien la dangerosité, car nous ne l'avions pas encore testé sur des animaux. Il est beaucoup plus facile de développer un vaccin antiviral, dont le rôle est de prévenir la maladie, qu'un traitement. Depuis deux ans que nous cherchions à développer des antiviraux nous n'étions parvenus à obtenir qu'une seule molécule efficace contre deux de nos virus. Autrement dit, pas grand-chose. Et je savais que les autres laboratoires dans le monde, publics ou privés, ne faisaient pas mieux. Il n'y a par exemple aucun médicament sur le marché capable de faire totalement disparaître le virus HIV d'un organisme infecté. Ceux qui existent peuvent tout au plus freiner sa prolifération. Ce salaud de Stegger me tenait. Je n'avais d'autre choix que de continuer à travailler pour la compagnie, dans l'espoir de trouver une parade à ce virus. Je lui ai dit que je n'accepterais de rester qu'à la condition qu'ils me laissent aller te voir. Stegger m'a dit qu'il n'y voyait pas d'inconvénient mais que je devrais être de retour sous huit jours. D'un ton menaçant, il a ajouté que Mitchell garderait un œil sur moi et saurait me rappeler à l'ordre si nécessaire. J'avais intérêt à filer doux car d'autres événements graves pouvaient survenir dans ma famille. La peur au ventre, je suis donc venu ici…

Neo rouvrit les yeux.

– Avec tes cadeaux japonais, hein ?

– Oui, avec mes cadeaux japonais. Deux jours plus tard, le lendemain de ton accident en cours d'escalade, je t'ai emmené faire ta prise de sang, Grimaldi m'avait demandé de venir signer le protocole, tu te souviens ?

– Oui.

– J'en ai profité pour demander à Grimaldi des détails sur la physiologie du virus. Il a paru étonné par mes questions et m'a répondu de façon évasive. J'ai insisté pour en savoir plus. Il m'a regardé avec suspicion. Il est vrai que pour lui j'étais un ingénieur géophysicien de l'industrie pétrolière, qui n'entendait rien à la biologie. Il m'a dit que c'était un dossier ultra-confidentiel et qu'il n'était pas autorisé à en divulguer des informations à un tiers, quand bien même ce serait le père de l'unique personne contaminée à ce jour. Je me suis énervé, on s'est un peu pris le bec.

– Je comprends maintenant pourquoi tu semblais en colère quand nous l'avons quitté.

– Oui, et c'est la raison pour laquelle je t'ai emmené chez mon ami médecin, Wim. Je voulais être sûr que Stegger ne m'avait pas menti. Il me fallait un échantillon de ton sang. Ensuite, après t'avoir raccompagné au lycée, j'ai disparu comme un voleur, te laissant juste un message sur ton communicant. En fait je suis retourné illico aux Bahamas pour procéder à ma propre analyse. Je ne pouvais pas attendre. Et j'ai eu hélas la confirmation qu'il s'agissait bien du virus mentionné par Stegger.

– Il est mortel ? demanda Neo d'une voix étrangement calme.

Il était au-delà de la peur, au-delà de la tristesse même. Il ne ressentait plus qu'une immense lassitude.

– Je n'en sais rien, Neo. Je te le répète, nous ne l'avions pas encore testé in vivo. Beaucoup de virus mortels in vitro ne le sont plus quand on les teste sur le vivant. Ces salauds jouent avec cette incertitude. S'ils t'avaient inoculé un virus reconnu comme mortel, je me serais effondré, tout ça n'aurait servi à rien. Dans le doute, je ne pouvais que déployer toute mon énergie à trouver un remède. C'est ce que j'ai fait, malheureusement en vain.

– Il y a une chose que je ne comprends pas. Comment se fait-il que je n'aie pas contaminé à mon tour les gens qui m'entourent. Si ce virus est contagieux...

– Il ne l'est pas. C'est un type de virus qui a une durée de vie extrêmement courte en milieu extérieur et sous une certaine température. Il a été développé pour cibler avec précision ses victimes. Par exemple, quand on veut se débarrasser d'un homme politique sans atteindre son entourage. Celui qui a été utilisé au self était sans doute sous une forme très concentrée et la chaleur de ton assiette a maintenu en vie, le temps que tu les ingères, les quelques exemplaires qui avaient résisté à l'exposition à l'air libre. De plus, il n'est pas excrété dans la salive. Seule une transfusion sanguine pourrait théoriquement contaminer quelqu'un d'autre.

– Alors, dit Neo le cœur battant, alors je ne peux pas contaminer... euh... une fille, en l'embrassant.

Dans la pénombre, il devina plus qu'il ne vit le sourire tendre de son père.

– Non Neo, tu ne peux contaminer personne en l'embrassant.

Une joie intense envahit Neo. Il eut le désir soudain de saisir son communicant pour appeler Soraya. Mais il se ressaisit. Il était près de quatre heures et demie du matin. Et son père était en danger. La sensation d'allégresse disparut aussi vite qu'elle était apparue. Il repensa au sinistre exécuteur des basses œuvres de la firme.

– Pourquoi n'ont-ils pas donné l'ordre à Mitchell de t'éliminer ?

– Ils avaient besoin de moi, au moins jusqu'à la fin du programme sur les armes biologiques non létales. Après... Et puis, ils ne savaient pas trop quelles preuves je détenais contre eux. Ils ignoraient si Markus avait fait plus que me parler. Ça les rendait hésitants.

– La vitre cassée de ton 4X4, la tentative de cambriolage à la maison, c'était Mitchell ?

– Oui, il cherchait partout où j'avais bien pu cacher les informations que j'avais menacé de divulguer à la presse. Quand il est entré dans mon bureau, il a vu que ma machine était un Vortex, sans disque dur interne, que toutes les informations étaient délocalisées. Mais bien sûr il ne pouvait pas savoir où.

– Ton serveur en territoire Inuit ?

Francis Dommartin hocha la tête.

– Je suppose que tu as vu comme moi les images enregistrées par Eve de l'intrusion de Mitchell, la fureur qui a tordu ses traits quand il a compris qu'il ne trouverait rien. Je suis sûr que si ta mère n'était pas arrivée à ce moment, le faisant fuir, il aurait, de rage, détruit le Vortex. Mais Mitchell n'était pas là simplement pour savoir où j'avais planqué les infos accablant la compagnie. Il me surveillait sans cesse, tout en cherchant à m'intimider. Il était devant le labo d'analyses médicales quand je t'y ai amené et devant le lycée quand je suis venu t'y chercher. C'était pour me signifier que j'avais intérêt à filer droit si je ne voulais pas qu'il t'arrive un malheur plus grand encore que ta contamination par ce virus. Ces salauds étaient prêts à tout. Il fallait que j'assure notre protection et le meilleur moyen était d'utiliser la presse comme une menace potentielle contre la firme. Heureusement Mitchell n'est pas quelqu'un de très futé. J'ai réussi à lui fausser compagnie à plusieurs reprises. J'ai pris contact avec un journaliste de la Voix du Monde et preuves à l'appui, je lui ai tout raconté. Je lui ai fait promettre de ne révéler cette affaire que s'il m'arrivait malheur ou si je lui donnais le signal de tout publier. Le moment est arrivé.

– Comment cela ?

– Quand ta mère m'a appelé ce matin, il était neuf heures ici mais seulement deux heures aux Bahamas, et j'étais loin de dormir. Depuis mon retour au laboratoire, surveillé en permanence par Mitchell, je continuais, contraint et forcé, à servir les intérêts de la compagnie le jour, mais la nuit je mettais toute mon énergie à créer de toutes pièces et à tester des molécules non toxiques susceptibles de tuer ce virus. Hélas, aucune d'elles ne s'est révélée efficace. Aussi, quand ta mère ce matin m'a appris que tu avais eu une nouvelle alerte, j'ai compris que je faisais fausse route. Je n'arriverais jamais à trouver un remède à temps tout seul. Il n'y avait qu'une chose à faire : faire éclater au grand jour l'affaire de l'épidémie menchène pour que les nations démocratiques, clientes de la compagnie, prennent conscience de leurs responsabilités. Ainsi, poussées par leurs opinions publiques, elles chercheraient à se racheter en mettant à ma disposition une partie des ressources de leurs instituts de recherche. Je suis persuadé que grâce à l'aide des états nous trouverons le moyen d'annihiler ce virus dans ton corps, Neo. Ce matin donc, après l'appel de ta mère, ma décision était prise. Sans passer par mon domicile, je me suis directement rendu à l'aéroport. J'avais pris soin de ne pas prendre mon véhicule de service mais celui d'un collègue à qui j'avais subtilisé les clefs. J'ai pu obtenir une place sur un vol direct, une heure seulement avant son décollage, ce qui m'a permis d'arriver ici plus tôt que prévu.

– Et tu as envoyé le signal convenu à ton journaliste ! ?

Ce fut d'une voix ferme que Francis Dommartin répondit :

– Oui. Et demain, ou plutôt tout à l'heure, quand toute l'histoire sera en première page des journaux, nous n'aurons plus rien à craindre de la Far East Petroleum.

Il avait à peine prononcé ces mots que la porte s'ouvrit silencieusement et une silhouette massive pénétra dans la chambre. Elle referma tout aussi discrètement la porte et se rapprocha d'un bond du lit. Neo sentit un objet froid sur sa tempe. C'était le canon d'un pistolet à silencieux.

– Non, Mitchell, dit Francis Dommartin d'une voix révélant une tension extrême. Je ferai ce que vous voudrez.

– Le gamin va venir avec moi et vous, vous allez retourner au laboratoire, dit Mitchell.

– Ça ne servira à rien, Mitchell, dit calmement Neo. Dans quelques heures, vos patrons seront en fuite et tôt ou tard sous les verrous. En ce moment, les rotatives de la Voix du Monde impriment à des milliers d'exemplaires les actes que vous avez commis au nom de la compagnie. N'aggravez pas votre cas. Votre seule chance est de vous enfuir.

– Mitchell, je vous propose un marché, dit vivement Francis Dommartin.

– Lequel ? demanda froidement Mitchell dont le canon du pistolet restait appuyé sur la tempe de Neo.

– Vous quittez cette pièce sur le champ et je ne déclarerai pas à la police votre visite dans cet hôpital. Vous aurez le temps de quitter le pays. Il y aura bien un paradis fiscal qui acceptera de vous accueillir.

Mitchell garda un moment le silence.

– Et lui ? finit-il par grogner en désignant Neo d'un signe de tête.

– Je ne dirai rien, dit Neo d'un ton glacial.

Sa haine pour cet homme était bien plus grande que sa peur. Ce qui ne l'empêchait pas d'être trempé de sueur.

Mitchell hésita encore quelques secondes avant de baisser son arme. Il recula vers la porte et disparut sans un bruit. Francis Dommartin se leva et, tremblant de tout son corps, prit son fils dans ses bras

– Pardon, sanglota-t-il. Pardon.

17

Les révélations de la Voix du Monde sur l'origine criminelle de l'épidémie menchène eurent un retentissement international. L'édition du matin fut épuisée en quelques heures. Une deuxième édition, livrée en début d'après-midi dans les kiosques à journaux et les halls de presse, connut le même sort. Quant à la version électronique du quotidien, elle fut téléchargée en moyenne quarante-cinq mille fois par heure tout au long de la journée. En quelques minutes, l'information fit le tour de la planète et les visiophones commencèrent à sonner dans les ministères et les ambassades.

La première personne à arriver en trombe, au petit matin, chez les Dommartin, avait été le docteur Grimaldi, un exemplaire du journal à la main. Sylviane Dommartin et sa sœur prenaient alors leur petit déjeuner.

– Quelle bonne surprise ! s'était exclamée la tante Yvonne.

Sans lui prêter attention, Grimaldi s'était tourné vers Sylviane Dommartin.

– Neo a disparu de l'hôpital, lui avait-il dit d'une voix essoufflée. Mais avant de s'inquiéter, il faudrait vérifier quelque chose.

Il avait désigné l'accès au couloir.

– Vous permettez ?

Et sans attendre la réponse de Sylviane Dommartin, il s'était dirigé vers la chambre de Neo. Il avait, sans précaution, ouvert la porte et eu un « ah » de soulagement. Sylviane Dommartin et la tante Yvonne s'étaient précipitées à sa suite. Neo était affalé sur son lit et Francis Dommartin sur une couverture posée à même le sol. Ils dormaient profondément, tout habillés, ayant tout juste pris la peine d'enlever leurs chaussures. Le docteur Grimaldi s'était approché, les avait regardés un moment, puis était retourné vers les deux sœurs, figées sur le pas de la porte. Il n'avait pu s'empêcher de sourire devant leur air stupéfait.

– Vous allez avoir beaucoup de choses à vous dire, avait-il murmuré à l'adresse de Sylviane Dommartin en refermant doucement la porte.

Il lui tendit l'exemplaire de la Voix du Monde qu'il tenait toujours à la main.

– Pendant qu'ils se reposent, lisez ça. Vous allez tomber des nues, tout comme je suis tombé des nues, mais c'est mieux ainsi, pour tout le monde. À son réveil, pourriez-vous dire à votre mari que je passerai cet après-midi. D'ici là, je vous conseille de ne pas répondre aux innombrables questions que beaucoup de gens vont vouloir vous poser. Pour ma part, si on me demande où sont

Francis Dommartin et son fils, je répondrai que je n'en sais rien.

Le visiophone s'était mis à sonner sur ces mots.

– Tiens, qu'est ce que je vous disais ? avait dit Grimaldi avec un rire étouffé. À plus tard.

Et il s'en était allé d'un pas pressé, refusant d'un « non merci » amusé la tasse de café que lui avait obligeamment proposée la tante Yvonne.

Grimaldi revint dans l'après-midi encadré par deux hommes au visage fermé. Francis Dommartin l'attendait. Il s'était réveillé une heure plus tôt, avait pris une douche et un bol de café. Il avait été incapable d'avaler autre chose.

– Ces messieurs étaient à la porte de votre maison et n'ont pas voulu me laisser entrer seul, dit Grimaldi en désignant de la tête les deux hommes.

L'un d'eux sortit une carte de la poche intérieure de sa veste et la mit sous les yeux de Francis Dommartin.

– Nous sommes des Renseignements Généraux. Nous avons reçu l'ordre du Ministère de la Sécurité Intérieure de vous accompagner partout où vous irez.

– Il semblerait que vous êtes devenu un V.I.P., Monsieur Dommartin, ironisa le docteur Grimaldi qui visiblement n'appréciait guère la présence des deux agents. Au fait, comment va Neo ? Où est-il ?

– Il va bien. Je l'ai autorisé à rejoindre discrètement ses amis avant que cette maison ne devienne un camp retranché. Ma femme et sa sœur sont aussi sorties prendre l'air.

– Vous avez bien fait, approuva Grimaldi. Bien, nous sommes attendus au Ministère de la Justice où un certain nombre de personnes, de tous horizons, sont très impatientes que vous répondiez à leurs questions. Il faudrait peut-être passer par-derrière, ça grouille de photographes devant la maison.

Francis Dommartin revint chez lui en début de soirée, escorté jusqu'au seuil de sa maison par les hommes des Renseignements Généraux qui lui firent franchir la haie des journalistes et photographes. Il trouva Sylviane Dommartin et sa sœur devant la télévision, regardant d'un œil distrait un documentaire animalier. Francis Dommartin et sa femme se fixèrent en silence. Comprenant qu'il valait mieux les laisser seuls, la tante Yvonne s'écria :

– Je vais nous préparer un bon petit plat.

Et elle s'éclipsa dans la cuisine.

– Me pardonneras-tu ? demanda dans un murmure Francis Dommartin à sa femme.

Elle baissa la tête, sans répondre. Il se rapprocha, elle fit un pas de côté. Alors il s'immobilisa, n'osant aller plus loin. Ils restèrent ainsi un long moment, comme pétrifiés, de part et d'autre d'un mur de silence. Ce fut elle qui le brisa, levant vers lui des yeux noyés de larmes.

Dans son regard d'oiseau blessé, il lut une grande détresse mais aussi un amour indestructible. Ils tombèrent dans les bras l'un de l'autre. Elle enfouit sa tête dans son épaule et pleura sans bruit. Quand enfin elle fut apaisée, elle demanda :

– Que t'ont-ils dit au Ministère ?

– La Cour Européenne des Droits de l'Homme s'est saisie de l'affaire et une enquête a été ordonnée pour établir la culpabilité des responsables politiques et militaires de la Confédération des États du nord-est dans l'épidémie de variole en Menchénie. Un mandat d'arrêt international a été lancé contre les dirigeants de ma compagnie. Ici, une instruction est en cours. Quelques têtes vont sans doute tomber au Ministère de la Défense, mais je pense que ça n'ira pas plus loin.

– Et toi ?

– Pour l'instant, je suis considéré comme un témoin. L'instruction dira si je dois être mis ou non en examen. Mais je ne m'en soucie pas. Ce qui compte c'est Neo. Grimaldi a obtenu des crédits pour qu'une équipe du laboratoire P4 de la société Delrieux travaille sous mes directives à la recherche d'un traitement. Pourvu que nous y arrivions à temps, dit-il en serrant sa femme dans ses bras.

Il regarda autour de lui.

– Neo n'est pas rentré ?

– Il m'a appelée pour me dire qu'il ne dînerait pas avec nous mais qu'il ne rentrerait pas tard. Il semblait tout excité, joyeux même.

– Joyeux ! ?

– Oui, joyeux.

Peu après le dîner, ils entendirent des bruits de moteurs devant la maison, le vrombissement d'une grosse cylindrée dominant les autres.

– Je crois deviner qui c'est, dit gaiement la tante Yvonne.

Ce fut en effet Vincente qui entra dans la maison, accompagné de Neo, Fred et Soraya.

– Wahou ! s'exclama Vincente en se lissant la banane, tous ces journalistes devant la maison, vous croyez que c'est pour moi ! ?

Ils partirent tous dans un grand éclat de rire. Neo, les yeux brillants, s'avança vers son père.

– J'ai eu une idée, Francis, une idée qui pourrait nous donner la victoire sur le virus.

Francis Dommartin le regarda avec étonnement.

– Il faut que tu viennes avec nous, poursuivit Neo. Prenons ta voiture, je t'expliquerai en route.

– Mais…

– Ne discute pas, lui dit Neo, comme un père parlant à son fils.

Alors Francis Dommartin se leva docilement, mit sa veste et suivit son fils et ses amis.

– Je vous suis en moto, dit Vincente. Mesdames, dit-il en s'inclinant devant Sylviane Dommartin et sa sœur.

Grâce à Vincente qui faisait obstruction, ils parvinrent à semer la horde de journalistes qui s'étaient lancés à leur poursuite. Tout en indiquant à son père la route à suivre, Neo lui exposa son idée.

– En rejoignant Fred et Soraya, tout à l'heure, j'ai pensé, je ne sais pourquoi, au travail de Vincente. Vincente développe des univers virtuels. Il modélise non seulement le décor de ces univers mais aussi les êtres et les choses qui y évoluent. Et tous ces éléments, porteurs de leur propre programme, interagissent entre eux et avec leur environnement. Et tout à coup, je me suis dit : le corps humain, aussi est un univers où évoluent des micro-organismes, au milieu de cellules de différents types.

– Je vois où tu veux en venir, dit Francis Dommartin. Tu voudrais modéliser le virus et son environnement pour pouvoir tester des molécules virtuelles sur le virus modélisé.

– Oui

– C'est une fausse bonne idée, soupira Francis Dommartin. Je sais que des labos ont déjà modélisé des cellules comme le globule rouge ou des micro-organismes comme certaines bactéries, mais guère plus. Et c'était déjà un travail colossal. Mais te rends-tu compte ? Modéliser le corps humain ? Il faudrait non seulement des centaines de spécialistes pour rassembler et ordonner toutes les informations que nous possédons sur le corps humain mais aussi et surtout une puissance de calcul phénoménale pour reconstituer un organisme virtuel à partir de ces informations.

– C'est exactement ce que je me suis dit, reconnut Neo d'un ton léger. Tu tourneras à droite à la prochaine rue et tu t'arrêteras devant le 26.

Francis Dommartin fit ce que lui demandait son fils. En éteignant le moteur, il demanda :

– Où sommes-nous ?

– Cet endroit me fait frissonner, dit Soraya. Il me rappelle de très mauvais souvenirs.

Neo lui prit la main et la serra.

– Tout va bien se passer, lui murmura-t-il. Nous sommes chez Dieter van Fliegender, dit-il en réponse à la question de Francis Dommartin.

– Bon sang, mais c'est le père de celui…

– Oui, mais comme tu le sais certainement, c'est un des plus grands noms de l'intelligence artificielle en Europe. Et il a l'avantage de posséder le prototype d'ordinateur quantique le plus puissant au monde. J'ai d'abord parlé de mon projet à Vincente, il était enthousiaste. Alors j'ai appelé Monsieur van Fliegender. Après ce qui s'est passé avec son fils, il ne pouvait rien me refuser. Et puis l'idée de confronter sa machine à un problème concret, et quel problème, le tentait beaucoup. Il n'en avait pas encore eu l'occasion, ayant tout juste achevé la période de tests.

Ils sortirent de la voiture. Vincente déboucha du coin de la rue sur sa moto rugissante et vint se garer près du portail.

– Allons-y, dit Neo.

Il sonna. Le portail s'ouvrit aussitôt, sans qu'aucune présence humaine ne se manifeste à l'interphone. Soraya serra très fort la main de Neo. Ils suivirent l'allée de pierre polie menant au perron de la maison. Dieter van

Fliegender les y attendait, le regard triste mais bienveillant. C'était un homme de taille moyenne, portant de fines lunettes, aux cheveux grisonnants mais à la peau aussi lisse que celle d'un adolescent. Il serra timidement les mains de ses visiteurs.

– Comment va Emmanuel ? lui demanda Neo d'un ton grave.

– Il va aussi bien qu'on peut aller dans son cas, répondit-il avec un sourire triste.

– Les experts psychiatres ont-ils rendu leurs conclusions ?

– Oui, il a été déclaré irresponsable et a été transféré dans un institut psychiatrique de la région. Je vais le voir aussi souvent que possible.

Il se perdit un moment dans ses pensées puis ajouta :

– Je m'en veux de ne pas m'être plus occupé de lui. Absorbé par mon travail, je n'avais pas pris conscience de son besoin d'amour et d'attention. Toute ma vie, je porterai le poids de ma négligence.

– Nous avons tous les deux beaucoup de choses à nous reprocher, murmura Francis Dommartin. Mais ce qui est fait est fait. Il nous faut maintenant tout mettre en œuvre pour aider nos enfants. Pour Emmanuel, vous ne devez penser qu'à sa guérison. Je suis certain qu'un jour il pourra se réinsérer dans la société. La science progresse à pas de géant dans la compréhension des troubles mentaux.

– Espérons-le, dit pensivement Dieter van Fliegender, espérons-le.

– Je voulais vous remercier d'avoir accepté de nous apporter votre aide en cette période difficile, dit Neo.

– C'est le moins que je pouvais faire, répondit Dieter van Fliegender en jetant un regard coupable à Soraya.

– Votre chien n'est pas là ? demanda-t-elle d'un ton craintif

– Euh… non Mademoiselle… j'ai dû le faire euthanasier. Depuis le départ d'Emmanuel, il devenait imprévisible, dangereux.

Il y eut un long silence que rompit Francis Dommartin.

– Neo m'a parlé de votre machine. Je suis très curieux de savoir dans quelle mesure elle pourrait nous aider.

– Entrez donc, vous allez comprendre, dit van Fliegender d'un ton mystérieux en désignant de la main l'entrée de sa demeure.

Ils traversèrent le hall et descendirent au sous-sol par un escalier de chêne. Une monumentale porte blindée leur barra le passage. Dieter van Fliegender se tint immobile devant une caméra encastrée dans l'acier. La reconnaissance de son iris prit une fraction de seconde et la porte s'ouvrit lentement.

– Comment Emmanuel a-t-il fait pour pénétrer dans ce coffre-fort ? demanda Neo.

– Il avait découvert un passage secret menant à cette pièce. Il devait sans doute servir de refuge aux anciens occupants de cette maison en des périodes troublées. Je l'ignorais bien sûr, il s'était bien gardé de m'en révéler l'existence. Et les plans de la maison ne le mentionnaient pas. Mais… après le drame qui s'est déroulé ici, j'ai fait sonder les murs. Le passage menait par un étroit escalier aux étages supérieurs. Je l'ai fait aussitôt murer.

Ils pénétrèrent dans une salle voûtée en pierre de taille, sans doute une ancienne cave, à l'atmosphère régulée. Une dizaine de parallélépipèdes noirs, de la taille d'un homme, étaient alignés en arc de cercle sur un mince socle translucide, au centre de la pièce. L'ensemble paraissait totalement inerte.

– Voici ma plus belle réalisation, dit avec une pointe de fierté Dieter van Fliegender. Le JCN 421 Dice, l'unique exemplaire d'un ordinateur quantique à deux cents qubits[1].

– Deux cents qubits ! s'exclama Fred. C'est de la science-fiction !

Vincente ne prononça pas un mot mais l'expression de stupéfaction qui était apparue sur son visage se passait de commentaire.

– Sa puissance de calcul est quasi infinie, poursuivit Dieter van Fliegender, et sa mémoire moléculaire pourrait contenir toutes les connaissances de l'humanité depuis la nuit des temps. Mais ce n'est pas tout, l'intelligence non humaine dont il est doté est de très loin supérieure à celle de tous nos prix Nobel réunis.

1. Dans un ordinateur classique, le bit est l'unité de mesure d'une quantité d'informations binaires, il prend soit la valeur 0 soit la valeur 1. Le qubit ou bit quantique peut prendre ces deux valeurs à la fois. Les prototypes d'ordinateurs quantiques actuels ne fonctionnent qu'avec quelques qubits mais leur évolution laisse présager l'apparition de machines d'une puissance de calcul inouïe.

Il s'avança vers l'étrange assemblage. Les parallélépipèdes se nimbèrent d'une brume luminescente et une voix asexuée, calme et quelque peu ironique, s'éleva :

– Bonjour, amis Homo Sapiens. Parlez-moi donc de votre problème…

LE CYDNUS

Sous l'azur triomphal, au soleil qui flamboie,
La trirème d'argent blanchit le fleuve noir
Et son sillage y laisse un parfum d'encensoir
Avec des sons de flûte et des frissons de soie.

À la proue éclatante où l'épervier s'éploie,
Hors de son dais royal se penchant pour mieux voir,
Cléopâtre debout en la splendeur du soir
Semble un grand oiseau d'or qui guette au loin sa proie.

Voici Tarse, où l'attend le guerrier désarmé ;
Et la brune Lagide ouvre dans l'air charmé
Ses bras d'ambre où la pourpre a mis des reflets roses.

Et ses yeux n'ont pas vu, présage de son sort,
Auprès d'elle, effeuillant sur l'eau sombre des roses,
Les deux enfants divins, le Désir et la Mort.

José-Maria de HEREDIA (1842-1905)
Recueil : *Les Trophées*

Achevé d'imprimer
sur les presses de l'imprimerie France Quercy
à Mercuès, 46090
N° d'impression : 62519/
Dépôt légal : octobre 2006
Imprimé en France

Maquette : Karine Benoit